别在异乡哭泣

一个律师的成长手记

易胜华 著

北京大学出版社
PEKING UNIVERSITY PRESS

图书在版编目(CIP)数据

别在异乡哭泣：一个律师的成长手记/易胜华著. —北京：北京大学出版社,2013.4
ISBN 978-7-301-21962-1

Ⅰ.①别… Ⅱ.①易… Ⅲ.①传记文学-中国-当代 Ⅳ.①I25

中国版本图书馆 CIP 数据核字(2013)第 012031 号

书　　　名：别在异乡哭泣：一个律师的成长手记
著作责任者：易胜华　著
责 任 编 辑：白丽丽
标 准 书 号：ISBN 978-7-301-21962-1/I·2614
出 版 发 行：北京大学出版社
地　　　址：北京市海淀区成府路 205 号　100871
网　　　址：http://www.pup.cn
新 浪 微 博：@北京大学出版社
电子信箱：law@pup.pku.edu.cn
电　　　话：邮购部 62752015　发行部 62750672　编辑部 62752027
　　　　　　出版部 62754962
印 刷 者：三河市北燕印装有限公司
经 销 者：新华书店
　　　　　880 毫米×1230 毫米　A5　10.5 印张　215 千字
　　　　　2013 年 4 月第 1 版　2024 年 6 月第 12 次印刷
定　　　价：32.00 元

未经许可,不得以任何方式复制或抄袭本书之部分或全部内容。
版权所有,侵权必究
举报电话:010-62752024　电子信箱:fd@pup.pku.edu.cn

序 言

2003年春，深圳火车站。

我背着重重的行囊，随着人流走进候车大厅。不经意回头，这个城市留给我的最后印象，是满街戴着口罩的人群和天空中的阴霾。

一年前，我刚刚通过全国首届司法考试，获得了法律职业资格。我满怀信心从老家来到深圳，希望在这个年轻的城市有一席之地，实现自己的律师梦想。但是，在这里我处处碰壁，内心非常失落。突然爆发的"非典"疫情，更让我心灰意冷。来到深圳一个月后，我离开了这个让我伤心的城市。

2009年春，北京西客站。

我提着大包小包，随着人流走出检票口，来到西客站北广场。柳絮飞舞，阳光刺眼。我再一次出发，寻找自己的梦想。这一次我的目标是首都。经过六年时间的历练，我的心态平和了很多。北京一家大型综合性律师事务所已经接纳了我，我需要考虑的是，如何在这个城市里开始我新的征程。

和当初在深圳一样，和大多数刚刚来到北京的外地人一样，在这个城市，我举目无亲，一切都需要重新开始。律师这个职业，离开自己熟悉的环境，就像鱼儿离开了水，几乎是寸步难行。我不知道自己能不能坚持下来，能坚持多久。在拥挤的人流中，我觉得自己就像一叶孤舟，渺小，茫然。

我终于坚持了下来，找准了自己的位置，一步一步，走到了现在。
而今，我已经是国内一所超大型律所的高级合伙人、部门主任。我和我的团队，承办着全国各地的重大刑事案件。在报纸、杂志和电视上，不时能看到我的身影。每个学期，我都会出现在北京一些著名高校的讲台上，向法学院的学生讲授律师实务。在2011年的北京市律师辩论赛中，我获得了"最佳风采奖"和团体第一名……每一天的生活，忙碌而充实。

从故乡到异乡，从县城到京城。三百六十五里长路，我走过了十年的时间。每当夜深人静的时候，我会突然从梦中醒来，独自走到阳台上，看着窗外的月光，听着马路上的汽笛声，想念着千里之外家中的亲人，想着自己已经走过的路和即将面临的未来，思绪万千，难以入眠。

我从事律师职业已经整整十年，绝大多数时间都是在异乡漂泊。

我这十年经历的风雨和沧桑，悲伤和喜乐，这本薄薄的书毫无疑问是承载不下的。我喜欢律师这个职业，自由自在，每一天都充满了挑战。然而，我刚入行的时候和大多数律师一样，心中一片茫然，不知道是不是应该坚持，又怎样坚持下去。尤其是远离家乡，独自在外地工作，要面对的困难，更是超出自己最初的想象。回首自己的成长经历，我有很多的感慨和领悟。我把这些过程记录下来，这一个个或深或浅的脚印，对远离故土、追逐梦想的年轻朋友，也许会有一些启发。

感谢一路陪我走来的师友，感谢一直支持我的亲人。这份成长和漂泊的记录，献给你们。你们的关注和鼓励，是我黑暗中的火花，是我前行的动力。每当我疲惫不堪的时候，想起你们就在我的身后，为我撑起遮风挡雨的伞，在为我加油和祝福，我就有了无尽的力量。

就像那首诗里说的：

> 所有的日子都去吧，都去吧，
> 在生活中我快乐地向前。
> 多沉重的担子我不会发软，
> 多严峻的战斗我不会丢脸。
> 有一天，擦完了枪，擦完了机器，擦完了汗，
> 我想念你们，招呼你们，
> 并且怀着骄傲，注视你们……

易胜华
2013 年 2 月 1 日

目　录

1

让海天为我聚能量

10

拔剑四顾心茫然

21

止戈为武

39

最大的敌人

50

师父和徒弟

61

天堂在左,深圳在右

74

新面孔

88

闪亮登场

100

眼泪为你流

112

虎口脱险

125

与工商过招

135

细节决定成败

147

风流命案

174

瞳孔里的人影

197

为梦想,千里行(上)

207

为梦想,千里行(下)

219

第一桶金

241

冲动的惩罚

260

初恋有毒

282

血疑

303

无情的情人

318

梦想在开花

让海天为我聚能量

我从小生长在庐山南麓、鄱阳湖畔的一个江南小县城里。这里湖光山色,风景如画,气候宜人,民风纯朴。参加首届司法考试之前,我在县城里有着一份舒适的公务员工作,收入也还算不错。闲暇的时候,和几个好朋友一起爬爬山,打打牌,喝喝酒,逍遥自在,有滋有味。偶尔,还有几篇附庸风雅的散文发表在报刊上,虽然稿费不多,也能够带给我小小的满足。

转折发生在 2000 年初。

我心血来潮写了一篇关于"旅游兴县"的万字论文,提出结合时代特点,重新整合全县旅游资源的思路,引起了某位县领导的关注。领导特意找我谈话,希望我能够到旅游第一线去"锻炼",为全县的"旅游兴县"大战略作出贡献。组织上如此器重,我顿时豪气干云,满口答应。我被一竿子插到底,派到某风景区去做旅游宣传促销工作。

但是没过多久,那位非常赏识我、让我去"锻炼"的领导突然调走,临走时也没有给我一个说法。而景区在当年下半年又被承包出去,我一下子成了无靠无依的闲散人员。

这时,县里正在举行"副科级领导干部公开选拔"考试,我只有十几天的复习时间。七个公开招录岗位,我报考的是竞争最为激烈的团县委副书记岗位。在将近两百人的考生中,我以笔试第三名的成绩顺利入围面试。在面试中我名列第二,排在第一的是团县委的一名工作人员。最终,这个岗位与我失之交臂。一时间生活被全部打乱,不知道今后该怎么办。领导们让我"服从大局,等候安置",朋友们则笑话我,一篇卖弄才学的文章,竟然落得个如此下场。有劲没处使,有气没处撒,我只能游手好闲,四处游荡。

2001年5月,到一位在检察院上班的同学家串门时,看到他案头有一套《律师资格考试指定用书》,厚厚的几大本。同学说,他考这个律师证,是为了哪一天不想做公务员了,就去当律师,自由自在。

我想起了当年在学校里教宪法的一位女老师,她同时也是一名兼职律师,经常在课堂上跟我们说起她办的案子。说到高兴处,眉飞色舞；说到伤心处，泪如雨下。那个时候觉得，原来律师这个职业可以让人如此忘情投入，连一向端庄的女老师都控制不住自己。当年这位老师建议我也去考律师证，说我比较适合做律师。那时的我年少气盛，认为当公务员才能实现自己的人生理想，才是最好的出路，没有把老师的建议当回事。现在，我的公务员身份已经变得不明不白，人生理想没有了出路。我决定参加律师资格考试，为自己寻找一条新路。

于是，我买来《律师资格考试用书》，放下手里的一切事情，专心准备考试。7月，我在县司法局填表报名参加考试。但是，没几天就传来消息，因我国《法官法》、《检察官法》修改，"律师资格考试"改为"国家统一司法考试"，原定于10月份的考试时间取消，时间待定。虽然考试时间变得遥遥无期，我仍然没有放弃考试准备。只要不取消律师这个职业，总有考试的那一天。

刚开始的时候，我对自己能否通过考试没有太大的信心。律师资格考试号称"天下第一考"（现在应该是算不上了）。几十万考生中，不乏名牌大学的高材生，其中有不少在读的硕士、博士，每年考试的通过率都低得可怜。与高考相比，律师资格考试的残酷程度更令人胆战心寒。高考是与普通人的较量，司考则是与高手过招，而我离开学校、不摸书本已有好多年，自认为与法盲无异……

对自己有一个比较清醒的认识以后，我打定主意，要比别的考生付出更多的努力，争取在这场艰难的比拼中脱颖而出。从"法盲"的基础重新开始学习，在几个月的时间里达到一个律师的水平，必须加油!

从高考的时候开始,我应付考试就有一个屡试不爽的笨办法:抄书、做笔记。我相信"好记性不如烂笔头",认真抄一遍,胜过心不在焉地看十遍。走出校门这么多年,心里已经装进了很多的杂事,书本拿在手里很容易走神,半天时间都翻不过去一页,脑子里不知道在想些什么。做笔记可以强迫自己集中注意力,还能加深印象。由于抄得慢,还可以边抄、边思考,慢慢消化,不会遗漏重要的细节。

在几个月的时间里,我最少做了六遍以上的详细笔记。第一遍笔记花的时间最长,用了三个多月的时间,每天进度规定在50页以上。有时,一句拗口而又重要的笔记,我要一口气连抄十遍,直到滚瓜烂熟才罢休。到后来,一些简单易记的内容我就不抄,多看几遍就掌握了。

到开考之前,我用掉的草稿纸已经堆积如山,钢笔写坏了三支,用掉的笔芯更是不计其数,有时一天用掉一支笔芯。考试用书上被我写满了密密麻麻的批注,各种颜色的笔在书上做的记号层层叠叠,书本上有些地方还贴上了小纸条做归纳。我总算彻底明白了"书越读越厚,然后越读越薄"的道理。到了考试的最后几天,所有的考试内容都被我浓缩在几张A4纸上。凭着这几张密密麻麻的A4纸,我的脑子里就可以迅速展开几大本复习用书的全部详细内容。

司法考试的内容不仅多,而且杂,很容易造成记忆混乱。例如,三大诉讼程序(民事、刑事、行政)有相似之处,也有很大的差异,加上行政复议、商事仲裁和劳动仲裁等程序，一不小心就会张冠李戴，脑子里一团糨糊，令人抓狂。在全面复习之后，为了加深印象，我精心制作了不同的诉讼流程表，进行"对比记忆"，找出它们之间的差异。法律关于"期限"的规定，完全靠死记硬背也不行，还要认真分析立法者的用意。例如：不同的程序中对于期限有"三天"、"五天"、"七天"、"十天"、"十五天"等时间规定，这些都是重要的知识点。为什么通知开庭的时间是"提前三天"而不是"五天"、"七天"？为什么刑事案件上诉期是"十天"，而民事案件上诉期是"十五天"？在学习的过程中，我尽量站在立法者的角度，同时结合自己的生活经验，揣摩作出这种规定的理由，即使想不明白，经过了一番思考，对相关规定的印象也深刻了许多。

这种苦行僧式的学习方法非常辛苦。我看书看得咳血，那是因为熬夜抽多了烟的缘故。做笔记做得手都抬不起来，吃饭的时候手指头发抖，捏不住筷子，筷子几次掉在地上，让父母心疼不已。晚上睡觉脱衣服，肩膀撕裂一般的痛，痛得我龇牙咧嘴。有一次看书的时候打盹，迷迷糊糊地听到似乎有人敲门，走过去开门的时候一头撞在墙角，顿时天旋地转，捂着脑袋一屁股坐在地上，伸出手，看到满满一巴掌的血。到现在，我头顶上还留着这道疤痕，正好可以让我的头发分成三七开。

体力上的付出还是其次，最痛苦的是"独学而无友"。遇到一些理解不了的知识难点，身边没有一个可以请教的老师或者一起交流的考友。虽然有一些同学也在准备考试,但总觉得不好去影响他们,只能自己默默承受。这种深入、细致、全面的"地毯式"学习方法,也让我发现了法律中存在的很多漏洞和自相矛盾的地方,同时还养成了独立思考、独立寻找答案的习惯。教材中的一些错误让我纠结半天,百思不得其解。查找很多资料进行反复对比,最终才弄明白,原来是教材印刷的时候校对不严,出现了错别字。可把我这较真的人给坑惨了⋯⋯

这种看似笨拙的学习方法,给我打下了非常扎实的法律根基。每一个知识点似乎都融入了我的血液,在我体内奔流不息,让我随时随地处在强烈的"法律语感"之中,越学越带劲,就像武侠小说中的"内力"运行一样。生活中的点点滴滴,在我眼里全是法律概念。看到房屋,我想到房地产法;看到稻田,我想到土地法;看到树,我想到森林法;看到两口子争吵,我想到婚姻法;坐车的时候,我想到客运合同;上商店买东西,我想到买卖合同;就连用自来水洗个手,我都会想到水资源保护方面的法规⋯⋯我已经深深地沉浸在法律的环境当中,与法律合为一体。吃饭的时候,我用直勾勾的眼神盯着父母,他们的眼里充满了担忧。他们哪里知道,这个时候我脑子里想的是收养法和继承法啊⋯⋯

这种学习方法的效果,在多年之后也令我受益无穷。那些知识点深深地刻在了我的脑海,即使有很长时间没有接触,一旦在工作和生活中涉及,这些知识也会跳出来,让我作出快速、准确的分析。同时,这种学习方法,也让我无可救药地爱上法律,信奉法律,敬仰法律。我决定以法律作为我的终身职业,尽我绵薄之力,让公平正义像阳光一样，照遍每一个黑暗的角落。

在准备考试的过程中，有时候看书会看得热血沸腾，越看越兴奋。身体已经疲惫不堪，脑子却是一片清澈澄明，反应异常灵敏。莫非这就是学习的最高境界？每当这个时候，我就爬上楼顶，站在月光之下，面对远处的庐山和鄱阳湖，放声高歌："让海天为我聚能量，去开天辟地，为我理想去闯！"我祈祷上天赐给我无穷的能量，赐给我无尽的智慧，让我在今后残酷的搏杀中冲出一条血路。当我身心憔悴的时候，我也会爬到楼顶上去，大声地唱："让海天为我聚能量！"静谧的夜晚，我嘶哑的歌声在空中回荡，惊起树上栖息的鸟，也吵醒了邻居家的狗。深夜里，狗叫声与我的歌声互为唱和，令人无限遐想。

2002年3月，期待已久的司法考试终于来到。
可能是因为考试之前兴奋过度，在考场上我昏昏欲睡。无论怎么咬嘴唇、拧大腿都无济于事，整个人都是迷迷糊糊的。我几乎是在无意识的状态下做题，不知道自己怎样做完的试卷。考完最后一门，走出考场的时候，感觉到自己已经虚脱了，体内全部的能量都已经释放完毕，就像一只彻底消了气的气球，软塌塌地坐在回家的车上，浑身说不出的难受。从不晕车的我，感觉到一阵阵的天旋地转，肚子里在翻江倒海。回家的路上，几次想叫司机停车，都强忍住了。

两个月后成绩公布，合格线是 240 分，我的成绩是 294 分，超出合格线 54 分。

放榜那天一大早，我在网吧里查成绩，网速很慢，登录不上司法部公布成绩的网站。我心急如焚，跑到马路边的电话亭里拨打声讯电话查询。当电话里传来我的每一门成绩和总分时，我仍然不敢相信自己的耳朵，一遍又一遍地拨打电话进行核实，直到 IC 电话卡里的话费全部打光才罢休。那天，下着瓢泼大雨，我淋着雨独自走在大街上，拿出手机分别给我的亲人、老师、朋友、同学打电话，告诉他们这个好消息，时而仰天大笑，时而哽咽抹泪，路人都用惊讶的眼光看着我。谁知道我为了这一刻，付出了多少的艰苦努力，谁知道我的快乐和伤悲啊。

去司法局领成绩单的时候，工作人员满面笑容地告诉我，这个成绩在江西九江市五百多名考生中名列榜首，高出第二名 18 分。后来还得知，当年的全国最高分是 312 分，我的成绩在全国考生中，可以排到前 50 名。首届司法考试全国有三十多万名考生报名，通过率仅为 7.5％。能够杀出重围并且取得这样的成绩，实属不易啊。

迄今为止，司法考试已经进行了十多届，考试内容和题型都发生了较大的变化，通过率也一再创出新高，甚至一度达到首届司法考试的四倍，令人瞠目。许多考生对司考辅导班和考前突击有很大的依赖性，而且确实有不少人靠这些捷径通过了司法考试。但是，在我看来，这种通过带有很大的"投机"性质，通过者的法律知识架构还没有建立起来，根基比较脆弱。

我做律师这些年，看到很多年轻人通过司法考试之后，怀揣着律师梦想而来，最终又垂头丧气地离开。他们离开的原因有很多，其中很重要的一点，就是发现自以为掌握得不错的法律知识几乎荡然无存，面对工作任务一片茫然，面对当事人提出的问题张口结舌。所以，如果考试的准备时间比较宽裕，我仍然建议考生们脚踏实地，进行全面复习，为将来的法律工作做好充足的知识储备。

当然，通过司法考试，只是取得了法律职业资格，并不意味着具备了成为合格律师的条件。

摆在我面前的，是一道又一道新的难关……

拔剑四顾心茫然

2002年9月，我在司法局拿到了《法律职业资格证》。那一年，我所在的九江市，500多考生只有25人通过司法考试，据说全市法院系统的考生全军覆没，没有一个人通过。我所在的县城，有十几人参加考试，通过者也只有我一人。这样的考试结果，使得法院、检察院当年的招聘工作陷入困境。县法院和县检察院的领导先后向我伸出橄榄枝，建议我报考他们单位的公务员，并且特意根据我的个人情况修改了岗位要求。

我思前想后，下定决心，婉言谢绝了他们的盛情邀请。我本来就是公务员身份，还要去报考公务员，简直有点莫名其妙。而且，我已经厌倦了公务员的生活，虽然安逸，命运却操纵在别人的手中，太多的约束，太多的不确定性。在众人诧异的目光中，我毅然决然地辞去了公职，开始我全新的人生。

我是一个恋家的人，吃饱饭之后坐在自家阳台上晒晒太阳看看书，是我人生最大的乐趣。所以，最初的时候，我选择在县城的一家法律服务所上班。县城虽然有一家律师事务所，却是县司法局下属的国办所，里面的几位律师属于事业编制，有很浓厚的官方色彩。而法律服务所里只有我一个人具备律师资格，我又是以高分通过的司法考试，其他人遇到问题都要请教我，令我有点小小的满足。

但是，虽然法律服务所的领导和同事们对我非常器重，我却很快感到了失望。每天上班除了看报纸，几乎无所事事。县城很小，只有三万常住人口，全县人口也不到三十万，法律服务市场非常小，一年难得有一两起相对重大的案件。当事人但凡有一点经济实力，根本不会在县里请律师，都是去市区或者省城找大牌律师。即便有一两个登门咨询的，也都是鸡毛蒜皮的小事。夫妻之间打架，邻里之间闹矛盾，小偷小摸，小打小闹。大部分当事人也出不起费用。据说县城律师事务所全年的业绩，还不到十万元……

有一次，一个当事人来服务所咨询，我接待之前跟他说明，法律咨询要收咨询费的，他说："行，多少钱？"我说："三十块钱。"他顿时跳了起来，大声嚷嚷说："我们辛辛苦苦工作，风吹日晒一整天也才挣三四十块钱，你跟我说十几分钟的话，嘴皮子动动就收三十块钱，抢钱啊！"

我无言以对。确实，他们无法接受这个收费标准。如果拿律师的收费和民工每天辛勤工作的收入做比较，任何人都会觉得律师挣钱太容易了。我没办法向他解释律师工作的含金量，说了也白搭。

有一次，我收了当事人50元代书费，给他写了份民事诉状。当天下午那个当事人再次找上门来。原来，法院立案庭的法官看了我写的诉状之后破口大骂，说是请的什么人写的狗屁诉状，居然把应该分成两个案子的诉讼请求写在了一份诉状里面，拿回去重写。我陪着当事人一起到法院向立案庭法官请教，法官在当事人面前毫不客气地训斥我，我听得面红耳赤，无地自容，恨不得撞墙。司法考试成功带给我的荣誉感，瞬间崩塌，灰飞烟灭。

理论和实践的差距太大。虽然我是全市司法考试的状元，却是司法实践的白痴。在县城里，不但接触不到有点意思的案子，挣不到钱，而且没有人能够教我实践方面的知识。只有去市区的律师事务所，才有更多的学习锻炼和挣钱的机会。

市区离县城有四十多公里，乘坐班车要一个小时才能到。以前除了出差和去看望住在市区的大伯，很少去九江。我已经习惯了家里安逸舒适的生活，但是，为了自己的律师事业，只能离开县城我那个舒适的安乐窝，到虽不遥远、却比较陌生的市区做律师。

在市司法局律师科工作人员的热心推荐下，我进入九江市最大、号称律师界"黄埔军校"的国办律师事务所实习。虽然是九江最大的律师事务所，全部律师也只有十几名。在三线的地级市，这样的规模在当时已经算不错了。

"万事开头难"。但是，可能没有哪个职业的起步阶段，比"律师"这一行更艰难。"巧妇难为无米之炊",律师这个职业靠的是人脉和经验。没有人脉,就没有案源,没有案源,就没有收入。没有办案经验,那些背得滚瓜烂熟的法条顿时变成一堆废物。律师这一行,"纸上谈兵"肯定是不行的。毕业于名校、司法考试高分,都不能为你带来案源,也不能让你瞬间就成为办案能手。

跟其他职业不同,绝大多数律师在刚刚入行的时候,是没有固定工资的。即使应聘律师助理成功,薪水之低也令人难以置信。全国大多数城市律师助理的工资水平,与当地最低工资标准基本一致。例如在北京,2012 年的律师助理工资,一般都在 2000 元上下。经济欠发达地区的律师助理,工资只会更低。如果一个人刚刚通过司法考试,离开他土生土长的地方,去另外一个城市做律师助理,他每个月领到的薪水,可能连交房租都不够,更别说还要吃饭、坐车、打电话、交朋友……很多人就是对此望而生畏,不敢进入律师这个职业,从而选择考公务员、到公司做法务。

我到市区的律师事务所上班,没有选择做律师助理,而是纯粹的实习律师。也就是说,没有一分钱的固定收入。和刚走出校门的学生相比,以前的工作使得我略有一些积蓄,而且又是在离家只有几十公里的市区实习,经济压力不算太大,心态相对比较好。

我深深明白创业阶段"苦其心志,饿其体肤,空乏其身"的必要性。每个星期,我只带 50 元到律师事务所上班。扣除交通费用,吃饭都够呛。刚开始的时候,我借住在大伯家,跟堂姐的孩子挤在一张单人床上,很不方便。后来,所里给我提供了一间单人宿舍,离单位有五六站地。每天的日常开支,我需要精打细算,为了节省公交车费，我经常冒着烈日寒风，步行半个多小时上下班。午餐我总是买最便宜的盒饭，早餐和晚餐则是买几个包子对付过去。有时候收了一笔咨询费，我就去南门湖边的拉面馆，叫上一碗大份的兰州拉面，狠狠地解一回馋。为了省钱，我还准备了两个空矿泉水瓶，每天早上带去上班，下班时从单位的饮水机接满水后带到宿舍，足够我一晚上喝水。

我的单身宿舍在四层，是一处废弃的写字楼中的一个小单间。到了晚上，整栋楼只有我一个人，楼梯间黑灯瞎火，只能点亮打火机摸索着上楼。我原本并不觉得害怕，但是，可恶的同事神神秘秘地告诉我，这栋写字楼之所以很少有人租，是因为两三年前这里曾经发生过一起轰动一时的命案。一位年轻女子被杀死在我斜对门的屋子里，尸体隔了好几天才被发现，都已经臭掉了，案件至今未破。而且，因为晚上楼里没什么人，常有一些地痞流氓跑到这来鬼鬼祟祟，不知道在做些什么勾当。同事的话令我毛骨悚然，难怪会有免费的房子给我住啊。每天晚上回到单身宿舍，我立即紧锁房门，看书，写材料，或者蒙头大睡，不管外面有任何奇异的响声，我也绝不开门。有时候不得不出去上厕所，我手里也要拿着一根长长的木棍，胆战心惊，东张西望，随时准备应付突如其来的状况。

我实习的这家律所临街，所里在一楼的门面有个"咨询接待室"。老律师很体谅我，每当来了咨询的当事人，或者有人要求代写法律文书，他们总是让我去接待，自己在一边指导。收取的咨询费和代书费，全部算作我的收入。这样一来，我的生存问题基本上得到了解决。

刚开始上班的时候，我有点不修边幅，头发蓬乱，胡子拉碴，衣服也穿得很随意，甚至穿个大裤衩，踢踏个拖鞋就去上班。我认为，"腹有诗书气自华"，一名律师如果打扮得油头粉面，反倒会让人觉得浮华、不实在。事实证明，我大错特错。我和同事们在接待室坐着，上门的当事人打量了整屋子里的人后，大多会绕过坐在前排的我，直接找身后的同事咨询，让我觉得特别沮丧。即使接待室只有我一个人，当事人在听我解答问题的时候也是心不在焉，左顾右盼，一脸的不以为然。

我终于领悟了"人靠衣装，佛靠金装"的道理，不能蓬头垢面地玩个性。我是律师，不是文艺青年，把自己整得跟济公活佛一样，当事人心里当然不踏实。一名成功的、经验丰富的律师，当然是衣冠楚楚、仪表堂堂的啊。换了我是当事人，也不敢随便把自己的身家性命交给一个穿拖鞋上班的屌丝。我立即咬着牙到大商场里采购一番，给自己置办了几身价格不菲的行头。既然当事人都喜欢以貌取人，那我就得把自己收拾得英气逼人。果然，拾掇一下之后，当事人不会见着我就绕道了，有的当事人还主动和我攀谈。

咨询接待室设定了值班制度。如果不是我值班，我就要在自己的办公室工作。我最开始和一男一女两位资深律师在一间办公室，他们都有将近二十年的执业经历。女律师的业绩在所里是最好的，几乎占到了全所总收入的一半。她老公在市政府部门担任要职，所以她的顾问单位很多，而且收费较高。那位男律师是她的合作伙伴，案源基本上来自这位女律师。

两位律师对我都很好，但是如果来了当事人，他们会要求我回避。我只能到会议室去看书。他们也没有时间专门教我，我只能翻出他们以前的案件档案，仔细研读。这些档案基本上是按照案件的发展顺序装订成册的，我最先看到的是《起诉书（状）》，接下来看到的是案件的相关证据，最后看到的是《判决书》或《裁定书》。

我尽力压制自己看《判决书》的欲望，先对前面的材料反复研究，作出判断后，才和《判决书》比对。如果我的判断和最终的结果吻合，心里会有一些小小的得意；如果不一致，我就要认真找出原因，看看《判决书》的理由是什么。有时候找不到原因，百思不得其解，就问两位律师是怎么回事。多数时候，他们会正面解答我的疑惑。有些时候，他们会神秘地一笑，说："慢慢你就知道原因了。"后来，我就明白了他们的意思。

这种学习方法还是"纸上谈兵"的性质，我迫切需要有案子亲自操刀。老师出去办案很少带上我。有时是因为案件涉及当事人的隐私，不方便让其他人介入，有时是因为多带一个人就会增加费用开支。我必须有自己的案子。但是，该怎样去寻找案源呢？这是与法律知识完全无关的一个全新课题。我的心中一片茫然……

我想，律师为当事人提供的是法律服务，既有一定的商业特征，同时又与一般的商品营销有区别。法律服务的基础在于"信任"。我们到商场买东西，到餐馆吃饭，花的钱不多，我们也会货比三家、挑挑拣拣，服务如果不满意，我们还会投诉。而当事人在没有见到任何实实在在的商品、还没有进入实质性的法律服务之前，就要先交纳一笔可观的费用给律师，难免会有疑虑。因此，客户只会选择自己信任的律师。

明白了"信任"是法律服务的基础之后，就需要思考"如何获得当事人的信任"的问题。中国是熟人社会，尤其是在经济欠发达的地区，当事人往往会通过熟人的介绍来找律师。我也了解到，有些律师通过公检法的朋友介绍案子获取案源。我虽然羡慕，却觉得这种做法风险太大。首先，这种行为是明令禁止的，刚刚入行就去踩这个雷区，我没有这个胆量；其次，既然是公检法熟人介绍的案子，当事人对律师的期望值必然很高，但是介绍人拿走一大笔介绍费后，并不会在案件进展中发挥作用，律师背负着巨大的压力。这是一条险路，我决定舍弃。

无论如何，既然是服务，品牌是第一位的。即使是熟人推荐案源，也需要有推荐的理由，必须把打造自身品牌摆在重要的位置。

我一改过去"资深宅男"的性格，经常抛头露面，参加各种各样的亲友、同学聚会。隔三差五，我还会主动约上一些朋友一起吃饭、唱歌、郊游。只要时间允许，亲友的婚丧嫁娶这些事情我必然到场。在这些场合里，既不能太低调，也不宜过分张扬。如果像拉保险一般喋喋不休死缠烂打，会引起反感。律师这个职业，与做保险还是有区别的。同时，我还拉出一张拜访名单，把所有的人脉关系（老师、同学、前同事、前领导、亲戚、亲戚的亲戚……）全部列入，定期登门拜访或者打电话拉家常。

做律师，必须要有一张自己的资源网，越大越好，不断扩张，不断向外辐射。如果网里的人都知道你的职业，并且对你印象深刻，他们都是你的潜在客户，总有一天会找到你。

"打铁还需自身硬"，还有一句名言说的是"机遇只偏爱有准备的头脑"。我要让自己快速成长起来，免得当案子真正来到的时候，却没有能力去完成。为此，我积极参与同事之间的讨论，珍惜每一个实践锻炼的机会，努力积累自己的办案经验。同事让我跑腿做一些事，我不计报酬，想尽一切办法快速、高效完成，事后还让他们给我提点改进意见。很多时候，为了帮这些先入行的同事做一件事情，我不仅要搭进去时间和人际关系，甚至还抢着付路费，请他们吃饭、洗脚。同事们很乐意有我这样一个办事利落、脑瓜灵活的免费助手，也愿意带我参与一些案子了。

空闲的时候，我尝试着制作一些常见案件类型的法律服务手册，包括《妇女维权法律手册》、《劳动者维权手册》、《交通事故法律知识》等。我通过在妇联、劳动局、交警队工作的亲友关系，将这些资料放在他们的办事大厅里，供人免费取阅。这些手册上印了我的联系方式，不时有人打电话向我咨询，我总是耐心解答，有些人还找上门来，成了我的客户。

与此同时，我开始上网。此前对电脑的认识，仅仅停留在学校的电脑课上。我想，既然律师职业是全国性的，那就必须保持和外界的联系，改变司考期间"独学而无友"的状况。掌握电脑知识，对于查找资料，结交朋友，学习外地律师办案经验有着非常重要的作用。

我经常上的一家法律论坛人气很足，很多网友在上面交流司法考试的经验，一些已经通过了司法考试的人，则在交流执业经验。我初来乍到，很难在律师业务方面有发言权，但是，我认为网络与现实并没有太大的区别，只要以诚相待，就一定能交上朋友。于是，我将自己的司法考试过关经验发表在网站上，和大家一起分享，解答疑问。同时，我还把实习中的一些迷惑和领悟发表在论坛上，引起了大家的关注和共鸣。很快，我被任命为"实习律师"版块的版主，后来又成为"律师实务"的总版主、论坛管理员。

在网站上，我结交了全国各地的网友，他们大多是司法考试的考生，有些人后来进入了检察院、法院、外企。我的真诚付出得到了大家的信任。直到今天，我在全国各地出差，当地的网友总是会热情接待，提供很多方便。如果有合适的案件需要协作，他们也会想到我。我从业后第一笔超过万元的代理费收入，就是来自在论坛上认识的一位北京女律师。她的网名是"娃娃"，在一家非诉所执业。基于对我的信任，她将顾问单位的一项调查业务交给我去处理。其实，那项业务的办理地点，在距离九江还有一两百公里的南昌市，她完全可以找到比我更合适的人来做。

我的努力没有白费。在经历了一段艰难时期后，我总算"开张"了。老家的朋友给我介绍了一起故意伤害案件。实习律师不能独立办案，必须挂指导老师的名字。而"行规"是，指导老师只要挂了名字，就要和实习律师平分收入。我永远都记得，我的第一个案子收费是1000元,扣除税款和所里的管理费,纯利润是450元。我和指导老师一人一半,我的第一个案件收入是225元。

虽然收的钱很少,我还是很兴奋、很认真地去代理这个案子。在为这起案件辩护的过程中,我遇到了很大的压力。而这起案件的成功辩护,让我品味到了律师职业的风险和成功后的极大乐趣,也让我开始对自己从事律师职业有了一定的信心!

止戈为武

这是我从事律师职业后，独立办理的第一起案件。案情并不复杂：被告人熊老三在超市购买矿泉水的时候，因琐事与他人发生争执。对方找来帮手，熊老三见势不妙逃离超市。在逃跑途中，熊老三看到一些朋友来给自己助阵，于是几个人手持菜刀返回，再次发生打斗。这时，被害人廖老大出来劝架，混乱中被熊老三砍伤头部。经法医鉴定，廖老大为轻伤甲级。

熊老三的父亲来律所找到我，介绍完案情，我有点惊讶。熊老三只是对廖老大造成轻伤甲级的后果，虽然根据我国《刑事诉讼法》，这类案件既可以由被害人自诉，也可以提起公诉，但是老家公安的办案习惯，大多作为治安案件处理，由致害人赔偿被害人一些治疗费用，然后再处以一些罚款。最多再给个治安拘留，很少会起诉到法院追究刑事责任。即使提起公诉,这类案件一般也会走简易程序,处理结果不会太重,很少有被告人为此聘请律师。熊老三家属已经赔偿被害人3500元的治疗费用,而廖老大声称自己的手机和手表在当天被打坏和遗失,提起了附带民事诉讼,要求被告人赔偿2500元。

熊老三的父亲谈到,他之所以不想在县城请律师,是因为廖老大在老家势力很大,与公检法的关系都很熟。而且他听到风声,法院会顶格判处熊老三,最终很有可能是3年有期徒刑。他担心县城的律师不敢为这件小案子仗义执言,得罪公检法,更不敢得罪廖老大,所以找到我这个在市区执业的本地律师做辩护。

我向熊老三的父亲仔细询问了一些情况,了解到:廖老大是本地一霸,当晚实际上是对方的帮手。廖老大原以为自己出面,熊老三会乖乖认输,没料到熊老三不但不给面子,反倒在自己头上砍了一刀,以至于破相。所以廖老大要想尽办法出这口恶气。

熊老三父亲还谈到,打架的事情发生以后,熊老三知道得罪了廖老大,后果很严重,特意躲了起来。廖老大带着很多人冲到了他家,手上都拿了刀、棍,到处寻找熊老三。廖老大没找到人,他的手下为了泄愤,用铁棍把他家的门砸烂了。

我出道以来辩护的第一个刑事案件,就遇上黑道火拼这种棘手的事,有点头疼。我知道,当事双方都不是善茬,处理起来要加倍小心。

办理委托手续后,我和同事一起去看守所会见熊老三。他已经被关押了将近5个月。会见中,我们了解到:他并不是被民警抓获的,而是在打架的事情发生后的第三天,他去县城的药店买药,被廖老大手下的几个人看到。那几个人一直在街上四处寻找,发现熊老三的踪迹后,那些人拿着砍刀追杀。他一路狂奔,最终还是被追到。廖老大的手下人拿刀架在他脖子上,把他押上一辆出租车。出租车司机开始拒绝让他们搭乘,在他们的威胁下,司机才被迫发动汽车。

熊老三被送到城外十几公里远的一座山上。廖老大和手下将他捆起来吊在树上,对他拳打脚踢,殴打几个小时,逼问他是不是受人指使砍廖老大的。后来,廖老大见他被打得奄奄一息,这才打电话给派出所报警,派出所的民警开车把熊老三送到看守所关押。看守所值班民警见熊老三被打得浑身是血,害怕承担责任,不同意收押,非要派出所先送熊老三去医院做体检。看守所拿到体检报告后才同意接收。

熊老三讲述的这些情况,虽然不会直接影响到案件的定性,却对我的辩护有很大的帮助。有些律师在看守所会见当事人的时候,注意力完全集中在案件本身,忽略了案件以外的一些因素。"功夫在诗外",司法实践中,影响到案件最终处理结果的,有时候往往是这些案外因素。所以,律师代理案件需要"深入浅出",既要吃透案件本身,又要跳出案件,了解一些看似无关的东西,综合考虑,制订相应的辩护策略。会见的时候,如果时间宽裕,律师和当事人聊完了案子,还可以聊得更广、更深,也许会有意外的收获。

我告诉熊老三："廖老大非法闯入住宅和非法拘禁、殴打他人的行为都是违法的。但是，你是要追究对方的刑事责任，还是要减轻自己的刑事责任？是要把对方送进班房，还是希望自己早点出来？"熊老三一脸茫然，没有回答我的问题。

我解释道："廖老大在本地有这么大的势力，我们要把他送进监狱，虽然不是没有可能，但是难度很大。这样一来，会使你自己的处境十分不利。但是，如果我们以此为条件，要求对方作出一些让步，也许会起到很大的作用。"熊老三权衡利弊以后，表示愿意放弃对廖老大的指控。

我把本案涉及的一些法律知识向熊老三做了讲解。我对熊老三说："你的行为实际已经构成了故意伤害罪，不可能做无罪辩护，只能要求从轻量刑。即使廖老大不再追究你的责任，法院也会作出有罪判决。"

熊老三说，对于被判有罪有思想准备，毕竟砍伤了人，而且已经关了快半年。但是，判刑在一年以上会被送到外地服刑，希望量刑在一年以下。我表示尽量去争取。

我整理了一下自己的思路。这个案子干扰太大，如果只是就事论事，我的辩护目标很有可能得不到实现。廖老大与公检法的关系相当好，只有说服廖老大，让他去做法院的工作，他的一句话胜过我在法庭上说一百句。而我手里的筹码只是廖老大事后对熊老三实施的犯罪行为，我可以拿这个作为交换条件，要求廖老大作出让步。

为了实现我的目的，我让熊老三的父亲找周围的邻居作证，对事发当晚自己家里遭到暴徒冲击提供证言，并拍摄照片交给我。

我到法院送委托手续的时候，对承办法官说："廖老大在事后对被告人及其家属实施了非法侵入住宅和非法拘禁的犯罪行为，我们要依法追究。"法官表示，如果有证据显示廖老大有犯罪行为，当然同样要追究的。

我知道，我对法官说的话，一定会传到廖老大的耳中，我只是敲山震虎而已。

接下来，我便开始取证工作。

由于时隔5个月，本案发生的经过已经没有办法取证，而且很多人因为廖老大的原因，不愿意为此作证。所以，我决定把取证的重点放在熊老三遭到非法拘禁上面。

我在熊老三当天被追杀的药店附近进行调查，询问路边的店主和摊贩是否看到过当天有人持刀追赶他人。结果一无所获。我想到出租车司机。虽然我很努力地寻找，但是大海捞针，一无所获。

于是，我考虑直接去找当时押送熊老三去看守所的派出所民警。他们在接到廖老大的电话以后，开车前往郊外把熊老三带回县城关押。熊老三是否遭到非法拘禁，是否遭到殴打，这些情况他们是最清楚的。

我来到派出所，找到那位民警。我猜想，这位民警和廖老大肯定有着不同寻常的关系。不出我所料，在问及当天的情形时，民警表示他不好说。因为他知道作伪证的后果。

我理解他的处境。我说，其实我们并不是想追究廖老大的刑事责任，我们只是希望廖老大作出一些让步。我告诉这位民警，我想和廖老大谈谈，大家就这个问题坐下来商量一下。民警说，他一定转告廖老大。我留下名片后告辞。

为了给廖老大施加心理压力，我向法院递交了《通知证人出庭申请书》，要求法院在本案开庭的时候，传唤押送熊老三的民警出庭讲述抓捕经过。法院接受了我的申请。

没多久，我接到了廖老大打给我的电话。电话里，廖老大口气非常强硬，完全是一副黑道的口吻。

廖老大问我："你知道我是谁吗？熊老三花了多少钱请你？你在哪里做律师？"

我不卑不亢，尊称他为廖总，说自己和他没有什么利益冲突，只是在这个案件里面作为熊老三的辩护人，履行自己的工作职责，希望得到他的理解。我声明，追究他的刑事责任是熊老三的意思，熊老三是在我的劝说下，才表示放弃追究责任，但是希望廖老大与司法机关通个气，也别再追究他的刑事责任。这样的话，我们就不会在法庭上提起这个事情。

廖老大表示，他不怕被追究责任，这点小事情不会难倒自己。

我开始向廖老大分析利弊得失。

我说："您的目的到底是什么？不就是要出一口恶气吗？熊老三砍了您一刀，他已经赔偿了您的医疗费，您还把他抓去打了个半死。他现在也已经关在看守所5个多月了，这口气您应该说已经出得差不多了。"

我话锋一转，接着说："我知道您和各路朋友都玩得很好，但是如果熊老三抓住您不放，他只有故意伤害一个罪名，最高也就是判3年。而您却是两个罪名，数罪并罚的话，您的刑期一定比他长。您何必为了这件事情把自己搭进去啊？即使您在本地有很大的关系，您的那些朋友敢不敢出面帮您还是个问题。熊老三如果豁出去了，把案子往上面捅，您的那些朋友不见得帮得了您，而且还可能牵连到他们。就算您最终不会承担刑事责任，您为了这件事情不知道要动用多少关系来摆平，不知道要花费多少时间、精力和财力。明明是一点小事情，您又何苦这么折腾？现在就看您自己的意思了。"

我的一番诚恳的话语，打动了廖老大。但是他依然表现得满不在乎。

此后廖老大又联系过我几次。我知道我的一席话起到了作用，廖老大越是联系我，越说明他已经感到了不安。

开庭前一天的晚上，我再次接到廖老大的电话。廖老大说，他不打算出席庭审，希望我慎重考虑明天在法庭上怎么说，相信我不会为熊老三这件事而得罪他。廖老大说，虽然他明天不在法庭上，但是我说了些什么，他会知道得一清二楚。

廖老大的话里有着明显的恐吓意味，但是我依然表明我的立场："我只是作为熊老三的辩护人发言。熊老三如果不追究您的责任，我当然不会说什么。但是如果熊老三因为自己判得太重，觉得心里不平衡，要让您陪着一起坐牢的话，我没得选择，只能按照他的要求做好我的本职工作。"

廖老大说，这件事情他不想多管，他很忙，不想再过问这件事情，不想有什么麻烦，民事赔偿他也不要了。

听到这句话，我知道，我的目的达到了。

第二天一早我来到法院，派出所的那位民警已经在等候出庭作证，抽着烟，一脸的不安，在法庭外的过道里走来走去。

开庭之前，公诉人和法官约我到办公室交换意见。法官向我建议，能不能就事论事，其他的案外情节，开庭的时候就不要涉及，作为另外一个案件处理？我心照不宣地说，尊重法院和公诉人的意见，今天不谈及案外的事情。

庭审很简单，不到一个小时就结束了。

当晚，我再次接到廖老大的电话，说请我出去吃饭。我推辞说，手里有事情脱不开身，下次再一起坐坐吧。廖老大说，这件事情就这么算了，愿意和我交个朋友，以后有什么事情还要请我多多帮助。我笑道，我也是喜欢交朋友的，办完这个案子，我们就是朋友了。

几天之后，法院通知我去取判决书。熊老三被判处有期徒刑1年，留在本地服刑。扣除已经羁押的日子，他还有6个月就可以出狱。宣判后，我在看守所再次见到熊老三，他说对这个判决结果十分满意，很感谢我为他所做的一切。廖老大也时不时给我打电话，向我咨询一些法律问题。

刑事辩护要做到双赢，达到被告人和被害人都满意的效果，并不是一件容易的事情。尤其是当事双方都是"黑道人物"的时候，对于律师更是重大的考验。不但需要智慧，更需要勇气。

这个案子是我独立办理的第一起辩护案件，能够做到这一步，我感觉不错。本案成功的关键在于，我抓住被害人的过错，迫使其作出让步，为被告人争取到了最大的利益。

俗话说："一个巴掌拍不响"。在有些刑事案件中，被害人存在一定的过错。这些过错在案前、案中、案后都有可能出现。"被害人有过错"是被告人获得从轻处理的酌定量刑情节，指的是案件发生前的"被害人过错"。案件发生后，有些被害人因为自身受到的伤害，可能会做出一些不理智的行为。这些事后的行为，一般不影响被告人此前犯罪行为的性质和处理。该追究被告人法律责任的，照样追究，如果被害人事后的报复行为构成了违法犯罪，也应当依法处理。这样一来，双方都是输家。

当前的刑事政策提倡"刑事和解"，要求尽可能化解社会矛盾。对于某些轻微的人身伤害类案件，如果被告人能够取得被害人的谅解，司法机关在处理的时候可以从轻。这就给律师的刑事辩护提供了巨大的空间。只要律师愿意多花费一些精力从中斡旋，有可能实现双方都满意的辩护效果。

第一次的成功辩护，让我开始思考：在错综复杂的关系中，律师如何寻求最佳的解决方案？在解决纠纷的时候，律师应当充当怎样的角色，发挥怎样的作用？如果多花一些心思，我们是不是可以找到一个各方都能接受的最佳方案呢？

这是一个执业理念的问题。我认为，法律服务的最高境界是"皆大欢喜"。律师的工作，如果不仅仅让自己的当事人满意，同时还能让对方当事人满意，办案单位也满意，这才是一流的法律服务。

如果能做到这一点，不仅自己的当事人以后有事情会继续找我们代理，对方当事人遇到问题的时候，也会想起令他非常有好感的律师，办案单位当然欢迎帮助他们解决麻烦而不是"制造麻烦"的律师。这样做律师，不仅左右逢源，而且心情舒畅。

但是在实际操作中，要达到这种"皆大欢喜"的效果却并不容易。如果不是矛盾尖锐到了一定的地步，双方当事人也不至于对簿公堂，尤其是刑事案件，双方的矛盾几乎上升到了"敌我矛盾"的层面。维护当事人的利益是律师的职责，稍有懈怠，当事人就会对律师的专业水平和职业操守产生怀疑。很多律师采取快刀斩乱麻的方式，在法庭上对案子就事论事，说完了开路，免得给自己找麻烦。这种做法固然省事很多，但做的是一锤子买卖。对于大多数案件，律师不妨多花一点心思在庭外，多疏导双方，尝试着将一个案件彻底解决，将纷争消弭于无形。即使最后没能获得成功，律师的努力也会被大家看到，这样的律师也会被大家记住，受到欢迎。

我开始在案件代理中做一些尝试。觉得有可能和解的案件，我在征求当事人同意后，开庭之前先跟对方当事人或代理人接触，了解对方的想法，看看能不能达成部分共识。如果谈得比较好，则加强联系，进一步磋商。如果开庭之前还没有解决好，但仍有缓和可能，那么在诉状或者答辩状中，在庭审中，我会比较委婉地表明立场，避免咄咄逼人的态度，激化矛盾。同时，我会一直向对方传递友好的信息，即使我方当事人态度比较坚决，我也要流露出作为代理人的一种无奈，以免对方认为是律师在挑拨离间、激化矛盾，从而迁怒于律师。

在法庭调解的时候，我认为即使我方胜券在握，也不必得理不饶人，而是要积极促成双方和解。当然，必须要对方知道我方是做了让步的，要领情。这就是"止戈为武"。就像谈判的最佳效果是"双赢"，法律服务如果最终只有一个赢家，那也说不上有多么成功。法律的作用是维护社会秩序，那么，我们作为法律人，无论代理哪一方，最终的目标也是"定分止争"。有时候，我们为自己的当事人多争取了一些利益，表面看起来，律师成功地完成了当事人的委托。但是，对方当事人会甘心吗？这一次的胜利，也许就是埋下了仇恨的种子，总有一天还会有更大的矛盾出现，甚至可能会对我们的当事人造成更大的损害。所以，我们维护当事人的合法利益时，眼光不妨长远一些，为当事人长期的利益做一些考虑，尽可能不留下隐患。

我曾经办过一起合同纠纷案件，标的才几万元，但是双方当事人却不简单，都是各自镇上的首富，都是经营矿山和工厂的乡镇企业家。案情非常简单，对方老板李总从我方购货，货款都是一个月结算一次。但是李总最后一个月的货款一直拖着没有支付。虽然几经催讨，李总以我方货物"存在质量问题"为由拒绝付款。真正的原因是，双方经营同类产品，而且实力相当，一直在暗中较劲，市场竞争中也免不了互挖墙脚，嫌隙积累下来，酿成了矛盾。我方不肯示弱，向法院起诉对方，追要货款。当事人赵总对我说，就算是花费货款的十倍百倍，也要打赢这个官司，挣回这个面子。

我是开庭前一天临时接受委托的。了解案情之后,我知道获胜的把握很大。对方验货员在我方的出库单上已经签字验收,对其中不合格产品进行了相应的扣减,李总在收货后长达半年的时间里,一直没有对产品质量问题提出过异议。现在以此作为抗辩理由,显然不能得到支持。我想,李总也是一个实力雄厚的企业家,我该怎样妥善处理好这起案件,不仅让我的当事人满意,也能让双方冲突纠纷就此画上句号呢?

来到某乡镇派出法庭,等了一段时间,对方当事人李总开着奥迪车带着会计过来了。两位首富握手的时候,李总笑着说:"终于我们还是法庭上见面了。"赵总回答说:"虽然钱不多,但是你欠我的钱必须给我。你不给,我只有上法庭找你要了。"李总一笑,坐了下来。

法官还没来,气氛有点尴尬。赵总独自去法庭门外抽烟。我从法官办公室拿来开水瓶,给李总倒上茶水,掏出香烟递给他和他的会计,给他们点上火。李总有点意外,说道:"怎么还要你给我们倒水啊?"我笑着说:"您是著名的企业家,我们这些在外地工作的人都为你们骄傲啊,给你们倒水是应该的。"李总微笑着看我:"你这位律师看上去很年轻嘛。"我笑着说:"不年轻了,只是不怎么显老,不认识的人还以为我还是大学生呢。"

一阵寒暄之后,我说:"其实为这点小钱,没必要打官司啊。"

李总说:"是啊,我也觉得没必要。他要打我就奉陪啦。"

我嘿嘿一笑,说道:"我刚接到这个案子,情况还不是很清楚,到底是怎么一回事呢?"

　　李总说:"我们在一起做生意好些年了。一直是一月结一次账的,那点小钱我为什么要耍赖啊?是他的产品有质量问题嘛,害得我赔了客户不少钱,我总得扣他一部分货款吧。"

　　我问:"他的产品你们验收了吗?"

　　李总说:"验收是验收了,但是我的验货员被他收买了,所以把关不严。"

　　我说:"那您是不是有证据证明他收买了验货员呢?"

　　李总说:"还要什么证据啊。我的验货员现在都到他厂里上班去了。这就是证据啊。"

　　我笑着说:"这不算是证据啊。"

　　沉默了一下,我说:"我作为律师,照说巴不得你们打官司。但是说实话,我很不情愿看到你们两个企业家打官司,还是为了这么一点钱。我在市区工作,家乡也难得出几个人物,你们生意做得大、做得好,我们在外地工作的,说起家乡来,脸上也有光彩。我宁可不做你们这个案子,也不希望你们发生矛盾。"

　　李总脸色凝重,认真听我说话。

　　我接着说:"您看这件事情大家能不能坐在一起好好协商一下,妥善处理呢?"

　　李总说:"我还是第一次看到不希望人家打官司的律师。你是哪个律师事务所的?他给你多少律师费?"

　　我笑着说:"他给我多少律师费并不重要。如果你们能谈好的话,我不要律师费都行啊。"

李总也笑了:"这样吧,我可以考虑你的意见。"

这时候法官来了。开庭。

开庭之前,我走到门外,跟我的当事人赵总进行沟通。我说,如果能够调解的话,我们还是调解吧。赵总表示,看情况再说。

我尽量用一种比较低沉温和的声音宣读诉状,出示我方的证据。整个庭审过程中,我一直面带微笑注视李总,他在发言的时候,我时不时地对他点头示意,表示友好。

李总也出示了证据,是自己整理的一份不合格产品清单。我委婉地表示,这个是单方面作出来的材料,是难以被采信的。李总哈哈一笑:"我这个单子他肯定不会签字认可的啦。"

庭审中,李总一直坚持我方收买了验货员,导致把关不严。在发表代理意见的时候,我陈述了几点看法:首先,被告应当根据合同的约定支付货款;被告方的验货员已经剔除了不合格产品,剩余的产品应视为合格;被告庭审中未出示国家标准、行业标准以及质检报告,不能证明我方产品存在质量问题;被告在长达半年多的时间里面一直没有对我方产品提出异议,可以视为对我方产品质量合格的默认;如果被告认为验货员把关不严造成了自己的损失,可以向该验货员索赔;最后,希望双方能协商解决问题。

进入法庭调解阶段。我征求了一下当事人的意见后,表明愿意调解。李总说:"刚才这个律师也一直在做我的工作,希望能够调解。我同意他的意见。"

双方在调解数额上僵持。我问李总可以支付多少货款,李总说,最多只能给一半。赵总火冒三丈，转身走出法庭。我立即追上去。

赵总问我："胜算有多少?"

我说："胜算很大，但是没有必要判决。因为对方还可以上诉，可以扯皮。"

赵总说："那就打到底，玩死他。"

我苦笑着说："何必撕破脸呢？这样的官司打到最后大家都筋疲力尽。最后无非是砸钱，你们还成了生死冤家。说出去丢人啊。"

赵总说："他欠我的钱，还只肯给一半，哪有这样的道理啊。"

我说："那我们这边适当让点步，看他怎么说？"

赵总说："一分钱都不让，他要不给的话就让法院判。"

我说："我再去做做他的工作看看。"

我和赵总一起走进法庭，给李总续上水，又散了一圈香烟。

我笑着说："这个案子你们没有证据。我建议您还是再考虑一下。为这点小钱不值得啊。就您的身价，在这种小事上面浪费时间，真划不来。"

我接着讲了一个故事。一位亿万富翁在上班路上，看到地上有张百元美钞，想捡起来。有人给他算了一笔账，他每秒钟的收入是五百多美金，而他弯腰捡起这张钞票需要花费3秒钟。这么一算，他捡起这张钞票是非常不合算的，于是他就没有去捡。

我说："你们两位都是身价最少几千万的老板。打这个官司，对你们非常不合算。有这个打官司的时间，不知道赚了多少倍的钱。你们无非是面子问题。但是你们为了这点钱打官司，别人都看你们笑话呢。不管谁赢谁输，你们都没有面子。你们还是冷静一下，想想值得不值得。"

双方都沉默着。法官面带微笑看我滔滔不绝,偶尔插上一两句话配合我。

我说:"这样吧,我提议,被告支付全部货款,诉讼费就算了。"

李总说:"这样一来岂不是你们一点都没有让步?"

赵总正准备说话,我知道可能要前功尽弃,于是拉着他走出法庭。

赵总说:"我不同意你的意见。你看看他那个态度!我要他承担诉讼费。"

我说:"那不就跟判决一样了吗?你们都是有身份的人,您总要给人家留点面子吧。人家以前也跟您做过那么长时间的生意,这一次也是因为您抢了人家生意啊。您已经占了上风,何必一点都不让步呢?"

赵总沉默了。

我说:"如果调解成功的话,等于是我们赢了。不就是几百块钱的诉讼费吗?要是人家上诉的话,您不知道又要花多少钱打官司,就算打赢了,也不一定能拿回货款。何必呢?"

赵总说:"好吧,听你的。货款他一分钱都不能少,诉讼费就算了。"

我回到法庭,笑着冲李总叹了口气。李总笑了:"我们两个人打官司,倒把你这位律师忙坏了啊。"

我说:"还不是希望你们两个大老板能够说合吗?我看啊,还是我刚才的意见,我已经做了最大的努力了。您看怎样?"

李总说:"那他岂不是一点都没有让步?"

我说:"怎么没有让步呢?诉讼费归他出呢。这个案子,如果调解不成判决的话,你们百分之百会败诉,不但要给货款,还要承担诉讼费。调解的话您省了几百块钱呢。"

李总说:"我看不一定败诉吧。不过看在你苦口婆心的份上,算了,不跟他斗了。我还是第一次看到你这样的律师。做律师除了要水平高,还要会做双方的工作。小伙子你不错。"

我来不及回味他的夸奖,赶紧追问:"您是同意我的调解方案了?半个月之内付款怎样?"

李总说:"好吧。"

法官笑着说:"你这个律师,可真是人民调解员啊。有你在,我省事多了。以后要多来啊。"我嘿嘿一笑。

在调解协议上签完字以后,我建议两个老板握握手。

赵总握着李总的手,笑着说:"我刚起步的时候,你还是帮过我很大忙的,我心中有数。如果不是在我最困难的时候你借给我三万块钱,可能我当时就玩完了。我还是很感谢你的。就这个事情吧,我跟你打过多少电话啊,你不接电话,到处说我抢了你的生意。我也不是有意的啊。人家找到我这里来,我总不能赶人家走嘛。"

李总说:"这些年你生意越做越大,是好事啊。我们以后还有合作的机会。"

离开法庭的时候,李总要我留下名片,以后保持联系。

回来的路上,我问赵总:"这样的结果满意吗?"

赵总说:"今天幸好是你在。说实话,我也不想跟他结怨太深。

毕竟以前他帮过我，人总要讲点良心的吧。今天的事情多谢你了。"

我开玩笑地说："那你看我们什么时候签法律顾问合同啊？要是李总先跟我签了顾问，你们要是再打官司，我可不好帮您啊……"

后来，赵总又有一些事情找到我，让我帮他处理。而李总也时不时会给我打打电话，向我咨询一些法律事务，他还介绍他的朋友给我，让我为他们的公司处理纠纷。通过这样一个小案子，不但让两位大佬重归于好，还建立起他们对我的信任，是我刚入行时很大的一个收获。

最大的敌人

冬日的一个下午,我正在律所的办公室里研究案卷材料,突然门外传来一阵喧闹声。我好奇地打开门,一位中年男子情绪激动地站在走廊里,跟主任争辩什么。主任陪着笑脸,好不容易才把中年男子给劝走。

那位男子走后,主任脸色变得非常难看,问我:"王律师来了没有?"王律师就是跟我一个办公室的那位资深女律师。我说:"她上午来过一趟,拿了点材料就出去了。"主任说:"你马上给她打电话,说我找她,让她尽快过来。"

我赶紧给王律师打电话。没一会儿,王律师便气喘吁吁地出现在所里,直奔主任办公室。主任暴跳如雷,对着王律师大喊大叫,隔着几间办公室都能听见他的声音。

原来，那位男子的弟弟因涉嫌故意杀人被捕，家里人慕名找到王律师，希望能够通过她的努力保住一条命。王律师收了一笔不菲的律师费，最终被告人还是被判处了死刑。在整个办案期间，王律师除了开庭，只去看守所会见过一次被告人，而且开庭时的时候也没怎么发言，家属很不满意。宣判后，被告人从看守所带出话来，说要见王律师，但是半个月过去了，王律师还没去看守所会见。家属忍无可忍，找到所里要求退费。

王律师的收入占到全所总收入的一半以上，而且她老公又在市政府部门担任要职。主任对王律师一向敬重有加，"大姐"长"大姐"短，这一次却毫不留情，令我感到非常意外。

那位男子再也没有来过所里，我也不知道这件事情最终是如何处理的。那段时间王律师的脸色一直很难看，我小心翼翼，尽量不招惹到她，更不敢打听事情的进展。从这开始我就知道，作为律师，我们要注意的，不仅仅是公检法和对方当事人，更重要的是自己的当事人。

堡垒最容易从内部攻破，更何况当事人与律师只是短暂的利益联盟，远远说不上是"堡垒"。在办理了多起案件之后，我在网上发出感慨："律师最大的敌人就是自己的当事人"。有人告诉我，在一位美国律师的著作里面，扉页上就印着这么一句话。由此可见，无论是中国还是美国，律师在这个问题上的认识是一致的。我见过很多当事人"前恭后倨"，办理委托手续的时候点头哈腰或者泪眼婆娑，甚至下跪磕头；一旦案件出现状况，就对自己的律师翻脸无情，口出恶言。这里面既有律师自己的原因，也有当事人的原因。

有些律师在谈案子的时候，为了拿下这笔业务，不顾案件事实情况，也不考虑自身的能力高低，夸海口、拍胸脯，似乎神通广大、无所不能，找到他就等于找到了救星。不少当事人被这样的高谈阔论给唬住了，对律师言听计从，有求必应。但是，等到案件结果出来，与律师当初承诺的完全不一样，当事人感觉到自己被律师耍了一道，不但花费巨大，还耽误了自己的事情。这种时候，当事人难免心中有气，找律师算账，甚至到律师事务所或律协去投诉。

我认识的一位律师，同行们甚至公检法都私下称他为"三没律师"。这位律师的收费很高，但是业内的口碑却很糟糕。"三没"来自这位律师的口头禅。接案子的时候，哪怕是天大的事情，他都敢信誓旦旦地对当事人说："没问题！"当案子出现一些不好的苗头，当事人表示担忧，他大手一挥："没关系！"等到案子最后的结果出来，当事人找到他问怎么办时，他却摇摇头说："没办法……"

有一次，一位做生意的老板和我一块吃饭，谈起这位"三没律师"。老板放下筷子，目露凶光地对我说："这狗日的，坑得我好惨啊。有次我开车看到他在路上走，我真恨不得踩一脚油门，撞死他！"听到这句话，我的脊背顿时冒出一阵阵的冷汗。

从这个时候开始，我就不断告诫自己，接受委托一定要量力而行，千万不能吹牛。即使是有十足把握的事情，也不可对当事人说得太满。一切皆有变数，不能为了挣点钱，让自己今后走在马路上都不安全。即使当事人不会真的这么去做，为了多挣点律师费而吹牛夸海口，这个钱挣得也不光彩，不舒坦。这跟骗子没什么区别。

直到今天,我仍然坚持这条底线。很多时候,当事人用热辣辣的眼光看着我,对我说:"我认可您,您只要保证这个案子我们一定能赢,收多少律师费您尽管开口!"我还是不做任何承诺。很多当事人为此遗憾地转身而去,一些大案、要案与我失之交臂。我也无怨无悔。

有些时候当事人投诉律师,却是当事人的问题。不得不承认,人的素质是有差异的。有些当事人确实不地道。有求于律师的时候,他们请律师吃饭,送律师礼物,与律师称兄道弟,亲密无间。一旦案子处理完毕,如果比较理想,可能问题不大。案件结果不理想,有些当事人翻脸不认人,开始把自己的律师当成了仇敌,让律师头疼不已。这种当事人并不在少数。我一向小心谨慎,勤勉尽责,但是在刚入行的时候,也难免中枪。

我办理的一个盗窃案,被告人涉嫌盗窃摩托车,归案后也承认了犯罪事实。但是在第一次庭审中,被告人当庭翻供并大声喊冤,说是有刑讯逼供,当庭要求家属给他聘请最好的辩护律师。他的妻子为此特意找到我。我介入之后,认真查阅了案件的证据材料,发现证据确实存在不少问题。会见时被告人告诉我,他之所以在口供里承认盗窃,是因为公安在审讯的时候打得他受不了。

他告诉我,其实他并没有承认自己的盗窃行为,因为他在笔录上签名的时候,留了一个小心眼,他本来叫"于建华",他故意写成了"干建华",把"于"下面的那一勾给省掉了,变成了"干"字。他说:"我不是干建华,所以我不承认那个笔录。"

我张大了嘴巴，半天合不上。我还是第一次遇到这种情况，有点伤脑筋啊。但是，他这点小花招，法院会怎么看待呢？充其量也不过是证据上的小瑕疵，影响不到整个案子的定性。我更关注的是案件中存在的其他一些疑点。

起诉书指控：案发那天清晨六七点钟，于建华骑着电动车在街上逛，发现一家旅社的大门是虚掩的，推门进去，看见楼梯口停着一辆没有上锁的摩托车。他推着摩托车出门，这时正好失主上厕所出来，发现摩托车不见了，下楼追赶，看到于建华推着车已经走出五六十米远，失主喊来同伴一起帮忙，同时报警，抓获了于建华。除了失主及其朋友的证言外，还有当时打扫卫生的清洁工的证言。

于建华说，他当时只是骑车路过旅社，莫名其妙地被里面窜出来的几个人暴打了一顿，还抢走了他身上的几百元现金。打完之后还诬陷他偷车并报警。审讯他的警察曾经被他投诉过，这次是栽赃陷害他。

我特意对作证的两名清洁工进行调查。她们的证言前后矛盾，而且她们当时所处的位置看不到旅社大门。等她们过去的时候，失主和他的朋友正围住于建华，她们实际上看到的只是双方发生争执的一幕。

我认为最重要的疑点是，当时于建华已经骑着一辆电动车，怎么可能同时再推着另一辆偷来的摩托车呢？在法庭上，我按照于建华的意愿，为他做了无罪辩护。法官对我的辩护意见很头疼，找到我说，这个案子我们肯定会判有罪，如果他认罪，我们少判点，如果他不认罪,我们多判他几个月。法官希望我做做于建华的工作,说服他认罪。我的回答是,我不可能说服他认罪,但是我可以把他不认罪可能面临的不利后果告诉他。

我再次来到看守所会见于建华。我把法官的话转告于建华,于建华说,法官已经来过了,也是这么跟他说的。但是,他还是不想认罪。

几天后,法官给我来电话,说于建华最终还是认罪了,让我去领判决书。于建华的量刑结果是有期徒刑6个月。拿到判决书后一个月,于建华就释放了。

令我万万没有想到的是,突然有一天我在律所接到检察院的电话,让我去一趟。我来到检察院,发现阵势不小,一名副检察长和几名检察官正在办公室里等着我。他们说,收到于建华的举报信,说我和法官串通一气,逼迫他认罪。举报信中谈到,律师为了逼他认罪,向他出示了两份不一样的判决书,一份是量刑一年,一份是半年。举报信中还提供了判决书的复印件,说这是律师给他的。

我一下子懵了。拿着两份判决书的复印件,我觉得自己是在做梦。我怀疑自己是不是真的做过这件事。我面前确实是两份文号相同、判决结果不一样的判决书啊。好半天我才醒悟过来,我问副检察长:"法院出判决书,是不是每个法官都可以自己去盖章啊?"副检察长说:"一般是院长签字之后,由专门的人负责盖章。"我说:"那你们有没有去问过法院这是怎么回事啊?"副检察长说:"你先回答,有没有像他说的这么做过呢?"

我笑着说:"那您觉得,法官会向我提供两份内容不一样的判决书吗?就算他们会,我会傻到拿着这两份判决书去找被告人吗?退一万步说,就算我真这么做了,我会傻到把判决书留在被告人手里吗?被告人认罪不认罪,对我有什么好处啊,我要冒着这么大的风险去做?"

副检察长呵呵一笑,说:"我们也知道不可能有这种情况。但是他既然举报了,而且提供了证据,那么我们就有责任找你核实一下。毕竟一个案子出现两份判决书,这可不是开玩笑的。于建华在举报信里面,把跟这个案子有关的公安人员、检察官、法官,还有你律师都一块告了。"

我还是一头雾水:"这两份判决书的真实性你们鉴定了吗?"

副检察长说:"我们比对了半天,找不出什么问题。由于他提供的是复印件,法院的印章很模糊,也无法鉴定真假了。"

我说:"那就让他提供原件啊。"

副检察长说:"于建华说你给他的是复印件,我们就是来找你要原件的。"

我苦笑着说:"我上哪去给你们找啊?既然原件存在,法院肯定能查得到,你们找法院问问吧。"

副检察长笑了笑,说:"就这样吧。这家伙不了解法院和律师的办事程序,所以胡说八道。我们也知道你没任何问题,所以没去你们律师事务所找你,怕影响不好,别人有误会,所以让你到检察院来聊聊。"

我不依不饶地说:"就这么算了吗?他这是诬告陷害啊,而且还涉嫌伪造文书。你们应该追究他的责任啊。"

副检察长拍着我的肩膀，笑着说："你这不是也没受到损失嘛。我回头把这小子叫到我办公室臭骂一顿，他要还这么乱咬，那就把他抓起来！"

走出检察院，我感觉自己还在做梦。不可能啊，于建华为什么要害我呢？在整个案件的辩护中，我一直非常坚定地站在他一方，为他寻找无罪的证据和理由。在法庭上，我甚至不惜得罪公安，指出公安有刑讯逼供和利用职权打击报复的嫌疑。告诉他不认罪可能存在的不利后果，这是我的工作职责啊，我并没有劝他认罪，我还准备给他打上诉呢。

虽然马路上烈日炎炎，热浪滚滚，我却觉得自己就像掉进了冰窖一样，透心凉。这一次我涉险过关，一方面是因为检察院的调查人员心如明镜，没有故意刁难我，另一方面也是于建华的造假手法太拙劣，明眼人都能戳穿其中的谎言。如果我运气差点，遇上了蛮不讲理的或存心要整我的检察官，如果今后还有比于建华更高明的人要陷害我，我岂不是死路一条？

想到这里，我不寒而栗。

当然，像于建华这样的当事人毕竟是少数，绝大多数当事人即使与律师产生一些矛盾，也不至于做得这么绝。律师与当事人之所以有时候会出现矛盾，关键还是在立场的不同，看问题的角度不一样。

从律师的角度来看，同时办理的案件可能有好几起甚至几十起，在办理的过程中，律师会根据案件的进展以及轻重缓急来安排工作。有些时候，可能不同的案件发生了时间上的冲突，律师必须要作出选择。同时，律师还有自己的家庭和应酬，很难随时随地接待当事人。

但是对当事人来说，他一辈子可能只遇到一件官司，对他而言，这段时间里，这个官司就是他的全部。当事人希望律师像自己一样认真对待这个案子，为了自己的利益全力以赴，甚至可以不惜一切代价。

矛盾就出现了。

律师必然是同时处理多个案件，当事人只需要面对这一个官司。律师是理性严谨的，当事人却是感性冲动的。为了自己的利益，当事人可能会奋不顾身，但是绝大多数律师不可能为某一个案子而葬送职业前途。所以，当事人与律师之间的矛盾，是永远不可能消除的。无论是多么优秀、多么大牌的律师，都无法避免被自己的当事人误解和投诉。

举例来说，刑事案件中，律师必须会见在押被告人。但是，如果要求律师天天去看守所会见被告人，显然是强人所难。除非这位律师没有其他业务，除非当事人能够支付足够多的费用，让律师在一段时间内可以不办理其他案件。

我有位同事办理一起经济犯罪案件，被告人在看守所关押了两年多的时间，他的妻子每隔几天就要律师去看守所会见一次，理由包括：重大节日、被告人生日、孩子生日、老婆生日、结婚纪念日、订婚纪念日、第一次相识的日子，询问银行卡密码、某件东西搁哪里了，等等。两年多的时间里，这位律师会见了将近一百次。最多的时候，一周之内就去会见了三次。我的这位同事差点没疯掉。只要他刚提出"没有时间去会见"，当事人的妻子就说要去投诉他"服务不尽职"。同事提出解除委托关系，当事人妻子坚决不答应。安排助理去会见，也不行。同事最后只好求法官早点把案子判下来，放自己一条生路。

我对这位同事的遭遇深感同情。遇到这种一点都不体谅律师难处的当事人，也确实是件头疼的事情，只能自认倒霉。我从中吸取了深刻的教训，在委托合同中都会明确约定每个诉讼阶段的会见次数。超出约定的会见次数，除非案件本身需要。如果是当事人或者家属提出会见，每次需另外交纳律师费若干。标准的委托合同里面并没有这个条款，但是不作出这样的约定，一旦遇到当事人蛮不讲理，律师确实无路可逃。如果合同里面有这样的约定，当事人要求会见也会比较克制。即使提出会见要求，只要他交纳费用，律师也愿意去会见。

因此我认为，律师和当事人之间的矛盾虽然永远存在，但还是可以找到相应的解决办法。一方面律师要勤勉尽责，一方面要和当事人进行充分的沟通，消除误解，建立充分的信任。对于一些有可能会发生分歧的事项，有必要事先作出明确的约定或者告知。一旦有了明确的规则，存心和律师找茬的当事人毕竟还是极少数。

说到底，我们最大的敌人，不是对方当事人，不是公检法等办案单位，也不是我们的当事人，而是我们自己。如果我们在办理法律业务的时候，尽职尽责，没有私心，心态平和，作风稳健，真诚待人，所有的敌人都可以变成我们的朋友。

反之，朋友也能成为不共戴天的仇敌。

师父和徒弟

对于新入行的律师而言，一位好师父是非常重要的。我之所以离开舒适的县城，独自到市区实习，忍受种种煎熬，除了想接触更多有意思的案子之外，更重要的是希望能够找到一位好师父，给我一些司法实践方面的指点，让我能够迅速地掌握律师办案的技巧。

在我看来，一位好师父应当具备成功律师的三大要件：丰富的办案经验、广阔的人际关系、较高的知名度。借助师父的这些条件，新入行的律师可以在办案时少走弯路、少碰壁，遇到困难有求助的对象，遇到苦恼也可以向师父倾吐。师父的这些人际关系，可以化作自己的人际关系，省却了从陌生到熟悉的过程。借助师父的知名度，可以办理有重大影响的案件，或者参与到重大项目的谈判，也能让新人快速地成长起来，打出自己的品牌。

一位好师父能够带给学生的最现实的利益就是"案源"。作为执业多年的老律师，他的案子可能会比较多，没有时间去做，有些小案子他也不愿意去做。这些案源对于新出道的律师而言是非常难得的，除了有一些小小的收入，还能获得实战锻炼的宝贵机会。

但不是所有的师父都会把自己的经验、人脉等宝贵的资源和盘托出。有的师父也会担心学生翅膀硬了之后，会影响到自己的业务。除非这位学生真正能得到他的赏识和信任。要得到师父的收留、赏识和信任，刚入行的律师有很多的事情要做。除了勤奋好学，除了天分和缘分，还需要以诚相待、任劳任怨。

和我同时通过司法考试、也在九江市实习的律师，他们大多早早得就通过各种途径，找到了一位好师父。有的是通过法院的亲戚朋友介绍，有的在参加司法考试之前就已经在这位师父手下当助理。看着他们一个个跟着师父，业务做得风生水起，我心里万分羡慕。在这个离家几十公里的城市，我没有任何可以凭借的关系，只能靠自己的努力和运气，去寻找自己的好师父。

我实习的这家律师事务所，有几位在本市成名多年的律师。我打定主意，凡是比我先入行的律师，不管他们的年龄大小，收入多少，知名度如何，我都要把他们当成师父来敬重，细心观察他们在工作中点点滴滴，希望"偷师学艺"，从他们身上学到从业的经验。

律师这个职业，大多数时候，老师都不会、也没有时间手把手地去教新人。有些老律师是没有时间教学生，有些老律师难免有"教会徒弟，饿死师父"的顾虑。所以，作为律师新人，要想快速掌握执业经验,不能坐等别的老律师给你上课,需要细心观察、认真思考、主动请教、手脚麻利。平时要找事做,而不是等事做。

和我一间办公室的那位男律师,虽然业绩一般,但是他身上有很多值得我学习的地方。待人接物方面,他表现得非常绅士。有女士在的场合,他一定会主动为女士开门、提包、倒水。不管是谁说话的时候,他一定会面带微笑,认真倾听。他的办公桌收拾得一尘不染,有条有理,让人感觉非常舒服。

有一次,他带着我去一家新的顾问单位。这家单位是国企,我们去的时候单位负责人没在。一位员工来咨询一些工作上的事情,我不假思索张口就说,滔滔不绝,没有注意到师父在边上一个劲地对我使眼色。那位员工走后,师父告诉我,国企比私企的人事关系要复杂很多,律师不要轻易解答员工提出的法律问题,以免给企业负责人造成被动。担任国企法律顾问,要认真揣摩一把手的意图,不要让其他人打着"律师让这么做"的旗号,给领导出难题。我当时很难接受师父的批评。经过这些年的锻炼后才明白,他的话是有道理的。社会比书本复杂得多,一句正确的话,放在一个不合适的语境下,很可能会带来不好的效果,造成被动。解答法律咨询不能教条主义,一定要结合具体的环境。

这位师父的职业操守也值得我学习。有一年冬天,我跟着他出差,到达某地火车站的时候,已经是凌晨一点,我们还要在火车站广场转乘早上六点多的汽车去另外一个城市。为了替当事人节省费用,师父提议,我们不要去住旅社,就在火车站候车室等几个小时,天亮直接去广场坐车。我心中顿时叫苦不迭。火车站候车室没有暖气，我又冷又困，实在无法坚持，只有独自跑到附近的网吧去上网，熬到天亮。我回到候车室的时候，看见师父趴在桌子上睡得正香。我心中不由得生出几分敬意。

在北京的时候，我曾经带所里的实习生赴一个饭局，一位美国律师在一家高档西餐厅请客。服务员拿来菜单，我看价格都很贵，点了最便宜的锅贴和一杯苏打水。实习生没有经验，大大咧咧地点了价格不菲的牛扒和鸡尾酒，我一个劲地使眼色，实习生也没明白过来。买单的时候，老外对着单子咋舌，搞得我很不好意思。律师在办理业务的过程中，不但要勤勉尽责，而且也要处处为他人着想，尽可能地节省开支。这也应当成为律师的基本职业素养。

我的师父们形形色色，各有特点。

有一位师父擅长交际，人脉很广，经常出没于酒楼、歌厅。第一次和他一起吃饭，我们一共四个人，他要来一瓶白酒，正好倒满四只玻璃杯，每人一杯。我面露难色，说不能喝酒，这么多酒肯定会喝醉。师父顿时板起脸，很不高兴地说："不能喝酒，你就别做律师了，收拾东西回家吧。"

我迟疑了半天，最后还是硬着头皮，咬牙喝完了满满一玻璃杯白酒，当场就吐得一塌糊涂，趴在酒桌上不省人事。师父面不改色，吃完饭让同事把我搀回办公室休息。下次一起吃饭的时候，师父还是给我倒上满满一玻璃杯白酒。我只有喝，喝了接着吐。三番五次下来，我渐渐适应了，不再吐了，酒量也不断进步，可以陪师父直到饭局结束。师父笑眯眯地对我说："好了，你现在出师了，可以留下来了。"

确实，在中小城市做律师，应酬是必不可少的。应酬就是工作，有时候甚至比工作还重要。饭桌之上，几杯酒下来，转眼就从陌生变成熟悉，从敌人变成兄弟。想开拓业务，想结交朋友，必须要获得他人对你的认可。而考察一个人的最直接有效的方式，就是跟他一起喝酒。酒品如人品，喝酒时偷奸耍滑还能被一定程度地接受，因为可以营造酒桌上的气氛。但是，如果你滴酒不沾，就会被人认为是深藏不露，或者是自命清高，让人敬而远之。

在法律圈我是新人，酒桌上几乎全都是我的前辈、领导和师父。我根本没有时间填肚子，必须赶在别人冲我举杯之前，先挨个敬上一圈，否则就会被认为失礼。人家可以象征性地表示一下，而我为了表示尊敬，必须喝得比别人多，如果能一口气把杯中酒喝干，那更能说明我对这个人的高度尊重。有时候一轮还不够，得再转一圈，还得对某位重要的客人不断表示敬意。所以，明知道喝醉了酒比死还难受，为了律师梦想，为了结交更多的朋友，为了向别人证明我的实在，我只能在酒桌上搏命。越是新人，越是酒量小，在酒桌上越是容易成为被灌的对象。横竖也是个醉，何必找各种借口推脱，惹人不快呢？在酒桌上，只要人家想灌醉我，看我出丑，我就成全他，来者不拒，一口喝干。好在我是个大男人，喝醉了酒无非就是吐和睡，不会有人对我性侵犯。来吧，干。

每次喝醉酒之后独自回家，扶着楼梯一路吐上楼。孤零零地躺在宿舍的单人床上，口干舌燥，头痛欲裂，翻来覆去，发誓下次再也不沾酒了。但是一出现在饭局上，端起酒杯，仍然是豪情满怀，一饮而尽，一醉方休。

有一次深夜喝醉酒回家，上楼的时候两腿发软，一脚踩空，从楼梯上滚了下去，摔得鼻青脸肿，膝盖处鲜血淋漓，好在没有伤筋动骨。这一跤把我的酒给摔醒了，我抱着受伤的腿呆坐在冰冷的水泥地上，抬起头仰望天空，内心有无限的酸楚。我为司法考试头破血流，做律师后还是要流血。到底还要流多少血，才能实现我的梦想？

并不是每位师父都会逼我喝酒。我的另一位师父，曾经是本市公认的"刑辩第一人"。据说他出庭辩护的刑事案件，公检法机关都会组织本单位人员旁听，每次都是座无虚席。讲到高潮处，旁听席上掌声如雷，法官制止都没用。遗憾的是，我入行的时候，他已经风光不再，我无法一睹他当年的风华绝代。不过，在他身上仍然能够看到当年的影子。他的庭辩风格是激情四射，声音洪亮，语惊四座，霸气十足。

这位师父曾经跟我说过，做律师，"即使身无分文，也要器宇轩昂"。这句话，让我终身受益。做律师，需要很强的气场，否则，你就无法成为当事人的依靠，取得他们的信赖；也镇不住某些看菜下饭、专挑软柿子捏的司法人员。律师没有公权力作为倚仗，他的气场只能依靠自身的实力。

有一些老律师很愿意提携新人。我的一位师父，和我不是一个律师事务所的，在新人里面口碑很好，因为他帮助过很多新人成长。认识他的时候，虽然我已出道多年，小有建树，但仍然执意要拜他为师。他的业务收费在本地是最高的，收费一般的案子，他总是介绍给熟悉的新人来做。这样的师父，是可遇不可求的。不过，有意思的是，我的师父们很少给我介绍业务，倒是我经常会给他们介绍一些收费不错的案子。

作为新出道的律师，有些比较重大的案子找到我，我知道自己还不具备足够的办案经验，也没有资格收取较高的费用，于是介绍这些资深的大牌律师来办。这样一来，我不但可以协助他们办案，学到很多的宝贵经验，毫无疑问，我也能够从中获得相应的酬劳。而这些案件，绝大多数的工作实际上都由我来完成。有师父在后面压阵，我底气十足，勇往直前，案件大多办得很漂亮。通过这些具有较大影响力的案件，我也渐渐在业内站稳了脚跟。

在律师这个职业里，不要只跟一位师父，博采众长才能获得提高。武侠小说里，那些武艺高强的大侠，大多数都拜过两位以上的师父，《射雕英雄传》中的郭靖就是例证。同时，"尽信书不如无书"，对于师父也是这样。师父也会犯错，所以不能过于迷信师父。

有一次，我和一位师父对庭。师父代理的是原告，我代理的是被告。原告方主张：自己的小孩是给被告家屋顶上掉下来的圆木砸中头部致死。在法庭上，师父出示了一份医院的病历作为证据。我拿过病历仔细翻阅，发现病历上记载的是"患者家属自诉：孩子从高处跳下摔伤头部。"当我向法庭一字一句地宣读病历中记录的上述内容，师父顿时张口结舌，一脸的尴尬，法官则含笑不语。最终的判决结果对我方非常有利。我在法庭上指出师父的错误，让他好长一段时间都不愿意搭理我。但是，总不能因为对手是自己的师父，而放他一马吧。法庭上的交锋，为了当事人的利益，是顾及不到那么多的。

有些时候，师父让你去做的事情不一定是正确的，甚至是非常危险的。在这种时候，一定要保持清醒的头脑。不能因为他是你的师父，你就言听计从，不计后果。如果按别人的要求做了，最后的风险是自己承担的。

我曾经陪同一位师父去外地看守所，会见某重大抢劫案的在押犯罪嫌疑人。那个看守所条件非常简陋，管理也很混乱。民警将在押犯罪嫌疑人带到他们的办公室，然后就离开办公室，去办其他的事情了。在会见的过程中，嫌疑人提出想给家里打个电话。师父看着我说："你借手机给他打个电话吧。"

我很奇怪，会见在押人员的时候打电话，这是违反律师执业纪律的，更何况律师拿手机让嫌疑人打。师父为什么会同意呢？为什么又要我给嫌疑人手机呢？

我下意识地问师父："你不是带了手机吗？为什么要用我的？"师父讪笑几声，没有回答。打电话的事情也就不了了之。走出看守所之后，我还是不停地向师父追问这个问题。师父被逼无奈，只有回答说："我怕他有肝炎。"我知道这是一句托词，也就不再追问了。

如果我当时听从了师父的指示，把手机借给嫌疑人通话，一旦被查出，我肯定会被追究违纪责任。如果造成了严重后果，我的执业生涯也许就此葬送,甚至可能面临刑事责任。作为资深律师,我的师父是非常清楚这一点的。但是,他却让我去做这样的事情。想到这里,我不由得为自己的果断拒绝而庆幸,也为自己逃过一劫而惊出一身冷汗。

不是每一个师父,都是好师父。师父叫你去做的事情,未必是好事。所以,在刚出道的时候,一定要保持清醒头脑,不能对师父唯命是从。

但是,也有些年轻的助理,可能是因为涉世未深,做出的一些事情总会让人无语。

有一天,我陪着主任和几位重要客人在他的办公室谈事,主任的助理在门外小声和同事争论着什么事情。最开始我们没有介意,继续跟客人商量事情,门外的声音渐渐激烈了起来,已经影响到了我们。主任不好当着客人的面发脾气,打开门对助理说:"小李,你马上帮我送份材料去法院。"小李默默地接过主任的材料,突然用力往桌上一摔,大吼一声:"我不去!"

我目瞪口呆。小李比我晚来几个月,一直跟着主任跑前跑后。平时挺乖巧的,主任对他也不薄,今天他是吃错什么药了?

主任呆在那里,嘴唇嚅动,看得出来他也很意外,一时反应不过来。几位客人见此情形,为避免尴尬,赶紧起身告辞。主任送走客人回到办公室,正准备发火,小李却坐在椅子上抱着头号啕大哭。主任问他发生什么事了,他摇头不语。一再追问下,小李才告诉我们,他今天心情不太好,因为女朋友怀孕了,他没钱去给她做人流……

因为没钱给女朋友做人流，所以就当着客人的面顶撞主任？这个理由令人哭笑不得。主任问："做人流要多少钱啊？一千块钱够不够？"小李说："够了。"主任拿出一千块钱给他，说："从明天开始，你不用来上班了。"

不能控制自己的情绪，尤其是在某些重要场合不能控制自己的情绪，如何能做好一名助理？这样的助理，无论以前表现有多好，肯定是不能再留在身边的。你不知道他下一次会在什么时候爆发，会坏你什么大事。有些时候，年轻人犯下了严重错误，别人是不会给你改正机会的。所以，我们只能尽量不犯错误，至少不去犯那些不可原谅的错误。

小李家在偏远的农村，大学毕业后应聘到所里做助理，同时还在准备司法考试。虽然工资不高，但跟着主任学东西，起点比跟其他律师助理要高很多，可以接触很多高端资源，我们都羡慕万分。就因为一时冲动，失去了这么好的机会，实在是太可惜了。不知道他今后会不会选择律师这个职业，会不会继续留在这个城市。我对他充满了同情，但还是觉得他不适合这个行业。如果我是主任，会作出同样的决定。

相对来说，所里另外一位女助理小孙犯的错误就要轻很多了，但也令人抓狂。

师父接受一位著名摄影家的委托，向一些侵犯他作品著作权的报刊、网站和广告公司提出索赔。合同约定采取风险代理的方式，侵权单位应当将赔款汇入律师事务所的账户，扣除相应比例的律师费后,剩余的部分我们交给当事人。每隔一段时间,我们都要和摄影家结算一次。前面已经结算过三四次,这一天摄影家应约再次来到律师事务所领取赔款。

师父拿出一堆单据,一笔一笔跟摄影家核对,我和小孙在边上帮他计算。突然,小孙插话说:"这里有一笔是还没有结算的。"师父看了一下单据,说:"这笔钱上次已经和当事人结清了。"小孙说:"不对,这笔钱没有结,我们还没有付给当事人。"我拿过单据核对了一下,说:"这笔钱已经付过了,我有印象。"小孙语气肯定地说:"这笔钱绝对没有付过,我印象很深的。"

摄影家看了一下单据上的单位名称和数额,说道:"这笔钱你们是付过了。"小孙仍然坚持说:"没有付,绝对没有,你肯定记错了。"

我抬起头看着小孙,她一脸的严肃和倔强,不像开玩笑,也不像是存心捣乱。客人就在旁边坐着,我不好对小孙使眼色,只能是一脸的无奈。师父强忍住不高兴,说:"那我们再重新一笔一笔核对一下。"摄影家说:"没必要了。"但是小孙还是很认真地开始一笔一笔跟他进行核对。最后小孙说:"不对呀,我明明记得这笔钱是没有付的,怎么数字又对上了呢?"我差点喷出一口鲜血。师父已经是虎目圆睁,牙关紧咬,看得出来,他恨不得把小孙给撕碎了吃掉。

摄影家走了以后,师父坐在椅子上抽烟生闷气。小孙仍然没心没肺地翻着那叠单据,一边喃喃自语:"我记得这笔钱是没付的……"

师父终于忍无可忍,腾的一声站了起来,发出火山爆发一般的怒吼。我不忍心在边上听,赶紧溜出办公室。走出很远,都能听到师父的咆哮和小孙嘤嘤的哭声……

天堂在左，深圳在右

在实习渐入佳境的时候，我萌发了到大城市发展的念头。同批通过司法考试的朋友，有几个人一拿到法律职业资格证就南下广东。每次回家探亲，他们说起大城市的律师生活、收入状况、案件影响力，总是眉飞色舞，令我艳羡不已。

我所在的这座城市风景秀美，生活舒适，但毕竟还是属于中小城市。在律师业务方面，虽然比县城强很多，但是接触的案件类型还是比较单一，难得出现一两个有全国影响力的案子。律师收费也不太高，一般都是几千元的代理费。我们成天打交道的，都是那些公检法的老面孔。年轻人总希望有更大的舞台，能够施展自己的拳脚，实现自己的梦想。于是，2003年初春，我收拾行囊，满怀豪情南下深圳。

三月的深圳，已经是热浪滚滚。我上火车的时候穿着毛衣和外套，一下火车，汗珠子沿着额头一串串往下掉。在深圳的住处脱下衣服，内衣已经被汗水湿透，身上冒出一层雾气。

刚开始几天，我借住在一位朋友租来的房子里，我们挤在一张小床上。本来他是和女友同居的，我的到来打乱了他们的生活。所以那位朋友一个劲地催我，别着急找工作，赶紧先租房子。我租好房子便识趣地搬了出去。

我新租的房子在深圳水库边上的一个小区里，环境还算不错。房东是一位和善的老太太，她和女儿住在一起。我住她家的一个小单间，包括水电，房租每月 550 元。

我从来没有求过职，不知道从何下手，根据经验应该先去人才市场。于是我坐车来到人才市场，交了五块钱的入场费后，好不容易才挤了进去。

人才市场里人山人海，每个摊位前都排起了长龙。那些招工单位一个个牛气冲天，负责招聘的人大多面无表情，应聘者点头哈腰，满脸堆笑，恨不得赶紧把自己贱卖出去。符合我条件的法律类职位很少，求职者众多。招聘条件非常苛刻，包括年龄、工作经历、户籍、语言，等等。排在我前面的，要么是名校毕业，要么是有着丰富的工作经验，要么是复合型人才，既懂法律又懂财会。几乎每个人都有法律职业资格。我心虚气短地扔下几份简历，不抱任何希望地溜之大吉。

深圳的朋友让我买几份报纸，看看招聘信息。我注意到，报纸上有一些"总经理助理"的职位，要求不高但是收入特别丰厚，令人怦然心动。虽然这样的岗位与我期望的法律职业不符，但是我带的钱不多，解决生存问题是首要任务。至于律师梦想，只能先放在一边。不止一个朋友提醒我，这是深圳，现实一点。

我拨通招聘广告里的一个电话号码。一位女士接的电话，约我第二天下午在罗湖区一家商厦门口见面。我心里有点疑惑，又不是特务接头，为什么这样安排呢？我按照约定到了商厦门口，过了一会，一位三十岁左右的女士出现，带着我到附近的一家肯德基坐下谈事。她看过我的简历后问了我一些情况，然后表示满意，说她是替老板物色秘书的，老板是位富婆，试用期满后月薪可以有八千。这样的待遇已经非常好，我却淡然一笑，起身告辞。我要是相信这样的骗术，就白活这么多年了。

我又接到另外一个电话，通知我去面试总经理助理的职位，地址是某大厦的写字楼。虽然觉得不靠谱，我还是抱着试一试的想法前去。到了某大厦，一楼的保安电话确认我是面试人员，放我进了电梯。来到一个类似于住宅的套间里，我的心已经凉了半截。一名女文员让我填表，然后领我走进一个单间，说是老板要面试我。我走进房间一看，一位胖胖的中年妇女坐在办公桌后面，她带着一副金丝眼镜，左手无名指上戴着一枚硕大的蓝宝石戒指，看上去雍容华贵。

女老板问了我的基本情况，并向我介绍了工作内容，也就是陪她应酬，帮她拎包，等等，说是很看好我如何如何。我频频点头，暗自好笑。退出房间后,女文员说我面试通过了,要交2000元押金。我说,我不想干了。女文员一副惊愕的表情,问我为什么。我说就是不想干了。女文员说,那要交20元填表费。我说凭什么啊,转身就要走。女文员拽住我的衣服不放,房间里又出来几个男人。我见情形不对,扔下20元就离开了。

这两次的遭遇,让我再也不敢相信报纸上的招聘广告了,还是老老实实做我的律师本行吧。

我从网上查找到深圳所有的律师事务所的地址和电话,打算一家一家去投简历。

在制作简历的时候,我除了基本信息、证书复印件等资料外,还附上了我写的办案手记,详细介绍了我在九江办理的几起案件和体会。我想,律师很希望来应聘的助理能为自己做实实在在的工作,这些办案手记,能够展示我的工作能力和办案经验。

接下来的几天时间里,我几乎每天都要上下几千层电梯。一辈子都没这么集中地坐过电梯。有的大厦里面有好几家律师事务所,我上楼、下楼、下楼、上楼,坐电梯坐得天旋地转,分不清东南西北,蹲在电梯里干呕。烈日炎炎下,我西装革履,打着领带,人模人样,内心却蜷成一团,充满了焦虑。

在福田区联合广场一家律师事务所投简历的时候,我认识了也是来求职律师助理的一位女孩子。她姓田,是位湖南妹子,和我同期通过司法考试,也是刚刚来到深圳。我们一见如故,说起这些日子的求职经过，说得天昏地暗，说得肚子呱呱直叫。于是，我们一起去寻找便宜的盒饭。走了很久很久，终于闻到盒饭的香味，我们站在路边，反复比较哪一家的盒饭更经济实惠。我笑着对小田说，这哪里像两个未来的大律师啊！小田说，将来要在这条破烂的小街树立一个雕像："田大律师和易大律师吃盒饭处"，纪念两位大律师刚刚来到深圳时的穷困潦倒。

吃饭之前，小田说要去买一个文件袋，我跟着她走进一家文具店。小田问老板："一个袋子多少钱？"老板说："两块钱。"小田问："一块五卖不卖？"我差点笑倒。老板说："不行。"小田为了砍五毛钱的价，和老板叽叽喳喳说了有十几分钟，我都听得不耐烦了，说："还是吃饭要紧。"小田从口袋里掏钱，没想到掏出一大把硬币，全是一毛的，算了一下还不够两块钱，她又从挎包里拿出钱包。我想，这下可以看见大钞票了。万万没有想到的是，钱包里面竟然只有三块钱！最大的票子面额是两块的。我差点昏倒在地上。那一瞬间我明白，午饭只有我请客了。

坐在小吃店里，我们吃着五块钱的盒饭，边吃边笑。两个未来的大律师，尤其是田大律师，落魄到如此的地步，五块钱的盒饭都买不起，五毛钱要动用律师雄辩的口才去还价。什么世道啊！

吃完饭，在联合广场立交桥边的草坪上，我们席地而坐，畅想自己的未来。这个城市是美丽的，诱惑我们放弃在家乡已经得到的，不顾一切扑入她的怀中。我们是这个城市的边缘人，不知道这个城市会不会接纳我们，虽然我们比民工有一些文化，但是我们现在却过得不如民工！

那次以后，我们更加关心对方求职的情况。我们互相打气，互相调侃，深夜里，我们的短信在深圳的上空穿梭。我们不敢打电话，用小田的话说，太贵了。也是啊，那是粮食，是我们的盒饭啊。

第二次跟小田见面，我们约好一起去宝安区求职。关内的律师事务所这么难找工作，关外的总不会有那么高的要求吧。深圳的关外和关内好像是两个世界，关外的楼不高，车流也不多，一到中午，大街上看不到什么人。这里哪像是深圳啊？既然来了，我们还是一家一家地找吧。

跑完法院周围的几家律所，小田说，根据资料显示，宝安区司法局一楼也有一家律所，不妨前去看看。我们一路打听司法局在哪里，结果走着走着横穿了整个宝安区。正是中午时分，太阳火辣辣，肚子咕咕叫，我们有气无力地一直往前走，每到一个路口就要向路人打听司法局。好容易看到司法局的招牌，走上前向保安打听律所在几楼。保安说，律所已经搬家了。我一听，再也没力气往前走了。小田说还有一家，回去我请你吃饭。这句话一下子令我精神抖擞。

在宝安区的广场大厦，小田在一楼大厅等我，我上楼去律所投递两人的简历。律所只有一位律师在上班，我放下简历离开。刚到楼下，看到小田在接电话。原来那位律师打电话叫她上楼谈谈。

我心里一酸。两份简历在一起，那位律师叫小田去面试，那就是看上她了。女孩子就是有优势啊。我在楼下中国移动的大厅里等小田。肚子饿得痛，我拼命地喝中国移动的不要钱的水，喝了一个水饱。等了很久，带来的一份报纸我连广告都仔细看完了，小田还没有下楼。

我开始有点担心。有这样面试的吗？我怀疑那位律师是不是趁着中午没人，想欺负小田。我给小田短信，问她是不是差不多好了。过了很久小田都没有回复。我终于忍不住，站起来准备上楼，这时我的手机响了。小田说马上就下来。原来那位律师和她是老乡，中午闲得发慌，找老乡聊聊打发时间。

小田请我吃饭的时候已经将近4点，她大发慈悲请我吃饭，前提是进关的车票由我买。我一狠心点了一瓶啤酒，心痛得她直皱眉。小田一再强调，她很久没吃水果了，我装聋作哑。她反反复复地说，我实在招架不住，提出只买一个苹果，多了没有。水果店的老板用异样的眼光看着我，也许他是第一次看见如此吝啬的男人，只买一个苹果给女孩子吃吧……

从那以后，我和小田好几天没有见面。但是每个晚上，我们都会用短信联络，打听对方求职的进展。我容易泄气，小田经常给我鼓励。我闲着没事，也发几个短信过去损她几句。我求职成功以后，小田面试了无数家律所，总是这样那样的原因，没有下文。深圳就是这样！他们都很客气地让你等通知，让你觉得自己好像希望很大。深圳这个地方人才济济，我们的法律职业资格证在这里没有任何优势。

我的简历投出之后，有几位律师约我面试。他们看过我的办案手记，对我的办案思路比较赞赏。面谈之后，他们得知我不会说也听不懂广东话，而且刚来深圳，不熟悉深圳地形，纷纷表示抱歉。

有一位女律师本来已经决定以 1000 元的月薪聘请我，考虑再三还是打了退堂鼓，令我沮丧万分。

最终，我在联合广场的一家律师事务所求职成功。聘请我的梁律师对我说，他看中了我营销的特长。因为他看到我的简历中谈到，我做律师之前曾经成功地将一位下岗女工打造为"全国十大杰出青年志愿者"。梁律师的太太在开化妆品公司，他哥哥在增城有个项目由他负责打理。

对我来说，在深圳有人肯要我就已经谢天谢地了，虽然这份工作好像跟律师业务有点不沾边，虽然我的月薪只有 1200 元（每天坐车上班就要 10 元的车费，吃饭最少也要 30 元，还有房租，必然入不敷出）。想想还在苦苦求职的小田，我已经心满意足了。

周末的时候，小田发短信让我借本书给她，我们约好一起参加一个法律网站的聚会。聚会时我接到小田电话，她已经到了荔枝公园，但是找不到聚会地点"青青假日酒廊"。我叫她慢慢找，公园就这么大。直到聚会结束小田都没有来。我打电话给她，她一直没接，让我觉得奇怪。那天下午，因为梁律师要我赶往莲花山公园和他碰头，就没有去找小田。

晚上接到小田短信，说，来到公园的池塘边，对着一池湖水，不由得悲从中来，坐在湖边埋头流泪。看到这条短信，我鼻子一酸。我不知道该怎么安慰她，我和她是一样的。她感到累，我也觉得累。深圳这个地方是不相信眼泪的，我没有时间在这里流泪，我要让自己变得麻木，才能在这个城市存在下去。

小田的短信是我的噩梦。每到深夜,我疲倦不堪地钻进被窝,好容易在蚊子叮咬中昏昏睡去,小田的短信总是惊醒我的好梦。我就像当年巴格达的市民,不得不面对她短信的轰炸。直到我向她求饶,叫她做姑奶奶,小田才得意洋洋地收兵。然后我已经没有了睡意。等我准备以其人之道还治其人之身,她那边却已经关机,留我在深夜里对着天花板数绵羊……

几天之后,小田打电话给我,说她也找到了一份律师助理的工作,老板是位女律师,但是薪水只有1000元一个月,比我还少200。小田很豪气地邀请我去她那边,说是请我吃饭,好好庆祝一下。我大喜,特意坐了一个多小时的车横跨整个市区,去她工作的地方。

我在小田工作的大厦附近给她打电话,告诉她我已经到了。小田说,她还要一会才能下班,老板让她处理一个材料。我在马路上溜达了半天,天渐渐地黑了下来,路灯一盏盏地亮起,人流如织,一个个行色匆匆。我饥肠辘辘,夹着公文包站在路边。不时有一两个鬼鬼祟祟的人过来搭讪:"先生,要发票吗?"我很郁闷,难道我的装束和气质很像来深圳出差的村镇干部吗?

小田终于出现在我的面前,一脸的疲惫。我兴致冲冲地跟着她走进一家快餐店。服务员拿来菜单,我笑嘻嘻地对小田说:"难得你请客,我就不客气了?"很久没吃大餐,看着菜单上那一行行诱人的菜名,我胃口大开,头也不抬地指着菜单,对服务员说:"这个,这个,这个,这个,这个……"突然,我觉得好像有点不大对劲,猛一抬头,对面坐着的小田已经没有了人影。服务员一脸不解地看着我。我目光四处搜索,发现小田背着包,正气呼呼地往外走。我扔下菜单,对服务员说:"我出去一下。"然后去追小田。

我莫名其妙地跟在小田身后,问她发生什么事了。小田不理我,头也不回,一个劲地往前走。我生气了,怒喝一声:"到底怎么回事啊?我坐了一个多小时的车过来找你,还在你楼下等了这么长时间,你说请我吃饭,又这样一言不发地走掉,有病啊?"

小田回过头来站住,已经是满脸泪痕。她说:"你知道吗,我到现在早饭都没吃!我卡上只有300块钱!"我说:"300块钱请客足够了啊!"小田说:"这是我全部的家当!本来身上有一百多块钱的,上午陪老板上街,她要做头发,说没带钱,让我帮她付的钱,回到办公室也不说还给我,我怎么好意思问她要啊!我现在身上只剩下30块钱。一个月1000块钱工资,每天要做十几个小时的活,还要陪她逛街,做美容,帮她抱狗。离发工资还有二十多天,我怎么活啊!衣服都买不起!"

我插了一句:"东门的衣服挺便宜的,我前几天看到那里还有一块钱一套的西装……"小田一脚踢过来,好在我早有防备,及时闪开。小田捂住脸,蹲在路边抽泣。我心如刀割,半天憋出一句话:"别哭了,今天我请客吧!"

小田破涕为笑,说:"真的吗?"我咬咬牙说:"算我倒霉,跑这么远来请你吃饭。"我们重新回到快餐店坐下,饭菜上来之后,我要了一瓶啤酒,一口接一口地喝着闷酒,小田边吃边用纸巾擦眼泪。我说:"是不是被我感动了啊?"小田说:"嗯。大哥,我能再叫个水果盘吗?"我顿时被气乐了,说: "没见过你这么不要脸的人啊！"……

新工作完全出乎我的意料。梁律师把我带到增城时我才知道，他所说的"项目"原来是正在建设中的陵园。而我的工作任务是协助他推广陵园的骨灰灵位。我顿时傻眼了。我搏命参加司法考试，就是为了卖墓地？我背井离乡来繁华的深圳追梦，结果到偏僻的增城郊区跟骨灰盒打交道？我脑子进水了啊……我的心中悲愤莫名！

愁眉苦脸地在增城待了几天，我跟着梁律师又回到了深圳。梁律师从他的办公室里拿出几大摞名片，足足有几千张，放在我的工位上，对我说："给我把这些名片的所有信息输入电脑里。"不管怎样，这项工作总比推销骨灰灵位要强一些。

于是，我每天对着电脑，把案头堆积如山的名片录入进去。刚开始还没觉得什么，时间一长，就头昏眼花了。名片上的电话号码都是很小的字号，看多了眼睛就一片模糊。梁律师嫌我进度太慢，时不时又翻出一大堆名片交给我。我边敲电脑边骂自己：让你来深圳！让你来深圳！现在见识了深圳吧！每个月房租550！坐车300！吃得比民工还差！每个月饭钱最少要900！工资只有1200！

我对深圳已经绝望了，这里不是我梦想中的黄金天堂。在这里我根本没有办法生存下去，更别说实现我的律师梦想了。我看不到任何希望。

这时，"非典"疫情爆发，广东成为重灾区，街上行人寥寥，而且都戴着口罩。我只能打道回府了。

决定离开深圳的时候，我给小田打电话，用光了卡里全部的话费。知道我要辞职回家，小田非常伤感。她知道无法挽留我，只能开玩笑地说："等你下次再来深圳的时候，给我做助理吧！"我满口答应，笑着笑着却哽咽了。电话那头，小田想必已经是泪流满面了吧。

我给梁律师打电话，告诉他我要辞职回家了。他表示同意。我问他，我工作了半个月，工资怎么支付？梁律师让我开一个深发展的银行卡，把卡号告诉他，他会把工资打到我卡里。但是，直到今天，我都没收到我的工资……

在返乡的火车上，我辗转反侧，彻夜难眠。就像歌里唱的："我曾经豪情万丈，归来却空空的行囊。"

这一个多月时间里经历的重重磨难，让我彻底打消了对律师这个职业不切实际的幻想。外面的世界确实很精彩，但是，对于没有做好充分准备的人来说，外面的世界也确实很残酷。

我认真总结了在深圳失败的教训：

首先，语言是极大的障碍。本来已经有好几位律师看中了我，但是因为我不能听说广东话，不熟悉深圳地形，无法承担起相应工作，导致求职失利。

其次，没有充足的物质准备。刚到陌生的城市，一切需要从头开始，必然会有一个极其艰难的过程。如果完全依靠微薄的工作收入生活，很难坚持下去。没有物质基础，也导致了心态浮躁，不能脚踏实地。

再次，没有充足的思想准备。过于自信，把深圳想象得太美好，对困难估计不足。遇到挫折产生了畏难情绪。

最后，没有坚持自己的目标。我去深圳是做律师，结果为生活所迫，只要有一份工作就心满意足，现实与梦想差距太大。

我在深圳的这段经历，虽然时间很短，却给了我很大的教训。我经受了挫折，开阔了眼界，我知道了自己要的是什么，我该怎么做。

新面孔

从深圳回来后，我大病一场，在家里休整了一个多月。由于是从疫区回来的，又有一些发烧的症状，所以我担心自己染上了"非典"，怕传染给别人，一直不敢出门。直到身体彻底康复，我才重新回到市区的律师事务所上班。

我离开的时间不长，律师事务所这种单位，你两三个月不过来上班也属于正常现象。除了师父外，其他的同事们并不知道我之前在深圳经历了那么惨痛的一段。我迅速调整好心态，重新开始我的实习生涯。

在师父的鼓励下，我开始独立办理一些案件。九江的律师执业环境相对宽松，只要委托手续上挂着师父的名字，即便是实习律师也可以单独出庭。

但是，我这张新面孔在出庭的时候还是遇到了很多挫折。

我非常珍惜手里的办案机会。每一个案子都做好充足的准备工作，查找大量的资料，一丝不苟地撰写代理意见。可是，当我在法庭上念代理词或辩护词的时候，甚至是在法庭上向对方当事人或证人提问的时候，总是被法官粗暴地打断，有时候他们还在庭上不留情面地嘲弄我。我本来心里就有点紧张，法官当着众人的面批评我，更让我面红耳赤，手足无措。

师父安慰我说，谁都是这么过来的。法官训斥你，你应该先找找自己的原因。可能主要还是因为你的提问不妥或者绕的弯子太多，你的代理词太长，人家没有耐心听你引经据典。你以后的代理词尽可能简短，尽可能脱稿来讲，开庭的时候要有时间观念，都快到吃饭时间了，你还在那里不慌不忙一字一句地念稿子，人家当然要催你啦。

师父接着说，你是新面孔，法官以前没有见过你，想给你一点颜色，杀杀你的傲气。让你明白，在法庭之上，他才是老大。回头见面的次数多了，大家混熟了，也就不会这样不给你面子了。

这里面的门道还真多啊。一段时间以来，我经常莫名其妙地被法官训斥，还以为我和这些法官有什么私仇呢。这下子总算找到了原因。

虽然每个案子我都很认真、很用心，但是案子的最终结果却总是令我大失所望。有一天上午，我在中院和区法院领到了四份判决书，全是我方败诉。我拿着这四份判决书，失魂落魄地走出区法院，梦游一般走在马路上，不知不觉走到了湖边。

我没有吃中饭,独自在湖边坐到太阳下山,呆呆地看着波光粼粼的湖面一点一点陷入黑暗。我觉得自己的心已经沉到了水底的淤泥之中,暗无天日,了无生趣。

是我不认真不努力吗?所里只有一台电脑,老是被同事占着打游戏。为了查资料,我带着草稿本泡在网吧里,把查到的资料一字一句地抄下来。密密麻麻的几十页资料,可想而知我花费了多少时间。为了写代理词,我坐在散发着霉味的单身宿舍里,忍受着蚊叮虫咬和外面的喧闹嘈杂,认真分析,反复修改,直到自己挑不出一丝毛病。如果这样的努力都会是失败的命运,那么我到底该如何去做才行呢?

也许是我不适合这个职业吧。和我对庭的那些律师,他们并不像我这样严阵以待,大多是两手空空出现在法庭上,和法官谈笑风生。发言的时候不知所云,前言不搭后语,有的对手甚至连基本案情都搞错。我原以为他们必败无疑,没想到我才是最后的输家!难道我非要像他们那样不学无术,才能在这个圈子里混得像模像样?这不是我想要的律师生涯……

我拿出判决书再一次认真分析。在这四份不同的判决书里,法官驳斥我的理由,是一模一样的八个字:"于法无据,不予采纳。"这八个字,字字锥心。我呕心沥血准备的长篇大论,就被这千篇一律的八个字剿杀。我不服啊。至少法官你应该告诉我,我败在哪里吧?!

我想起在区法院领判决书的时候,我说了一句"要上诉",那位中年女法官气势汹汹地说:"你爱上诉就去上诉吧!我告诉你,我做这么多年的法官,判了这么多的案子,还没有一个案子改判或者发回重审!"

无论如何,我不服气!这几个案子,我没有道理输掉。还有上诉的机会,不到最后关头,我绝不轻易认输!天道酬勤,我就不信,我的努力会没有回报。我一定要坚持到底,就算二审也输了,我还要申诉,只要认准了自己应该胜诉,就一定要申诉到底!你们都是见不得光的老鼠,我是一头越挫越勇的狮子!

我站起身,这才发现天已经黑了,路灯一盏盏亮了起来,马路上人声鼎沸。我就近找了一家看上去还不错的餐馆,点了几个好菜大吃一顿,还喝了两瓶啤酒。就算输了,我也要好好犒劳一下自己。我要用旺盛的精力去打响下一场战斗!

几个月后,我终于咸鱼翻身,在中级法院领到了改判的判决书。拿着中级法院的判决书,我扬眉吐气,很想去找那位骄横的女法官,把判决书砸在她脸上,跟她说:睁大你的眼睛看看,改判了!你不是说从来没有被改判过吗?这个记录我给你破了!……

做律师跟打仗一样,士气很重要。一旦士气振作,似乎运气也就跟着来了。

在漫长的实习结束之后,我终于获得了一个在全市同行面前亮相的重大机会。

这年三月,郊区发生了一起特大森林火灾。我得知消息时,正在宿舍里彻夜加班赶写一份材料。一位在机关工作的朋友打电话告诉我,他正赶往扑火现场,火势已经接近庐山风景区,九江市在编的干部、职工全部被组织起来，轮番上山灭火。一名消防战士在扑火时牺牲，几十名战士受伤。正值"两会"期间，在京开会的省领导闻讯非常恼火，责令有关部门想尽一切办法灭火，确保庐山风景区的安全，同时，要尽快将犯罪分子缉拿归案，严惩严办，以儆效尤。

我站在窗口望着远处庐山上的火光和浓烟，默默祈祷大火赶快被扑灭。因为这座山，是避暑圣地，是大自然的宝贵遗产，是我从小生长的地方。造成重大损失的嫌疑人，真的是罪孽深重啊。

几天后，大火终于被完全扑灭，庐山保住了。我驱车路过火灾发生地点，只见以往秀美的群山已经变得满目疮痍，一片狼藉，到处都是被烧成焦炭的树木，有些地方已经是寸草不生。

朋友告诉我，潜逃的犯罪嫌疑人钱海洋已经抓获归案，对失火行为供认不讳，痛哭流涕。出于职业本能，我随口问了一句："他请了律师没有啊？"朋友说，这个人真够倒霉，刚刚从牢里放出来，才一天就出事了。家里穷得都揭不开锅了，哪有钱请律师啊。大家都觉得没有必要请律师，能保住一条命就算不错了。

顿时，我对这个案子产生了浓厚的兴趣。刚刚从监狱放出来，家里的被子还没有捂热，又因为失火而被关进看守所，面临着法律的再一次惩罚，这个倒霉蛋我想见识一下，也许事情不是那么简单呢？

我想方设法和犯罪嫌疑人钱海洋的亲属取得了联系，决定为他提供法律援助。办理了委托手续之后,我来到看守所,见到了钱海洋。钱海洋面无表情地坐在我的面前,眼睛里没有一丝神采。看得出来,他对我并没有什么期待。

我说:"我刚刚去了你家,见到了你的母亲,还有你弟弟和你的孩子。"钱海洋目光呆滞,一言不发。我接着说:"你母亲身体还好,她让我一定要想办法救你,她说好不容易把你盼回来了,你又要去坐牢,她不甘心。她让我转告你,她等你回家,给她养老送终。"钱海洋捂住脸,开始抽泣。

有些当事人基于种种原因,在会见的时候排斥律师,拒绝和律师交流。这种情况下,律师拉近与当事人距离的最佳办法,就是动之以情,让他感受到亲人对他的关心和期待。侦查人员审讯嫌疑人的时候,经常用这一招击溃嫌疑人的心理防线。律师也需要用这个办法来取得当事人的信任。

我说:"大家都知道,这次的事也不能完全怪你,谁会想到放一串鞭炮会惹出这么大的事情啊。很多人都同情你。"

钱海洋抱着头号啕大哭:"我真倒霉啊!我一个人死也就算了,还害得我老婆和我表姐也坐牢,我造孽啊!"

等他渐渐地平静下来,我说:"事情没有你想得那么糟糕,你是家里的顶梁柱,不能垮,我会尽最大努力帮助你。"

钱海洋抬起头,问我:"律师,我还有救吗?监号里面的人说枪毙我十次都不算多啊。"

我笑了,说道:"别听他们胡说八道。失火罪最多也就是判七年,你老婆和表姐的罪行更轻,顶多一两年就放出来了。"

钱海洋如释重负,开始向我讲述事情的经过:

钱海洋原在山脚下务农,由于要赡养父母,还要照顾有精神病的弟弟,家境非常困难。后来,他见别人做木材生意发了财,也做起了贩卖木材的小生意。在一次交易中,他动了贪念,谎称有一大批优质木材,收了买家货款后躲了起来,结果被判刑五年。他入狱后,父亲又急又气,不久就去世了,他没能回家奔丧。为了早日得到释放,他在监狱里努力改造,多次获得减刑奖励,提前出狱。出狱后,他第一件事就是到家里附近的温泉去洗澡,希望洗掉晦气,重新做人。

第二天,他独自去给父亲上坟,没想到一串鞭炮引发了山火。他拼命打火,但是,突然刮起的大风使得火势越来越大,他跑下山喊人来救火,火势已经失去了控制。他感觉到巨大的恐惧,偷偷地溜下山,跑到水库边上呆坐了半天,觉得自己命苦,想跳水自杀,最终还是没有勇气。这时,他的妻子找到了他。两人一起去了岳父家里,商量了半天,决定先去看看在外地打工的儿子,然后躲到了表姐家。几天之后,警察在表姐家里抓获了他,他的妻子和表姐也被拘留了。

我陷入沉思。一般情况下,放鞭炮不至于造成这么大的灾难。钱海洋的过错到底有多大?本案之所以引起各方面重视,并不完全因为烧毁了大片树林,还因为发生在"两会"期间,而且有消防战士在救火时牺牲。我该如何展开我的辩护,尽可能地减轻钱海洋的处罚?

接下来几个月的时间里,我一直留意搜集有关的案例、法律规定和当时的气象资料,到开庭前,我搜集的资料已经有几十万字之多。

根据我搜集的资料,最近一段时间出现了百年不遇的夏秋冬连旱,地表植被干枯,很容易起火,而且火势容易蔓延。省气象台发布的信息显示,2003年7月1日至2004年2月15日,全省平均降水量仅382毫米,创下有气象记录以来历史同期最低纪录。国家林业局通知要求,"要切实把森林防火责任制落到实处;加强宣传教育,教育广大群众控制野外用火,增强防火意识;加强队伍建设,消灭防火死角,提高扑救能力;重点林区要24小时值班守候,坚决遏制森林火灾的高发态势"。也就是说,钱海洋出狱的时候,恰恰是防火形势最为严峻的时候。刚刚从监狱释放的他,怎么可能知道这么多呢?正常年份下,三月份是多雨潮湿的季节,在野外放一挂鞭炮,相对还是比较安全的。这倒霉孩子啊。

我会见钱海洋时,正好遇到警察提审,我问警察:"火灾损失的数据出来了吗?"警察给我看《鉴定结论》。我问:"怎么只有烧毁林地的面积和最后的损失金额,没有单价,这是怎么算出来的啊?"警察自信地说:"放心,这后面再加一个零都不算多。"我不再说什么了。《鉴定结论》毫无疑问是存在瑕疵的,我已经找到了辩护的角度。

案件移送检察院审查起诉后,我复印了整个案卷。抱着几百页的案卷材料,我反复研究,苦苦思索。《鉴定结论》破绽百出,包括鉴定单位的资质,鉴定人的资质,计算方式,等等。但是,如果只是盯着《鉴定结论》,我的辩护显然太单薄,还能从哪些角度进行辩护呢?

一位同事和我讨论时,随口说了一句:"森林公安是干什么的啊?火灾案件应该由他们来侦查吧?"我觉得有道理,交通肇事案件是由交警先处理,然后再移交给刑侦的,火灾案件照说也应当由森林公安先处理啊。这个案件在程序上是不是有问题?

我查找到了公安部《火灾事故调查规定》。根据该规定,火灾案件必须由公安消防机构制作《火灾原因认定书》和《火灾事故责任认定书》并在七日内送达当事人,当事人十五日内有权提出异议,要求重新鉴定。但是,案卷里没有这个材料。也许是本地司法机关很少办理火灾案件,不了解这一程序规定。他们的工作失误,为我的辩护提供了基础。

抓到了程序上和证据上的漏洞,我信心倍增。

案件移送到法院后,我利用送交手续的机会,找到主审法官交换观点。我拿出一份《人民法院报》,上面登载了某地前不久的一个失火案判例,被告人也是造成了巨大的经济损失,而且发现失火以后立即逃跑,没有叫人来救火。法庭认为其行为非常恶劣,因此从重判处六年。我说,本案中钱海洋参与了救火,如果比照这个案件,钱海洋应当获得更轻的处理。

法官很直率地说:"这个案件麻烦在于有武警牺牲,而且发生在"两会"期间,领导高度关注,所以案件性质就发生了变化,很可能要顶格判处七年。"据说，上级领导甚至提出，要判处被告人无期，起码是十年以上。他们向领导汇报说，刑法规定最高刑期没有那么长。所以，如果不顶格判刑，没办法向领导交代。

虽然知道案外的因素影响到案件最后的处理结果，我还是决定，不管最后结果如何，我一定要放手一搏！

开庭前几天，法院通知我，由于本案影响重大，决定将本案开成"观摩庭"，届时将有包括上级法院、上级检察院在内的各机关领导、社会各界人士、人大代表、政协委员参加旁听。为了确保庭审顺利进行，法院决定，开庭前一天，公诉人与律师在法院主持下交换证据和辩护观点。

这令我十分为难。如果提前告知辩护观点，公诉人有了防备，在法庭上我岂不是被动挨打？说是"交换观点"，公诉人的观点早就体现在《起诉书》里面了，实际上就是要求辩护律师提前亮底牌，免得公诉人在法庭上措手不及。

交换证据的当天上午，我再次去看守所会见被告人。我询问有没有收到过《火灾原因认定书》和《火灾事故责任认定书》，钱海洋说没有收到。我这就放心了。就算公诉人发现了这个问题，时间上也来不及了。

交换证据的时候，看到公诉人出示的补充材料，我不由得展颜一笑。他们不但没有把漏洞补上，反而又给我落下口实。新补充的材料竟然只有一名鉴定人的签名。法官要我表明态度，对没异议的证据，第二天庭审就不出示。我想，还有一个晚上就开庭，就算亮出底牌,他们也回天无术了。我于是提出《鉴定结论》存在的问题。公诉人听完呆坐了半晌,说,他们也发现了这个问题,向鉴定单位提出了要资质证明的事情,但是这个单位确实没有资质。

法官进一步指出:证据存在的问题还有很多,牺牲的武警连个死亡证明都没有,怎么印证《起诉书》中武警牺牲的事实?看来法官对我的观点还是表示认同的。

交换证据结束后,公诉人、法官留我在检察院食堂吃晚饭。我试探着向公诉人打听量刑可能性。公诉人说,对于钱海洋的量刑建议为五到七年,对于另外两个窝藏、包庇的量刑建议是从轻。

我提出:最好量刑五年以下,如果量刑在五年以下,看守所可以向省公安厅申请将钱海洋留所服刑,看守所领导已有这个意愿。法官说:如无意外,肯定会顶格判七年,明天休庭后会立即召开审委会,当庭宣判。

晚上,我继续挑灯夜战,做开庭的各项准备工作。我犹豫再三,决定提醒一下公诉人和法官,这个案子程序上存在一些问题。我担心,如果在明天的法庭上,我突然提出程序问题,肯定出乎公诉人和法官的意料,可能会给庭审制造麻烦,让他们不愉快,影响到最后的结果。我不能为了自己在法庭上的表现,而损害到当事人的利益。审委会的讨论,他们都是有份参加并发表意见的。我的主动示好,能不能让他们在量刑上作出一些回应呢?

我分别打电话给法官与公诉人,告诉他们程序上存在的严重问题。他们听到以后,询问我具体的法律依据。公诉人还对我说了一句"多谢"。

　　凭现有的两点辩护意见,一是程序违法,二是证据不足,理论上完全可以做无罪辩护。但是,如果真做无罪辩护的话,那就是哗众取宠了。不但得不到法官支持,反而会丧失可能取得的成果。但是,如果不做无罪的话,我的两个观点就与"罪轻"辩护矛盾。在中国做律师,很多时候被迫自相矛盾。

　　第二天开庭,旁听席上坐了几百人,黑压压的一片。法庭四周架着好几台摄像机,几个记者模样的人背着照相机在法庭里走来走去,闪光灯不时亮起。这是我第一次在这么多观众面前亮相。为了配合庭审,我特意穿上律师袍出庭,意气风发。

　　当我询问钱海洋有没有收到《火灾原因认定书》、《火灾事故责任认定书》的时候,审判长(法院院长)、第一公诉人(检察长)突然脸色一变。旁听席上,前来观摩的上级检察院、法院的人也是一愣。钱海洋大声回答:"没有。"法庭顿时变得特别安静。

　　质证时我提出《鉴定结论》存在的问题。法官当庭决定,对公诉人提交的该份证据直接予以确认,对我的异议不予采纳。昨天交换证据的时候,法官还对我的观点表示认同,坐上审判席就马上变了。法官确认"证据合法有效"的时候,冲我嫣然一笑。我倒没指望法官能认同我的观点。如果法官确定《鉴定结论》无效,这个案子就没法往下审理了。

　　辩论阶段,公诉人发表公诉意见,我一听到量刑建议为"6—7年",感觉被涮了。昨天他说量刑建议是"5—7年"。枉费我一片好心,半夜打电话告诉他我的辩护观点啊。

尽管如此,我还是不能放弃。法庭里面温度很高,空调没有开放,我热汗淋漓,顾不上形象,脱下律师袍,穿着短袖衬衣发表辩护意见。

当我亮出自己的第一个观点"侦查程序存在严重失误,证据存在严重问题"的时候,我观察了一下公诉人,发现检察长脸色变得十分难看,审判长也是眉头一皱。旁听席上主管刑侦的公安局副局长,也是阴沉着脸。

发表辩护意见的时候,法庭上很安静,只听见我的声音在法庭回荡。尤其是旁听的上级机关人员,更是全神贯注听我发表意见。我渐渐进入状态,开始配合一些手势,语气也渐渐有了感情。

我最后以一段煽情的话结束我的辩护意见:"审判长、审判员、公诉人,这起火灾是一个不幸的悲剧。悲剧已经发生了,我们不希望它重演,但同时,我们也不希望这起火灾酿成更多的人生悲剧。我请求法庭慎重量刑,因为,量刑不仅仅影响到钱海洋的一生,还影响到他75岁的老母亲,精神病的弟弟,7岁的小女儿。这些不幸的人,正用他们充满期待的眼神注视着我们,他们正忐忑不安地等待命运对他们的宣判!"钱海洋听到这里,泣不成声。法官、公诉人和旁听群众,一个个面色凝重。

钱海洋按照我会见时面授的机宜做最后陈述,语气和感情把握得特别到位。说到最后,三名被告人一起掉眼泪,钱海洋边说边趴在栏杆上大哭。最后,钱海洋突然转向旁听席,跪下来向牺牲的武警战士遗像磕头谢罪。如此动情的场面,引得几个记者冲上来,闪光灯亮成一片,法警赶紧把钱海洋扶起。法庭的气氛一下子扭转过来,观众们都面带同情,审判长也似乎动容了。

休庭时间原本为十五分钟,最后延长四十多分钟才继续开庭。我不知道审委会讨论了些什么内容,他们重新走进法庭的时候,神情肃穆。

当审判长念道"辩护律师认为本案程序和证据存在瑕疵,本院经审查认为程序与证据合法,该辩护观点不予采纳",虽然是意料之中,但是我心中还是有些失望,只有仰天苦笑。明知道我的观点正确,判决书中却偏偏不采纳。这就是中国特色的庭审吧。

最后钱海洋被判刑六年。虽然不是我期盼的五年以下,但是至少没有按照领导的意图顶格判七年。难道是我的辩护打动了他们?

走出法庭,一些认识或不认识的人纷纷向我打招呼,我面带微笑一一握手致意。我这张新面孔,从今天开始定格在大家的脑海中了。

闪亮登场

经过失火案一战,我办理案件开始找到了感觉。实习期结束后的我,已经可以名正言顺地独立办案,不必再挂师父的名字,底气也足了起来。

还是实习律师的时候,经常有当事人要求看看我的律师证。我掏出实习律师证,当事人总是因此打起退堂鼓。奇怪的是,等我拿到了正式的律师执业证,反倒没有当事人要看我的律师证了。也许是因为实习期的我还很青涩,使得当事人对我的律师身份产生了怀疑。而现在我变得自信了很多,我的气质和谈吐已经符合当事人对律师的期待了吧。

我注意到,所里的同事们接待当事人的风格有很大差异。有的漫不经心,有的全神贯注,有的亲切和善,有的霸气十足。有的律师对当事人越冷漠,当事人越把他当成神来崇拜和依赖。而有的律师对当事人满面笑容,耐心解答,当事人反倒并不信任,最后也没能谈成业务。

因此我觉得,律师的办案风格不能一成不变,应当根据当事人的特点、案件的特点来设定。例如,对待某些敏感多疑的当事人,要善于沟通,打消其顾虑。对待某些迷信权威的当事人,那就要表现得非常自信。当事人的人生经历、教育程度和收入状况不同,这些都是律师需要考虑的因素。

对待公检法的办案人员,也需要有一定的灵活性。有人评价律师和公检法的关系是:"男律师点头哈腰,女律师打情骂俏。"这句话在一定层面上揭示了中国律师的现状。

我经常听到身边的律师发牢骚。有说是半夜里接到某法官电话,说是请他一起吃饭唱歌,从被窝里爬起来赶到歌厅,都已经曲终人散,只等他来买单。或者是法官向律师摊派购书、订报任务,有的律师甚至在一年里订了七八份《人民法院报》,拿来练毛笔字都嫌太多了。有的法官喜欢向律师打听案件的收费情况,其中含义不言自明。

可能是因为有过一段不短的公务员经历,我在与司法机关打交道的时候一直都是不卑不亢。一些法官私底下说我这个人"高傲",要给我穿穿小鞋。我为此尝尽了苦头,吃了不少暗亏。

鸡蛋不与石头碰。我已经远离了公务员的身份,必须要尽快适应自己的新角色。我不想委曲求全,但也不能因为自己的清高倔强,损害到当事人的利益。我开始琢磨如何解决这个令人头疼的问题。

我相信,每个人的心里都隐藏着天使和魔鬼,即使是自私自利、凶恶残暴的罪犯,也有他善良的一面,更何况是法律人。公平和正义是每个法律人的追求,有些人之所以沦落,是被灰尘蒙住了心灵,被物欲遮住了眼睛。那么,我要靠近他们的心,开启他们的善。

溜须拍马并不能真正得到他人的尊重,自身的实力才是获得他人尊重的根本,正如普京所说,"没有实力的愤怒毫无意义"。我力争让自己的每一项工作都做到严谨细致,无可挑剔,对案件事实明察秋毫,对法律关系的分析深入浅出,给办案人员充分的尊重,体谅他们的难处,在非原则性问题上作出适度的妥协,尽可能拉近与办案人员的心理距离。

在和公检法办案人员接触的时候,我尽可能快速找到自己和他们的共同点。比如,老乡、校友、共同的生活经历,等等,通过这种方式消除隔阂,化解敌意。与"司法考试"有关的话题更是我的杀手锏。作为本市首届司法考试的状元,我在司法考试方面是毋庸置疑的权威人士。如果他们在准备考试,我会跟他们聊复习心得,传授我的过关经验,还把我当年的考试资料送给他们。这样瞬间就拉近了距离。

我深知赞美他人的重要性。一句适当的赞美,胜过千万句恶俗的马屁。我要求自己迅速找到对方身上的优点,不露痕迹地进行称赞,并且拓展出更多的话题。时事新闻,宗教艺术,家居美食,旅游购物,易经风水,娱乐八卦,等等。好在我从小涉猎广泛,看过很多的杂书,脑子里囤积了不少五花八门的知识。这种事情难不倒我。

有些时候，我也与他们探讨一些严肃的法律问题，诸如死刑存废，诉讼法改革等。有些时候，也为他们工作中的付出与收入不成比例而叫屈。经过我的不懈努力，终于和一些法官、检察官成为了朋友。

当然，也有一些办案人员是不吃这一套的。那么，总有他在意的东西。对于这种人，我会含蓄地向他展示我的一些优势，比如上层资源和媒体资源，绵里藏针地表达出我会动用一切力量维护当事人利益的坚定决心。如果对方还不识趣，必要的时候还是要适度地斗争一番的。

在我成为正式执业律师的第二年，仍然是"两会"期间，本市又出了一件大事。

在通往庐山景区的山路上发生一起特大交通事故，一辆载客中巴车坠入山崖，死22人，伤22人。事故发生两小时后，我得知这一消息，心情非常沉重。

由于我前一年在钱海洋失火案中的不俗表现，当肇事司机家属想委托律师的时候，不少人向他推荐我。最终家属找到了我。很多人劝我不要接这个案子，因为影响太大，大家对肇事司机恨之入骨，为肇事司机辩护，会引起大家的反感。

我当然知道这一点。但作为律师，越是大案，越是难案，我越感到兴奋。

顶着重重压力，我接受了委托。

形势对我非常不利。侦查阶段,当我提出会见的要求,办案民警表示,鉴于本案特别重大,领导暂不同意安排律师会见。审查起诉阶段,我向公诉人提交手续,并说我即将会见肇事司机。公诉人说,在他没有提审之前,律师不得会见当事人。情况特殊,我理解办案人员的难处,同意等他们提审以后再会见。由于我一直没能会见,肇事司机家属对我颇有怨言,我只能极力安抚,做解释工作。

当我一而再、再而三提出会见申请时,公诉人还是以"我还没有提审"为由拒绝我的要求,甚至连《起诉意见书》都不给我一份。在我的强烈要求下,公诉人拿出《起诉意见书》给我看了一下,居然不让我复印、摘抄。我继续忍。

案子起诉到法院后,我去法院复印证据材料。

拿到案卷,我鼻子都气歪了。除了《起诉书》以外,只有一份"被告人供述"和《交通事故认定书》。其他的材料统统没有。据我了解,在几个月的时间里,公安至少搜集了几千页的证据。就凭现在这十几页证据,我怎么展开辩护啊!太不像话了。我向法院提出书面申请,要求检察院补送案卷材料,同时申请法院准许我对被害人调查取证。法院同意我对被害人进行调查的申请,至于补送材料,法院建议我和检察院沟通。

在法院阶段,我终于在看守所见到了被告人杨小强。杨小强很老实,也有点犯迷糊。很多事情一问三不知。他说死了这么多人,当然有责任,坐牢也应该。但是说到公交车辆的运营情况、管理情况时,全都不清楚。我苦笑着说,你这样的司机,迟早要出事的。

在会见时，我反复让他讲述事情发生的经过。整个经过只有一两分钟的时间，但我不厌其烦地让他讲述了一遍又一遍，同时不断提问。杨小强说到，他发现刹车失灵以后，极力想控制方向，甚至想把中巴撞向山壁，只是路上有一个石块颠了一下，所以车辆才摔下悬崖。

我脑子里面一闪念，"澄清事实"是我辩护的一个方向。事故发生后，外界传言，司机在事故发生时跳车逃命，自己活了下来，却死了那么多乘客。杨小强悔罪态度不错，如果简单谈及，就成了"万金油"观点，要包装一下。杨小强有把车子撞向山壁的想法，如果目的实现，死亡人数可以降到最低。对于杨小强而言，已经决定牺牲自己、保全大多数人。尽管他的目的没有实现，态度还是应当肯定的。就算不能减轻罪责，也可以洗刷"司机跳车逃命"的谣言。

手里证据缺乏，无法找到更多的突破口，我不得不进行艰难的取证。我找到了公交车上幸存者的名单，带上两个实习的大学生，开始了调查取证。

经过调查我了解到，出事那天，某保险公司组织"三八节"登山活动，参与者绝大多数是保险业务员。天气预报3月8日有雨，因此提前一天举行活动。3月6日下午，保险公司找到公交车队联系包车，双方约定，包车3辆跑太乙村接送，每人5元，大概有150人左右。公交车队的中巴都是15座的，双方商定的是只跑一趟。那天的登山结束后，举行了拔河比赛。在拔河中，绳子居然拔断了，选手摔得鼻青脸肿。那些拔河中摔伤的人急着下山去看医生，有些人要求早点下山。12点多的时候，组织者打电话给公交车队，要求司机来接部分人下山。

根据这些情况，我的第二个辩护观点浮出水面：保险公司组织活动的混乱，是导致事故发生的重要原因。我还是意犹未尽，总觉得好像缺少了什么，还有什么东西没有找到。我很想去事故现场看看，但是所有的司机听说上太乙村，都心有余悸，摇头拒绝。

我来到检察院，向公诉人提交申请，要求补充证据材料。公诉人坐在办公室玩电脑游戏，无论我怎么说好话，公诉人都置之不理，就当我不存在一样。我忍无可忍，一怒之下推开检察长办公室的门，直接向他投诉。

检察长办公室坐满了客人，似乎还有上级领导在。我管不了那么多，一口气把我的遭遇说出来，并说道："如果你们检察院这样做的话，只会导致这个案子庭审无法进行。我会在法庭上告诉大家，你们检察院刁难律师，损害被告人权益。"

检察长起身离座，走到我的身边，低声抚慰我的情绪。他向我保证，一定会尽快安排我阅卷，让我回去等候通知。一个小时以后，我接到检察长的电话，让我返回检察院阅卷，但是不能复印，希望我能够理解。

我非常珍惜这一次得来不易的阅卷机会，认真仔细地翻阅每一份材料，不停地做记录。阅卷的时候我不由得摇头叹息。

这个案子办得太粗糙了，证据有太多的瑕疵。交警在事故发生当晚对肇事司机的提审，居然持续了9个小时，从下午5点一直到第二天凌晨 2 点多。司机身受重伤，这样的提审毫无疑问是不人道的。《交通事故技术检验报告》有两份，两份日期、内容不一样，但是编号却一样，其中一份居然没有鉴定单位的公章！难怪公诉人不敢给我看案卷啊。这些证据瑕疵，在法庭上可以提，但对于案件本身没有影响。我继续找。

事故现场照片，死者照片，惨不忍睹。我背上寒风飕飕。现场勘查记录。公路技术状况。好像没什么东西了。我叹了一口气，靠在椅子上沉思。

我不想放弃。我又翻起那些照片。惨。真惨。

突然，脑子里面电光石火一闪。是什么？我想抓住它，抓不住。到底我想到了什么让我如此兴奋？但是我怎么都抓不住。我静下心，慢慢想。

是照片。是现场照片。

我注意到，现场一片狼藉。这是交警在事故发生不到一个小时拍下的。公路边的防护墩被撞散，车辆坠入悬崖。防护墩，就是防护墩！防护墩是花岗岩石块垒起来的，接缝处糊了水泥。在事故中，防护墩被撞散，车辆因此坠入悬崖。好，就是这个了。

回到家，我迫不及待打开电脑，输入关键词"防护墩"进行搜索。几千个网页扑面而来。一个个案例，都是与防护墩有关的，看得我眼睛发痛。

在开庭之前，办案法官就暗示我，结局早就注定。这样重大的一个案子，在"两会"期间发生，它的影响力已经超出本省，必须给上面一个交代。

但是,就算结局注定,我也要拼一次。

开庭当天,正好是事故发生整整半年。和火灾案一样,这一次也是观摩庭,旁听群众来自社会各界,包括人大、政协、政法委的领导,包括上级公安、检察院和法院的业务骨干,还有死难者家属和其他群众。大家心情沉重。

庭审发问的时候,我引导被告人杨小强说出当时的混乱状况,说明保险公司组织该活动不力。没有人维持秩序,催促乘客上车也是保险公司授意的。在整个接送乘客的过程中,杨小强都是接受保险公司的指挥、调度。接着,引导被告人说出自己打算撞山来挽救乘客的生命。

庭审质证中,我指出证据存在的瑕疵。在公诉人出示现场照片的时候,我指着照片对旁听群众说:"请大家注意,防护墩的结构是花岗岩石块堆砌而成的,而根据法医鉴定的结论,大多数死伤者是因为摔下悬崖导致严重后果。"同时,我提醒大家注意证人说的"车子撞上防护墩后停了大概十几秒,然后坠入悬崖"这句话。

检察长作为第一公诉人开始发表公诉意见。他讲述了自己参加救援中的所见所闻,严厉指责肇事司机导致了这一灾难的发生。我喜欢他的风格,正气凛然。

轮到我发言。我指出,今天正好是"3·7"事故发生半年的纪念日,借这个机会,我向在车祸中遇难的22位死者表示哀悼,对死者家属和幸存者表示慰问,希望22位死者的在天之灵得到安息,受伤者早日康复。

接下来我又说:"今天开庭的意义,不仅仅在于追究肇事者的法律责任,还在于从这一次惨痛的事故中吸取教训,避免悲剧重演。"这样一来,我就把单纯的一起辩护,提升到了一定的高度,变成了对事故责任的反思,使得我的辩护更具有说服力。

在辩护词中,我以春运和上下班高峰的铁路、公交、地铁为例,说明"客车超载"是一个严重的社会问题,与我国的人口状况和运输条件有关。超载虽然违规,但也是无奈的。被告人的超载行为虽然违法,但是与酒后开车、无照驾驶、超速驾驶等违规行为相比,过错相对要轻微一些。

接下来我话锋一转,指出保险公司在组织这次活动中存在的问题。150多人的大型登山活动,保险公司只安排了3辆中巴接送,没有根据参加活动的人数要求增派车辆,也没有要求公交车多跑几趟,告知了大家最早一班车和最晚一班车的时间,就让大家自由活动,撒手不管了。在大家一窝蜂地涌向最早到达的公交车的时候,组织者不但不出来维持一下秩序,制止超载的行为,反而要求司机打喇叭催促乘客上车。

我大声质问:"哪有这样的活动组织者?这样的活动怎么可能不出事?保险公司在本次活动中的做法,是对150多名业务员的生命安全极端不负责任!"

我指出:在整个活动中,杨小强只是根据保险公司的安排来工作,相当于雇员的身份,对于车子运送多少人,什么时候启动,都没有发言权。因此,尽管杨小强对超载有责任,但是根源却在保险公司的组织上。

接着，我提出我的第二个观点：交通安全防护设施形同虚设，是导致车祸伤亡人数众多的主要原因。

我根据太乙村公路的技术数据，指出该地段设置的防护墩类型应当是钢筋水泥结构。但是该地段防护墩仅仅是用石块、水泥、砂浆在公路边缘堆砌而成，使本应起到防护作用的防护墩没有发挥作用，形同虚设！如果这些防护墩坚固的话，就不会造成那么多的人员伤亡。我们的防护墩简直就是豆腐渣！

当我说出"豆腐渣"三个字的时候，我注意到，下面旁听的官员里面，有些人开始坐立不安。骂得真痛快啊！

我接着指出，超载行为并不必然导致死亡人数众多的后果，正因为交通安全防护设施的形同虚设，不堪一击，才最终导致了灾难性的后果发生。让被告人承担全部的事故后果，显然是不公平的。

我故意放慢节奏，语气平缓，一字一句地说："借今天这个机会，辩护人要向交通管理、路政等部门发出强烈的呼吁，请求这些部门本着对人民群众生命财产安全高度负责的精神，尽快对辖区内的交通安全防护设施开展一次大检查，排除事故隐患，严格按照国家标准对危险路段的防护墩进行整改，避免"3·7"悲剧的再次发生。"

在说到"请求这些部门"的时候，我特意加重语气，强调"请求"二字。这样一来，我的辩护又上升了一个层次。跳出案件本身，为自己的辩护赋予了一定的社会意义。

接着，进入第三个观点，杨小强已经尽到了自己最大的努力去避免后果发生，且事后有真诚的认罪表现。

我说，杨小强发现车辆制动系统出现问题，一边继续采取各种方式让车子停下来，一边稳定乘客情绪，要求乘客保持冷静，往汽车后部移动，保持重心在车身后部。杨小强已经准备牺牲自己，将车撞向山壁，只是由于路面有一块石头颠了一下车轮，导致汽车方向改变，撞山的目的没有实现。尽管如此，我们对他的行为还是要给予积极的评价。社会上流传的司机跳车逃命的说法，与事实是完全不符的。

在辩护的最后，我用一段充满感情色彩的话语结束了自己的辩护意见："前事不忘，后事之师，不管今天对被告人将会作出怎样的量刑，辩护人在这里都希望，22位死者的生命能够唤醒我们司机和乘客的安全意识，能够引起有关部门对于道路交通安全的足够重视。只有这样，22位死者的在天之灵才能得到安息。"

在最后陈述中，杨小强表示了忏悔，并愿意接受惩罚。

法庭审理结束以后，原以为休息一下就当庭宣判的，但是法官们交头接耳一阵子之后宣布休庭，改日宣判。

走出法庭，旁听席上一些熟人暗暗对我竖起大拇指向我示意，杨小强家属也跑上前来表示感谢，说是辩护得很好，以前有些错怪律师了。

我报以微笑。

眼泪为你流

渐渐地，我在本地开始有了点小知名度，慕名找我的当事人多了起来。每天都要接待好几拨，咨询电话不断。虽然收入不高，但我已经不再为生计发愁了。

律师这个职业的特点是，上至达官贵人、富商巨贾，下至下岗工人、贩夫走卒，都有可能成为你的客户。刚才你还和一个鲜衣怒马、牛气冲天的大款一起吃饭喝酒，回到办公室里，等着你的，可能就是一名破衣烂衫、满脸愁苦的老农。律师事务所可不像某些星级酒店，会在门口竖着"衣冠不整谢绝入内"的牌子，也没有凶神恶煞的保安站在门口虎视眈眈。不管有钱没钱，不管穿成什么样子，律师事务所的大门永远是对所有人敞开的。即使你一分钱没有，只要符合条件,律师事务所也有可能为你提供法律援助。

当然,有钱有势的人是不屑于找刚入行的新律师办理业务的,他们要找那种经验丰富、名气响亮、交际广阔的大牌律师。每当有豪车在我们律师事务所门前停下,打开车门走出来的,男人基本上是大腹便便、目空一切,女人更是妖艳美丽、香气袭人。我们这些律师新人,很自觉地闪在一边,等着师父去接待他们。有时候,师父会招呼我们端茶倒水,拿个资料什么的。我们手脚麻利地跑前跑后,那些客户眼角都不会抬一下,似乎我们是透明的空气……

我们新律师的客户,大多是走着路来的,或者是搭公交、骑自行车摩托车过来的。风尘仆仆,目光哀怨。他们咨询的事情,要么鸡毛蒜皮,要么复杂纠结,诸如拖欠工资、夫妻吵架、邻里矛盾,等等,有时候争议的标的数额只有几百、数千,害得我们连咨询费都不好意思收,只当做了回善事。

我们时常陷入苦恼之中。前来咨询的当事人,权益确实受到了侵害。比如被老板拖欠了一两千的工资,比如轻微的人身损害事件,赔款只有几百块,比如对方赖账,标的额也只有几千块钱。当事人不懂法律程序,也没有证据意识,如果他们自己去起诉,很有可能打不赢官司,反倒丧失了胜诉的机会。但是如果委托律师,这点钱付律师费都差得远。而且,法律援助对象的要求很严格,绝大多数人是不具备援助资格的。这样一来,他们很难通过法律途径来保护自己的权利。

我也很想帮助这些可怜的人。但是,要帮的人实在太多太多了。而且,虽然案件的标的很小,操作起来却和普通案件没有太大的区别,律师需要付出的工作量是相同的。除非我衣食无忧,把打官司当成打游戏来消遣,否则我还没来得及帮几个人,自己就饿死在马路上了。

所以我能做的,就是耐心和蔼地为他们做法律咨询,把问题分析透彻,给他们指一条明路,有时候,我也会劝他们跟对方和解,或者干脆自认倒霉。有些前来咨询的当事人对我产生了很大的信任,一脸诚意地对我说:"我就请你做我的律师,你的律师费是多少?"吓得我忙不迭地连连摆手:"别别别,我没有时间……"

我一无所有,只有"时间"。但是,这种吃力不讨好的活,是要吃饱了以后才有"时间"去做的啊。如果有一天,我挣够了钱,不买豪车,也不买别墅,专门替人打这种小官司。而现在,做一次两次我可以咬牙挺过去,但长期不懈地做下去,我真的是有心无力啊。

保护普通当事人的小额权益,并非没有解决的办法。最直接有效的是惩罚机制。通过加大惩罚力度,督促侵权人、违约人尽快履行法定或约定的义务,如果他们不在规定时间内兑现,而法院最终认定侵权或违约事实成立,等待他们的将是极为严厉的经济制裁。

举例来说,某个欠款纠纷的标的额只有 500 元,如果按照现行的制度,债权人不但请不起律师,也耗不起时间去打官司。如果法律规定,债务人必须在收到债权人催款通知的一周之内付清全部欠款,否则,一旦拖欠的事实被认定,从一周后开始,每日按 50% 计算赔偿,上不封顶。如此一来,债务人是绝不敢拖欠的,普通老百姓也敢于挺起腰杆打官司了。律师可以通过事后收费的风险代理方式，为普通老百姓提供法律服务。但是，立法机关并没有对侵权人、违约人规定严厉惩罚措施，甚至后来还出台规定，禁止律师在工伤、人身损害等案件中采用"风险代理"的事后收费方式。这就导致更多普通当事人在权益受到侵害之后，难以得到律师提供的法律服务。制度的设计者，哪里知道民间疾苦啊。

当然，任何一项制度都有利弊，对侵权人、违约人的严厉惩罚制度，可能会被人钻空子，利用来作为生财之道。这就要求我们在设计制度的时候更加周密，考虑得更完善一些，但因噎废食肯定是不可取的。

值得欣慰的是，国家的法律制度在不断完善。针对劳资纠纷的一裁终局制度和民事诉讼中的小额诉讼快速审理程序也已经出台。但是，如果惩罚机制没有建立起来，小额诉讼中的当事人仍然很难得到律师提供的法律服务。

我们律师事务所的隔壁就是"法律援助中心"。闲着没事，我经常串门过去和里面的律师聊天。法援中心的工作人员分为公职律师和没有律师资格的法律工作者。他们告诉我，有些地方的法律援助中心其实是"挂羊头卖狗肉"，私底下经常做一些收费的案子。当然，他们也做法律援助案件，不过是挑选那种简单易行、影响力大的案子。案件结束之后，赚几面锦旗撑撑门面，报纸电视上作作秀，皆大欢喜。如果他们对申请援助的人来者不拒，就凭法援中心那几杆枪，早就全累趴下了。还不如省点力气，挣点外快。

做律师，谁都喜欢挣钱多、来钱快的案子，三下五除二处理完毕，收钱走人。我做过几个这样的案子，感觉特别痛快。最怕拖泥带水的案子，一拖就是几个月、一两年。当事人以坚忍不拔的精神与我长时间切磋，喋喋不休，没完没了。看到那熟悉的号码，手机瞬间变成通红的烙铁，不敢触摸。结束通话，手机又要充电了。有时在睡梦中听到电话响起，不由得悲从中来："做律师真不容易啊，想睡个完整的觉都不行！"

我办理的一起学生溺水案，花了半年的时间搜集证据，还没有起诉。想到后面还有无数个关卡，我就头大。我接受委托的时候，还没有出台禁止性规定，所以和当事人约定采取"风险代理"的方式。刚开始，为了案件获胜后可以得到巨大回报，我干劲冲天。但是时间长了，我已经深深地陷入案子里，情绪随着案件进展而波动。到后来，完全是一种精神力量，支撑着我继续前进。

这是一起人身损害赔偿案件。死者是一名来自广西农村的大二学生，暑假期间学校开运动会，他作为学生会干部留在学校担任裁判。一天傍晚，他在学校的游泳池溺水，送往医院抢救无效死亡。学校清理了他的遗物，通知家属来学校，说是孩子病重。他妈妈是一位五十多岁的农村妇女，赶到学校，在殡仪馆看见儿子的尸体，顿时昏倒在地。学校对她作出了种种承诺，包括给死者的弟妹安排工作，给死者发起捐款活动，等等。农妇很开通，学校给她的8000元钱，办完丧事还剩下2000元，她全部退给了学校。

回到广西以后,农妇和她的丈夫茶饭不思,相继病倒在床上,她家里很穷,还有两个孩子在读书,家里靠两亩农田生活,死者读大学的钱是贷款的。现在田都荒了,将近60岁的两位老人百病缠身。他们在家里等了一段时间,学校一直都没有什么反应,于是去电询问。学校的态度变得很冷漠,不像当初那么热情。农妇觉得不对头,儿子的遗物有很多不见了,学校好像有什么事情瞒着家属。农妇认为儿子的死有很多疑点,于是贷款几万元,从广西带着律师来到学校,跟学校讲理。学校矢口否认当初作出的承诺,并把农妇带来的律师赶出办公室(这个学校一向十分霸道,据说他们的保安都敢阻挡110巡警进校门)。学校的做法令农妇寒心,决定起诉学校,讨一个公道。她觉得只有聘请学校当地的律师才行,于是委托儿子的同学找到我。我和她没见过面,一直是电话、信件联系。

农妇在委托我之前,通过电话跟我接触了两个月。每次接到她的电话我就心惊肉跳,因为第二天早上我的手机必然会欠费停机(当时还没有"接听封顶"的话费套餐)。有时候我在洗澡,肥皂已经涂满全身,她的电话来了,也只好边冷得打哆嗦边接听。因为,电话的那头有一位伤心的母亲。我要是没有及时接听电话,她又该胡思乱想了。

农妇说,她拿不出多少律师费。我给她的方案是,先预收3000元费用,剩余部分按照风险收费,标准是20%。农妇接受了我的方案。交费时又遇到问题,老人家心急如焚去市里汇款,账号少写了个数字,我一直没收到钱。农妇每天几个电话打过来询问,我的回答都是还没收到。农妇急了,认为我是骗子,电话里差点哭出声来。我百口莫辩,恨不得把心挖出来给她看。后来她又去了一次市里,重新核对了账号,把钱再次汇过来。我收到钱之后马上给她电话,让她放心。

  农妇委托我的事项不仅仅是起诉学校,更重要的是调查她儿子的死因。她觉得儿子的死疑云密布,希望我能像电视里的神探,找出她儿子的真正死因。我后悔答应了她的要求,我差点被折磨疯掉。农妇遭受丧子之痛,开始怀疑一切,甚至有幻觉。我把辛辛苦苦调查得到的结果汇报给她,由于排除了他杀、自杀等死因,农妇很不满意,认为我办事不尽心,可能是受到了外界的压力,甚至怀疑我被学校收买了。我除了赌咒发誓别无他法。

  很多事情跟农妇没办法沟通,农妇让她在上海工作的侄女跟我联系,由侄女从中协调。毕竟都是年轻人,侄女也是上海的白领,不会蛮不讲理。我和她侄女经常通过电子邮件、传真、电话和信件联系。信息时代的联络方式,除了对讲机,我们几乎都用了个遍。

  办理这个案件,我一直不敢偷懒。寒风萧萧的冬夜,我守候在大学宿舍门口,等死者的同学下课,一个个找他们调查,冷得跺脚,连饭都顾不上吃。为了节省费用,我舍不得打出租车,只好挤公共汽车。起诉还没开始,农妇汇来的3000元,律师事务所提走了一半的管理费,后面路还很长,不知道还有多少开销。我们说好了经费包干,如果超支了由我自行承担。每次需要复印材料,我总是精打细算,能省就省。每次累得吃不消时,我总是拿风险代理费来给自己提劲:"咬牙撑住啊,拿到了代理费,好好犒劳你,可以买笔记本电脑，可以换手机，可以去旅游……"

我知道，胜诉应该没有太大问题，但是，我忍心收这笔风险代理费吗？我暗暗告诉自己，不能仁慈！我不是富人，也不是慈善家，我不收费谁来养我？拿什么孝敬父母？世界上受苦人那么多，我一个小律师怎么顾得过来啊。我自己还是一个嗷嗷待哺的小律师呢，每天要吃两顿包子充饥，喝的是饮水机里免费的水，为了省下一两块钱的车费，我每天都要步行五六站地。在这个城市，我连个落脚的窝都没有，一个人住在闹鬼的单身宿舍里，我有什么资格去怜悯别人呢？

我又想，要么我就少收一点吧。收一半也好啊。这样我也算做了善事吧。毕竟，这可是人家孩子的命换来的赔偿啊……

我埋头苦干，写好了起诉状。可是看到自己算出来的数据，索赔金额居然只有十几万！我不由得倒吸一口冷气！扣除我的律师费，扣除死者读大学的贷款，所剩无几了。我怀疑自己计算有误，让同事帮着再算了一遍，还是这个数字。这就是一条人命的价钱，还是大学生呢！品种纯一点的宠物，也不止是卖这个价格吧！

我的心情突然变得很坏。这时，我收到了农妇侄女发来的电子邮件。她告诉我：姑妈前段时间摔断了手臂，这几天又查出得了子宫内膜癌，她现在反倒感觉解脱了，因为快要见到自己的孩子了，在睡梦中她总是张开双臂，那是在拥抱儿子……

那一刻，我的眼泪夺眶而出！我趴在办公桌上，如果不是边上有同事，真想放声大哭！我错了我错了我错了！我不要那20%的风险代理费了，这个案子我一定好好做，我如果收了一分钱，我会不得好死,做一辈子噩梦!……

几个月后,法院通知开庭。农妇夫妻和两个亲戚一起过来。我打车陪他们到法院先跟法官见个面。下车时我把车费付了。他们给我车费,我不肯要。

进了法官办公室,农妇号啕大哭,哭得上气不接下气。法官一边安慰她一边告诉我,经过和学校的反复沟通,学校答应给一些抚慰金,但是数额不会多,希望我们有思想准备。

我联系在律所实习的一位助理,让她过来帮我照顾一下农妇。助理来了,帮我搀着农妇离开了法院。我找了一家酒店,帮他们付了住宿费。

刚刚住下,农妇就躺在床上哭,浑身发抖。我们决定先去吃饭,等会给她带饭过来。吃完饭,我到服务台买了单,把给农妇的饭菜装好端到了楼上。农妇还在昏睡。我叮嘱她丈夫,等她醒过来,一定要让她吃点东西,就说是律师说的,要是不吃饭,律师就不管这个案子了。

我和助理一起走出楼道。农妇的丈夫追了出来,手里拿了一个黑袋子往我手里塞,嘴里说道:"律师辛苦了。"我不知道是什么东西。他说:"一点小意思,乡下的特产。"我坚决推了回去。他只好作罢。

在回去的车上,我拿出几百块钱对助理说:"明天辛苦你一下,我上午有事不能陪她们。她这样的精神状态,需要有个人陪她说说话,你明天早上过来和她们一起吃早饭,陪她们在街上走走,一定不要到学校附近,免得她触景伤情,这是车费和饭钱。"助理满口答应。

第二天下午,我们到法院调解。学校派的是法学院的三个老师,其中一个还是法学院院长。

调解开始,我郑重地提出:"我们有几点要求,第一个要求,鉴于学校存在管理上的漏洞,导致原告痛失爱子,我们要求学校向原告道歉;第二个要求,鉴于学校在处理善后事宜中存在严重过错,给原告造成了精神痛苦,我们要求学校向原告道歉。"

对方沉默了一会儿说:"我们几个人都是收到《起诉状》以后才介入的,此前我们对这个案子并不知情。"

我说:"这是今天能否调解的前提,学校必须向原告赔礼道歉,每个人都有自己的尊严,我的当事人虽然来自农村,虽然家境贫寒,但是也有尊严,希望对方代理人正视我们提出的要求,诚恳道歉。"农妇开始抽泣。

对方沉默了一会说:"我们今天是抱着解决问题的诚意来的,我们代表学校向家属道歉。"

我代表原告接受道歉,然后提出我们的赔偿要求:共计18万元。

经过整整一下午艰难的谈判,法官也一再从中协调,给双方做工作,赔偿金额最终确定为11万元。

双方签完调解笔录后，我拿出代理协议，对农妇说："我的任务已经完成了。这是我们签订的代理协议，按20%的标准，你要给我两万两千元的代理费。这个钱我不要了，协议还给你们。"我把协议递给农妇。

嘈杂的法庭顿时变得安静，法官、校方代表、家属都瞪大眼睛看着我。过了一会，农妇明白了我在说什么，满面悲戚朝我走过来，要向我跪下。我赶紧扶住她，对她说："阿姨，对不起，我没能为你争取更多的赔偿。"

农妇说："谢谢你啊，你真是一个好人啊。"说着说着，又哭了起来。农妇的丈夫、妹夫一起走了过来，紧紧抓住我的手："谢谢谢谢，谢谢你啊律师。"

我笑着摇摇头说："只争取到这点钱，真不好意思。"

农妇说："这样的结果，我们已经很满意了，你一直做得很好，我们相信你。"

走出法庭，我突然想起，今天正好是那位大学生遇难一周年的日子，而且，去年的今天，他也正是傍晚六点左右遇难的。我们达成协议也是这个时间，难道冥冥之中真的有天意？

两万多块的律师费，是我做律师以来最大的一笔收入。为这个案子，我已经工作了大半年时间，投入了很大的精力。我真的很需要这笔收入，但是我哪敢要啊。我还有机会在其他的案子上挣钱，但是对于农妇，这可是救命的钱啊。

我突然想起来一件事。我自作主张不要这笔律师费,还没向所里汇报。主任会不会训我一顿?我有点紧张。

第二天一早,我忐忑不安地向主任报告这件事。主任听完,微笑着对我说:"你都舍得不要那两万多块钱,为什么所里就不舍得呢?难道我的境界就比你低吗?"

虎口脱险

我喜欢一句歌词："一成不变的日子，我们从来不过。"律师这个职业之所以让我兴趣盎然，不仅仅因为工作比较自由，还因为做律师每天都充满了刺激，充满了新鲜，充满了挑战。当然，这个职业还充满了风险。

律师的执业风险主要来自两方面。一方面是公权力的打压，另一方面来自案件本身。无论是哪方面的风险，都可以用"惊心动魄"来形容。在律师执业的过程中，如果不注意风险防范，轻则影响到自己的职业生涯，重则关系到自己的人身安全。做律师，不仅仅要熟练地掌握法律，还要有勇有谋，时刻保持警惕。

我听所里的律师说起过这样一件事：

张律师入行时间不长,刚刚结束实习期,他和师父共同办理某起职务犯罪案件。在案件的审查起诉阶段,律师需要向几位关键证人调取证言。张律师向自己的师父征求了意见,师父让他提前写好一份证明材料,到时候让证人签字就行。他把写好的《证明》交给师父审查,师父表示认可。师父说自己手里有事,让他自己去取证。张律师带着实习生出发了。

嫌疑人家属已经联系好了几位证人,他们在一家酒店里等候。张律师打算带着实习生一起进酒店的时候,嫌疑人家属说:"不用这么多人吧,里面坐不下呢。"张律师也就没有坚持,打发实习生回家了。

当着嫌疑人家属和几位证人的面,张律师拿出《证明》宣读内容,并根据这些证人的意见进行修改。这份证据主要是要证明嫌疑人的某个行为是"经过集体研究决定的"。在和这些证人交谈时,张律师反复强调:"一定要实事求是,一定不要作伪证,如果你们觉得《证明》里有哪句话不准确,我们马上修改。"经过反复修改,最后在场的几名证人都在《证明》上签字。随后,大家一起用餐。

几天之后,张律师经师父同意,将取得的《证明》提交给检察院,结果引起了轩然大波。《证明》的内容与检察院之前调取的证据存在很大差异,办案人员深感恼火,怀疑辩护律师从中搞鬼,于是着手进行调查。好在几名证人很仗义,都说张律师让他们签字之前,一再强调"要实事求是,如果内容与事实不符,可以不签字"。追究张律师作伪证是不可能了。但是检察院不甘心,认为张律师是独自一人去调查取证,不是两名律师同时进行,这一点违反了执业纪律,要求司法局对张律师作出处分。

司法局收到检察院的意见后，找到张律师调查。张律师据理力争，提出：《律师法》和律师执业纪律并没有规定调查取证"必须由两名律师进行"，"两名律师"调查取证，只是一种执业的习惯。虽然省司法厅的文件中规定："调查取证一般情况下由两名律师进行"，但司法厅的文件毕竟不是法律法规，同时，"一般情况"和"特殊情况"也不明确。司法局还算公正，在张律师的坚持下，最终没有对他作出处罚。

我们听到这件事情，都惊出了一身冷汗，调查取证也就更加小心谨慎了。

从这个事件中，我们一方面可以看出调查取证的风险，另一方面，也可以看出这位张律师由于经验欠缺，取证有很多不规范之处。

首先，这份证据虽然名为《证明》，实际上属于"证人证言"的性质。既然是证人证言，那就不应当事先写好材料，而是要根据证人的陈述，如实进行记录。事先准备的文字材料，有诱导证人之嫌。

其次，对证人进行调查取证，应当"个别"进行，分别制作笔录。将几位证人同时召集在一起，在同一份材料上签名，显然是错误的。这种做法会影响证人陈述的客观性。

再次，调取证人证言的时候，应当让利害关系人回避。在张律师的取证中，嫌疑人家属一直在场，显然会让证人受到干扰，影响证言的内容。

还有，取证结束后与证人一起用餐，虽属人之常情，也会引起不必要的联想。律师调取证据之后，尽量不要与证人发生进一步的接触。

最后，一般情况下，这种与侦查机关取得的证据反差太大的证人证言，应当由证人亲自到法庭说明情况，或者申请法院调查核实。律师调取的材料只起"证据线索"的作用，最好不要作为正式的证据提交。

张律师之所以能够逃过一劫，在于证人没使坏，而是证明律师没有教唆他们作伪证，同时还得益于司法局领导对年轻律师的爱护。张律师是非常幸运的。当然，他的师父在这个事情里面是很不负责的。遇到这样的师父，算是他的不幸。没有因此受到处罚，又是不幸中的万幸。

我总结出一个规律：如果律师调取的证据与控方掌握的证据内容不一样，尤其是证人证言，控方必然会找该证人再次进行调查核实。某些证人在特定的环境下，可能会对律师有一些不利的说法。为了保险起见，律师调取证人证言，一定不能违规违纪，同时也要做好证人"反咬"律师的思想准备，确保自身的安全。

律师的风险不仅仅体现在刑事案件中。办理民事案件也会遇到各种危险。

刚入行的时候，我曾经代理过一起离婚案件的女方当事人。女方因一直遭受家庭暴力，实在无法忍受而提出离婚。在代理该案的过程中，有一天半夜我在睡梦中接到她老公打来的电话，说是要来看看我，我说："好啊，当面聊聊也好。"她老公接着说："跟你见面之后，我要带点东西走。"我问："带走什么东西啊？"她老公的回答是："带走你一只手。"我顿时睡意全消，哈哈大笑说："你这样的烂仔，我不知道见过多少。有本事你就来拿吧！"随后挂断电话。

我知道，咬人的狗不叫。这个家伙敢在电话里面这么明目张胆地威胁我，必然不敢真的对我怎样。但为了以防万一，开庭的时候我还是带了几个身强力壮的同伴。那个家伙居然没有出席庭审，害得我白白地请同伴们吃了一顿大餐。法院最后作出缺席判决，我的当事人终于获得了自由。

有些时候，风险的形成，律师自己也有一定责任。我见过一些同行在开庭中的表现。他们完全投入到案件中，把自己当成了当事人，言语刻薄，用词尖锐，我在下面旁听都觉得受不了，更何况是对方当事人。

有一次，我在法院旁听一起故意伤害致死案的庭审，一位入行时间不长的马律师为被告人辩护。被害人家里来了不少亲友，披麻戴孝、端着遗像坐在旁听席上，情绪异常激动。马律师在发表辩护意见的时候，将"被害人过错"作为主要的辩护观点，一再强调被害人的严重过错，用词激烈，就差直接说被害人"咎由自取，死有余辜"了。庭审结束后，被害人亲属一拥而上，追打马律师。马律师抱头鼠窜，极其狼狈，西装都被扯破了。如果不是法警制止及时，马律师不知道会被揍成什么模样。我后来听说，马律师整整一个月不敢去律师事务所上班，生怕被害人亲友打上门来。

律师为自己的当事人说话是应该的，但是说话也要分场合。有些辩护观点，不一定要在法庭上说出来，可以写在书面辩护意见里面提交给法庭。律师的工作要讲究一些技巧和策略，不能逞匹夫之勇，做无谓的牺牲。

在办案风险方面，我也有过一段非常难忘的经历。我一向认为北京是首善之区，治安应该比其他地方要好很多，但是这起在北京办理的案件，却让我惊出了一身冷汗。

我的当事人在北京某建筑工地干活的时候，从脚手架上摔下来，成为植物人。包工头和他是老乡，将他送到医院以后就不再露面。发包方是一家汽车销售公司，总经理姓黄，是东北人。当事人在北京的亲友缠着黄总，要他负责医药费。在劳动安全监察部门的催促下，黄总很不情愿地承担下来。经过一段时间的治疗，伤者病情基本稳定了，但是一直处于昏迷状态。

我作为伤者的律师，几次与黄总就赔偿事宜进行谈判，但是赔偿数额无法达成一致。黄总坚持认为，这个事情责任不在自己，在包工头。跟他反复陈述里面的法律关系以后，黄总表示愿意进行适当赔偿。在出差到北京之前，我们已经就赔偿数额等条款达成了一致。这次来北京的目的，就是签约、拿钱、接伤者回家。一切都非常顺利，见面的时候，黄总当着当事人亲属的面，对我的工作给予了充分肯定。我和黄总的律师在亲切友好的气氛中，签下了赔偿协议。

黄总向我们诉说了他的委屈。出了这个事情，他在董事会没少挨批，去年的奖金都没拿到。他说，其实你们应该去找那个包工头李军，不应该找我，如果我们不是大公司，你们上哪要钱去啊。我对黄总表示感谢，趁机提出伤者出院需要的车辆等问题，黄总表示由他们负责将伤者直接送回老家，并结清住院期间全部费用，对伤者返乡途中需要的用品和药物，也全部给予解决。

第二天黄总安排手下带我去银行取赔偿款，一位副总和公关部长陪同伤者家属去医院办理出院手续。我们在银行遇到一点问题，赔偿金有几十万，无法提现，也无法汇入私人账户，只能出具一张银行汇票给我们带回家。医院那边也遇到了一点小问题。入院押金条不在伤者家属手里，无法结清住院费用。伤者家属回忆，押金条由包工头李军保管。于是打电话给李军，让他送押金条过来。

中午我们在一起吃饭，满满一桌子都是伤者的亲友。不一会，包工头李军赶到餐馆与我们会合。伤者与李军是一个村庄上的人，伤者亲友与李军也是亲戚关系。李军面带歉意，向我们问候。饭后李军主动买单，还说回老家以后，再好好请大家聚聚。

吃完饭，我们一起回到医院。李军将押金条交给公司方面派来的人。大家在走廊上聊了一会，李军突然脸色有点不好，跟我说："我先回去了。"然后匆匆下楼。

我回到病房，跟家属一起收拾东西，准备回家。就在这时，我听家属嘟囔了一句："李军被黄总的人盯上了。"我不由得一愣，问在场的一个副总："是有这么回事吗？"副总微笑着说："我不知道，我只负责出院的事情，其他事情和我无关。"

没一会，我看见李军气喘吁吁地跑上楼来，身后跟着黄总的两个司机，几个人都是满头大汗。我对司机说："你们得悠着点，你们要是限制他人身自由的话，就可能构成非法拘禁了。"司机摇摇头，不回答。李军说："他们打我，不让我走。"我对副总说："这样就构成犯罪了。"副总微笑地对我说："咱们处理咱们的事情，别的事情跟咱俩没关系。"我说："我这是为黄总好，你还是给请示一下吧，或者问问你们律师，看这事能不能这么办。"副总满脸严肃，一言不发。

突然我听见一阵嘈杂。我跑过去，看见几个彪形大汉扛起李军，把他往楼下抬。李军拼命挣扎，高声呼救。他的亲戚朋友都吓呆了，一动不动。我对副总说："你们这是干什么！"副总一声不吭。我对出纳说："你马上打电话给黄总，让他咨询一下律师，这件事情的后果是什么！"他们都看着我，没回答。

这时李军的亲戚也醒悟过来，大喊"救命啊！"整个医院的楼道里充满了呼救的声音，但是没人出来。我只有跟着那些人往楼下冲。在走廊上，那伙人里面有一个矮矮壮壮的平头男子，手里拿着一把大砍刀，指着我的肚子，对我说："你小子过来试试！"

我大声说："我是律师，你们把人放下！"

矮胖子拿着砍刀跃跃欲试。黄总的司机拦住他说："他是律师！"于是矮胖子放过我，继续带着人往外面跑。

医院大厅里面，医生护士和病人全部惊呆了，眼睁睁看着这伙人抬着李军出门，只有"救命啊"的声音在医院回荡。我追到外面，那帮人已经开始把李军往车上塞。李军用脚顶在车门上，怎么都不肯进去。他们对李军又捶又打，拽着李军的头发往车子里面拉。

我挡在车前对司机说："你们不能这样，这是绑架，是犯罪！后果很严重！叫你们律师来！"司机笑嘻嘻地对我说："我就是一打工的，您跟我说没用。再说了，这是咱们跟他的事情，您就别掺和了。"

李军被强行塞进汽车。我对司机说："你们这么做，我只有报警了。"司机微笑着把车子发动，倒车，然后扬长而去。

我回到楼上病房，伤者已经抬上了担架，所有的东西都已经收拾好了，正准备上车。李军的亲友在那里不断打电话，给在京老乡告急，要他们马上带人到医院来。报警电话已经打了，警察正在赶过来。

副总催促我们赶紧把病人抬上车。李军的亲友挡在门口，说："他现在不能走了。"我一听就头大了，转身对李军的亲友说："你拿我们出什么气啊，大家都是老乡，你为难我们干啥呢？"李军亲友还是挡在门口，说："这事情没处理完，谁都不能走，包括律师你。"我差点晕倒在地。我可是自己人啊，把我也扣下来？

李军的亲友跑上楼，说警察来了，让我一起过去。来到马路上，一辆警车开了过来，里面坐着两个中年警察。我向他们说了事情的经过。警察说："必须得到派出所去做笔录。"我对李军亲友说："派出所我就不去了，时间来不及，还是你们去吧，我的火车票已经买好，我得赶回家去。"李军亲友沉着脸说："你不能走，这事全部处理好了你才能回去。"看来我已经被他们作为人质了。

李军亲友中两个人跟警察去派出所，其余人押着我回医院。路上他们不断打电话召集人手，还商量要把黄总派来的两个女孩子（公关部长和出纳）给扣住。

我大步走在他们前面，住院部门口一个女孩子向我招手，是黄总的女出纳。我快步走到她面前，问找我干嘛。女出纳说："刚刚银行来电话，说上午开的汇票少了一个章，得补盖，要不然票就废了。"我说："哦。"女出纳说："票在你身上吗，给我拿去帮你补一下吧。"我说："不在我身上。"我心想，跟我来这一手，你还嫩着呢。女出纳说："那你赶紧找伤者家属要一下吧。"我说："好，我去找他。"

趁身边没人，我低声对女出纳说："你注意一下安全，我听他们说要扣你和公关部长呢。"女出纳一听大惊失色，说："他们扣我干嘛啊？"我说："你们绑了他们的人，他们要绑你们的人呢。"女出纳说："他们干嘛非要绑我啊，我们不是还有几个男的吗？"我微微一笑，说："女的好对付嘛。"

来到病房里面，伤者已经重新放到病床上，李军的几个亲友守在病房门口。女出纳把公关部长叫到一边，两人神色紧张地商量对策。

这时我的电话响了，是陪我一起来北京出差的伤者表哥，汇票就在他身上。在电话里，他悄声问我，现在是不是失去了自由。我说："暂时身边还没人。"他让我想办法溜出来，在医院外面的马路上会合。我赶紧往外溜，不敢坐电梯，直接从楼梯下去。

我溜出医院，一路狂奔，时不时回头看看是不是有人跟踪。远远地看见了伤者表哥。他鬼鬼祟祟地躲在树荫底下，确认没人跟踪我，才说："我们赶紧回家。"

我们打了一辆出租车去火车站，一辆白色的小车一直跟在我们后面。表哥说:"看来我们被盯上了。"两伙人都在找我们,李军的亲友认为我们出卖了李军,要我们留下来解决事情,黄总要拿回汇票。

一路上,我不停接打电话。我把事情的变化告诉了黄总的律师,希望她能劝说黄总放了李军。黄总的律师认为我们拿到了汇票就开溜,把烂摊子丢下来不管。李军的亲友打来电话,问我们在哪里,要我们到医院处理李军被绑架的事情。我们只好说,在朋友家里住下了。黄总也打来电话,要求我立即赶到医院,陪同伤者出院,如果伤者不出院,协议作废,他们要追回赔款。我的头都大了。

医院是不能回去的。好容易溜了出来,回去就是自投罗网。李军的亲友把伤者作为人质,不许伤者出院,要我再次与黄总谈判释放李军。黄总鉴于伤者不能出院,决意撕毁刚刚签订的赔偿协议,拿回汇票。我只要回到医院,就掉进了矛盾的漩涡。我只有赶紧带着汇票回老家,这边的事情是我无能为力的。

尾随我们的白色小车不见了。我们松了一口气。我们乘坐的出租车在北京西站对面的一个胡同口刚停下,一个光头男子就朝我们走了过来,边上停着一辆小车,几个男子坐在车里,车门是开着的。我心想:完了。

光头男子走过来,问我们:"你们要票吗?"吓出我们一身冷汗,原来是倒票的黄牛啊。我们背着行李走上天桥,不时回头张望,担心有人跟踪。离发车时间还有两个多小时,买好车票以后,本应在第四候车室候车,为了防止被人追踪,我们决定在第二候车室候车。

候车时，黄总的电话不断打来，我跑到卫生间接听他的电话，以防他听到车站的广播，知道我在火车站。黄总询问我的位置，要求我们马上返回医院，劝说伤者出院。我说："我们已经找地方住下了，但是不方便出现在医院，李军的亲友认为是我们与你串谋，把李军引到医院绑架，很可能对我们下手，他们还要我对绑架过程作证。"黄总说："我不管那么多，你必须马上给我回医院，把伤者接出去，或者把汇票给送回来，要不然你就等着瞧。"

时间一分一秒地挨过去，电话不停，都是黄总和李军的亲友打来的，电话里有扭打的声音。双方都在催促我们回医院，我只有一个劲地解释。医院，是绝对不能回去的，火车站也未必安全。他们很可能知道我们就在火车站。我们如坐针毡，好不容易才熬到了检票进站。火车开动的一瞬间，我长长地舒了口气。

在火车上，我不停给双方发短消息，劝说他们和解。不能打电话，一打电话就能听出我们在火车上了。他们都没有回我的短消息，我忐忑不安，无法入睡。凌晨我接到黄总的短信，说事情已经解决了，伤者马上出院，我们可以回家了。黄总表示，愿意和我交个朋友。李军那边也打来电话，在派出所的调解下，李军被放出来了，当然，已经是遍体鳞伤。

挂断电话，一觉睡到天亮，火车已经驶过长江大桥，我们回到了九江。

几个月后，我上网看到一则新闻：在北京市东三环某医院附近的巷子里发生一起凶案，几名东北口音男子持刀追砍一名男子，被害人手臂被砍下送往医院急救，群众报警后，凶手仓皇逃离，现场遗留一把行凶的砍刀。那家医院，正是李军被绑架的地方。图片中现场遗留的砍刀，和那天对着我肚子的砍刀一模一样……

顿时，我倒吸了一口凉气！

与工商过招

行政案件对于很多律师而言，是烫手的山芋，吃力不讨好。不但当事人很可能不满意律师在其中的表现，律师对趾高气扬的行政机关也会有一肚子闷气，找不到地方发泄。行政复议或者行政诉讼更是阻力重重。一般情况下，律师听到当事人要委托律师和行政机关交涉，都是婉言拒绝。即使有不知天高地厚、不信邪的律师，最终大多也是铩羽而归。

我从事律师工作以来，深感自己能力有限，对行政案件通常只提供法律咨询，很少披挂上阵。但是我也注意到，并非所有的行政案件律师都无计可施。有些时候，行政机关的某些执法人员出于个人的私利或者仅仅是因为对法律的误解，作出了一些错误的行政行为,他的上级领导还是比较在意单位形象和社会舆论的。如果律师据理力争,有可能取得不错的效果,一方面维护了当事人的合法权益,同时也是给违法的公职人员上了一课。当然,代理行政案件,不但需要耐心,还需要足够的勇气。

随着时间的推移,我在九江的老乡圈子里已经混得比较熟了。一些做生意的老乡隔三岔五会到我办公室来坐坐,喝茶聊天,有时也会向我咨询一些法律问题。一位经营体育用品商城的老乡找到我,说自己有一批价值十几万元的服装被工商部门扣押,理由是销售假冒商标的产品。老乡向我保证,这批服装绝对是正宗商品,绝无假冒可能,但是工商人员根本不听。老乡希望我能够帮他讨一个公道。

我仔细了解了一下事情经过。

我这位老乡在本市经营一家大型的体育用品商城,三年前他获得了北京一家户外运动用品的本地独家经营权,从厂家购进了大量的产品。因销售业绩不佳,第三年厂家中止了他的代理权限,由本地另一商家独家经营。中止代理权限的时候,他向北京的厂家提出,手里尚有积压的十多万元产品没有卖出,希望厂家能够收回,但是遭到了厂家的拒绝。于是,他只有在自己的商城里继续出售。由于当年进的货物样式比较陈旧,有些顾客希望能购进一些新品,他从广州一家经销商那里以较低的折扣进货,搭配着以前的陈货出售。

渐渐地,他的行为引起了本市现在的经销商极大的不满。该经销商设置了一个圈套,派出两个店员冒充顾客从他们这里订购了价值一万多元的产品,产品到手后,立即送往北京的厂家进行鉴定,拿到厂家鉴定为"假货"的结论后,他们向工商局报案,说该商城出售假冒伪劣产品。工商局立即出动,扣押了他全部该系列产品,价值十多万元,并要给予罚款处理。

我明白我这位老乡犯了商界的大忌,"串货"了。所谓的"串货",就是把厂家销往甲地的商品,拿到乙地市场进行销售。"串货"容易对厂家的市场网络造成混乱,损害到厂家利益。所以厂家出于自身整体利益的考虑,对"串货"行为一直都是严厉打击的。

但是,"不得串货"是厂家自行制定的游戏规则,"串货"商品因价格相对较低,很受消费者欢迎。尤其是一些不需要提供售后服务的商品(比如服装、酒类),很容易"串货",这让厂家和正宗经销商大伤脑筋。如果是厂家的经销商内部串货,厂家可以根据《经销协议》的约定,追究他们的违约责任。但是,如果商家与厂家之间并无合同关系,如何打击"串货"呢?

于是,厂家和经销商之间就采取这种"鉴定"的方法来进行打击。厂家将"串货"产品鉴定为假货,由工商部门进行处罚,杀一儆百。我的老乡就是栽在这上面。对他而言,这种做法是不公平的。我原本就是你的经销商,手里剩余的商品你不收回,必须售出才能不亏损。为了带动旧款商品销售,通过正规的渠道批发了新款商品,居然被扣押,还被鉴定为"假货"。老子不认儿子,天理何在?

我觉得这个案子有点意思,也有获胜的可能性。

办理委托手续后,在复议期内我向市工商局提交了《行政复议申请书》。我提出:第一,我的当事人商品来源渠道合法,不是假冒产品；第二，厂家出具的产品检测《鉴定书》不具有法律效力，不能作为行政处罚的依据。

我着重指出《鉴定书》存在的瑕疵：

首先，厂家的《鉴定书》不能反映出其具备鉴定资质，鉴定人员只是该公司"技术人员"，且没有署名。这是不符合《鉴定书》要件的，也是该《鉴定书》形式上的违法之处。

其次，《鉴定书》内容存在重大缺陷：其一，送检人是谁，《鉴定书》没有进行说明；其二，所谓的"相关检测标准"到底是怎样的，《鉴定书》也没有进行说明；其三，鉴定过程如何，送检产品到底哪些方面没有达到"检测标准"的要求，《鉴定书》也没有详细解释。厂家出具的《鉴定书》只有"鉴定结论"而没有论证过程，不具有说服力，这恰恰说明没有鉴定资质的单位不可能作出规范的、权威的鉴定。

再次，厂家与申请人存在严重矛盾，不适合担任鉴定人。申请人与厂家在解除合作关系后，因库存商品的处置问题发生严重分歧，双方矛盾激化。申请人在未取得特许经营权的情形下，继续销售该产品，对厂家的市场管理带来了一些不利影响，毫无疑问，厂家不适合作为鉴定人。

在申请书的尾部，我指出：厂家与申请人之间的纠纷，完全可以通过民事诉讼的途径解决，现在工商部门介入其中，与其公正执法的宗旨是违背的。

申请书提交上去的第二天，老乡打电话来说，刚才接到区工商局的电话，一会他们要到商城来给他做笔录，希望我能过去。

我带着助理来到商城。不一会，区工商局的几个人来了。我递上名片，跟他们解释了我们的商品来源合法，希望能够解除扣押。工商说："厂家说是假货，那就是假货。"我说："厂家说我们的商品是假货，是因为我们之间有矛盾。"

工商说："那我们不管，你现在出去，我要跟老板做笔录。"

我说："我是这家商城聘请的律师，我在边上听听没关系的。"

工商眼睛一瞪："让你出去，你就出去，我们要做笔录。"

我说道："我作为商城的律师有权在场，你们为什么要我出去呢？"

工商说："好，你不信是吧，我翻给你看。"说着，拿出包里的一本白皮书，翻到其中一页，指着一行字给我看："调查应当个别进行。"

工商得意洋洋地说："看到了吧，请你现在出去。"

我说："个别进行并不是说律师不能在场，商城现在授权我处理这件事，你们可以找我做笔录，我也可以在场旁听你们做调查。"

工商虎目圆睁，恶狠狠地盯着我说："你到底出不出去?!"

我顿时火冒三丈，一拍桌子："我今天就是不出去!"这些在衙门里待久了的公务员，仗着手里的一点权势，对个体小老板如狼似虎，生杀予夺，其实都是虚张声势，色厉内荏。一切违法者都是纸老虎，无论是地痞流氓还是公职人员。我理直气壮，不吃他们这一套。

工商没想到我这个律师居然这么牛，敢顶他们，一时间愣住了。

半晌后收拾东西悻悻地说:"好吧,你不出去我们出去,我们改天再来。"

工商走后,当事人满脸忧虑地看着我。

我气呼呼地说:"你这个事情要是解决不好,我不做律师了!"

对这个案子我还是比较有把握的。我从网上查找了一些案例,对于来源不明且厂家鉴定为假货的产品,工商部门一般按照假货处理,但是如果销售者能够提供证据证明产品有合法的来源渠道,或者权威部门鉴定该产品并非假冒,工商部门都是不介入的。所以我敢底气十足地说,如果这个事情解决不了,我就不做律师了。

但是,这里涉及基层工商部门的利益问题。举报人一般在举报之前就已经和工商部门做了充分的沟通,对被举报人的罚款也关系到执法部门的"创收"。这是我必须要面对的问题。法律上我们理由充分,但是如何把理论的优势化作现实的胜利呢?

回到办公室,我拨通了几家媒体朋友的电话。这些年行政机关正在大搞行风评议,虽然下面的办事人员乱来事,单位的领导在处理一些事情的时候还是非常慎重的。我担任着本市几家行政机关的法律顾问,每一份对外的法律文书,领导都让我把关,就是避免贻人口实,影响到单位对外形象。人同此心,心同此理,我觉得有必要借助媒体的力量,敲打敲打工商局的领导。

做律师时间长了,我结识了不少各路媒体记者,跟他们处得非常要好。他们经常给我打电话,让我提供新闻线索,点评新闻事件。没事的时候我们经常还一块坐坐,把酒言欢。我把这个案子跟他们一说，他们也非常感兴趣，觉得很有意思，值得报道。于是，记者们一拨接一拨地到市工商局，以"接到群众投诉"的名义找局长采访。没多久，我就接到了市工商局法制办的电话，约我到市局谈谈案子。

我把从网上搜集的一些资料打印好，带到了市局法制办，交给了工作人员。吸取和区局工作人员闹僵的教训，我尽可能让自己平和一些，面带微笑。可能他们也听说了我是个比较火爆的人，在接待我的时候显得很亲切。我们的交谈气氛是友好的，和谐的。

法制办主任把我介绍给办公室的小陈。这个事情是由小陈经办。小陈说，接到我们的复议申请后，领导很重视，他也查找了大量的有关规定，他认为，扣押行为只是一种预备行为，并不是行政处罚，是不可诉的。

我微笑着说："我和您的理解是一样的，但是工商部门出具的《扣押单》上告知了权利，说如果不服可以向上级机关复议，或者提起行政诉讼。既然有告知，那么我们当然不会放弃这个权利。更重要的是，扣押行为的下一步就是处罚，如果我们不提出复议，工商局必然会作出行政处罚决定。"

小陈笑了笑说："这个事情我心里清楚，很有可能就是你说的，厂家借咱们工商局的手来惩罚串货行为。"

我说："就是这么回事。厂家完全可以通过民事途径来解决，而且串货对消费者是有利的。"

小陈说："我们对侵犯商标权的认定，都是通过厂家来鉴定的。你提供的进货票据，也存在其他的可能性。比如，一些经销商在取得经销权之后，会找工厂去生产假冒产品，降低自己的成本。我们已经查处好几起了。你怎么证明你销售的这个商品就是你通过合法渠道来的商品呢？"

我说："行政处罚应当是举证责任倒置的。执法部门应当提供我们销售的是假冒商品的证据。"

小陈诡秘地笑着说："我们不是有厂家的鉴定吗？"

我说："这份厂家提供的鉴定书无论是形式上还是内容上都存在严重的问题，我们需要有中立的权威机构来作出鉴定。"

小陈说："我们也知道这种由厂家作出的鉴定不一定合适，但是目前基本上都是这么操作的。我们会就这个事情和区工商局进行沟通。也希望你们能够保持冷静，相信我们一定会按照法律规定来处理这个事情。"

我觉得，只要执法部门愿意跟我们平等地商谈案件的处理，事情就好办了。怕就怕蛮不讲理还自以为是的执法者。秀才遇到兵，有理说不清！心里恨不得把他摁在地上狂扁一顿，脸上还要挂着笑……

小陈看上去斯斯文文，聊完正事后，还说起他也在准备司法考试。好哇，这样我们就有共同语言了。

离开市局，我觉得案件前景一片光明。

接下来的一段时间里，应小陈的邀请，我们又去了市局几次。还是围绕着鉴定的问题。

小陈说，他和区工商局的人沟通了以后，区局到厂家重新做了一次鉴定。这一次的鉴定形式上完全符合要求。

我说:"厂家的行为已经给我们造成了巨大的损失,根据国家工商总局商标局给浙江省工商局的批复,厂家应当对其出具的鉴定书承担相应的法律责任。不管这份鉴定书形式上如何符合要求,我们绝不能蒙受不白之冤。我们销售的就是厂家的产品,厂家既然不认可这是自己的产品,我们会申请权威部门来鉴定。如果最后鉴定结论证实我们没有销售假冒产品,工商部门肯定要赔偿我们的损失。"

小陈说:"我已经把所有的法律后果告诉区工商局的人了,他们不听,我也没有办法。如果你们不撤回申请,我们只有驳回你的申请,维持他们的扣押行为。至于你们提起行政诉讼之后的事情,让区局去处理。我一片好心,区局的人还以为我向着你们,他们不吃点苦头就不会学乖。"

小陈的话顿时让我感到失望。我表明了态度:不撤回申请。

离开市局,我立即给北京的厂家打电话,告知他们的工作人员:"对你们作出的虚假鉴定,我们一定会追究法律责任!"工作人员表示,一定会把我们的话带给公司负责人。

接着我打给广东的经销商。我告诉她:"工商部门已经拿到了厂家的鉴定结论,再次证实你出售给我们的商品是假冒产品,如果我们被工商处罚,我们一定会让你来承担这笔罚款,并向广东省的工商部门举报你们出售假冒产品,你们也跑不掉!"

广东经销商暴跳如雷:"什么?!厂家说老子卖的假冒产品?!我把进货的票据给你们传真过去,你们看看,我是从北京厂家那里拿的货!如果你们告我的话,我也要告北京的厂家。妈的,他们竟然敢给老子假货!"

拿到进一步的证据后,我再一次找到市局法制办,跟小陈明确了我的态度:"如果我们因为售假被处罚,我们除了提起行政诉讼之外,还会要求你们立即派员去广东、北京查封制假、售假窝点。如果你们不去,那就是行政不作为,我们会向国家工商总局反映,同时,我们还会和广东的经销商和北京的厂家打一场民事诉讼,这个事情肯定会越搞越大,闹得全国都知道。"

小陈沉默了很长一段时间,叹了口气说:"你的意见我会向局领导汇报,离复议期限还有两天,我最后再做一下努力吧。"

第二天就接到了小陈的电话,让我再去一趟市局法制办。

我和老乡一进门,看到小陈脸上灿烂的笑容,我知道,事情解决了。

小陈说:"我们主任和我一起昨天去了一趟区局,找他们领导谈了很久。这个事情就这么算了,你们撤回复议申请,他们解除扣押,将货物退还给你们。"

我压抑住心头的喜悦,向他表示感谢。

小陈摇摇头,无奈地说:"我的工作就是给下面这帮人擦屁股。"

老乡知道结果后,得寸进尺地问:"那我的损失怎么办?我的律师费还有这些日子跑来跑去的开支,谁来赔?这段时间我担惊受怕,就这么算了吗?"

我笑着对他说:"别不知足啊。这是好不容易争取到的结果,其他的,你就认倒霉吧!"

细节决定成败

"细心",是律师这个职业的必然要求。性格大大咧咧的人,也许并不适合做律师。有些年轻律师喜欢丢三落四,要么忘了开庭的时间,要么开庭时忘了带重要的材料,甚至遗失某份重要的证据,这些都是致命的错误,在工作中是绝对不允许出现的。有的律师在代理原告的时候,因为开庭迟到,被法庭作为"撤诉"处理,让当事人蒙受了巨大损失,从而受到司法局处罚。有的律师因遗失重要证据导致当事人败诉,最终所在的律师事务所被当事人告上法庭,承担巨额赔偿责任。这些教训都需要引起我们的高度重视。

在撰写法律文书的时候,也需要仔细,认真核对每一个数字、每一个用词,以免出现失误,或者留下笑柄。我认识的一位律师朋友,在一起合同纠纷案件中代理原告起诉被告违约,起诉状中有这么一句话:"被告的践诺行为,给原告造成了重大损失。"原来,他把"践诺"理解成了"践踏诺言"。被告代理人在答辩的时候取笑他:"我方既然已经践诺,你遭受的损失与我何干?"弄得这位律师非常难堪。虽然这个小小的语法错误不会影响到案件的结果,但是也让律师尴尬无比。

每一件事情都是由细节构成的,但是有些细节却经常容易被人忽视。"千里之堤,毁于蚁穴。"律师在办案中的工作任务之一,就是发现问题,尤其是找到别人忽视的细节。很多时候,一个有利的细节可以起到"一招制敌"、"一剑封喉"的效果,奠定胜利的基础。

我非常关注细节。尤其是在案件陷入绝境的时候,我更是从细节上去发现问题,寻找突破口。

我曾经在江苏办理一起团伙盗窃案件。五名被告人对盗窃经过供认不讳,对于盗窃物品的数量,被告人供述与证人证言、被害人陈述也是吻合的。《起诉书》认定五人均为主犯,盗窃物品的价值特别巨大,应在10年以上量刑。

案卷材料很简单,被告人的口供如出一辙:作案两次,被盗物品为镍板,第一次400公斤,第二次95公斤。五个人乘坐普通桑塔纳轿车,盗窃后将赃物放在后备箱里,运到浙江永康去销赃。第三次刚刚来到作案的城市,就被公安查报站的人拦下,在车里发现了撬棍、扳手等物品,引起怀疑,结果盘问留置,几个人撑不住,便将前几次的事情都招了。

自首是可以辩的，主从犯也是可以辩的。如果没有公安机关出具的证明，法官未必能接受自首的辩护意见。至于主从犯，在于法官对本案的认识，还有本地的审判惯例。即使这两点意见都获得了采纳，也只是从轻情节，于事无补。量刑的关键在于数额，但盗窃物品的数量得到了被告人、被害人和证人一致认可，价格鉴定也比较客观，并没有太多水分。

为了获得公安出具的自首证明，开庭前一天，我和被告人的弟弟来回奔波，最终一无所获。办案民警拒绝出具自首的证明材料。

回到宾馆，被告人的弟弟满面愁容，对第二天的开庭非常悲观。我写完辩护词后，躺在床上闭目养神，脑子里仍在苦思冥想。

盗窃数额关系到量刑幅度。江苏的"数额特别巨大"起点是6万元，本案的盗窃数额被认定为7.5万元。如果能把数额控制在6万元以下就好了。但是，对于盗窃数量，几名被告人都没有疑问，估价报告也是客观的。突破口在哪里？

突然，我脑子里灵光一闪，想到了一个重要的细节。我赶紧抓住它。对，是重量的问题！被告人驾驶的是普通桑塔纳，坐了5个人，在其中一次作案中，偷了400公斤镍板放在后备箱里，从江苏运到浙江销赃。这里好像不对劲！

普通桑塔纳在乘坐了5个成年人以后，如果再放进400公斤的物品，车子受得了吗？400公斤，相当于7个成年人的重量。车里等于搭载了12个成年人。有可能吗？还跑了那么远的路。桑塔纳的轮胎和弹簧能不能承载这样的重量？

我把这个疑问与被告人的弟弟探讨。他是驾驶经验丰富的司机，听了我的疑问，表示不可能。于是我打电话问一些经验丰富的司机，尤其是开过桑塔纳的。每个司机在电话中都说，可能性不大，后备厢载重最多 200 公斤，否则汽车底盘会卡住轮胎，车辆无法行驶。

那么，如何解释被告人与证人、被害人对被盗物品数量的说法一致呢？这个问题也是需要解决的，要不然还是没有说服力。公诉人在法庭上肯定会咬住这一点。我认为，人的认识是存在误差的，警察在讯问中的诱导，很可能是造成多方说法一致的原因。

我顿时觉得眼前一亮。如果 400 公斤的数量不能被认定的话，那么只能根据销赃数额来认定犯罪金额。被告人的销赃金额总计是 5 万多，正好在 6 万的"特别巨大"档次下！

在第二天的法庭上，我仔细询问了开车的被告人，从作案地点到销赃地点的距离是多少？500 公里左右。时速多少？80 公里左右。开了多久？7 个小时。路况怎样？有高速和省道、国道。

我在法庭上陈述自己的辩护观点。前面两个观点是关于自首和从犯的，在公诉人意料之中。当我说出第三个观点的时候，公诉人目瞪口呆，合议庭法官也都在认真倾听，旁听席上更是一阵骚动，几个被告人也是面面相觑。确实，稍微有驾驶经验的人都觉得，普桑坐了 5 个人以后，后备厢再放 400 公斤物品，简直不可思议。

公诉人反驳说，吉尼斯世界纪录还有小汽车搭载 15 个人的呢！何况被告人的说法互相印证，证人与被害人的说法也都是一致的。

我当即表示，公诉人的比喻不恰当，如果被告人有冲击吉尼斯世界纪录的本事，就不必出来盗窃，而是去参加赛车了。至于说法互相印证，我认为应当相信科学，而不是口供。既然从普通的常识出发存在疑问，那么被盗物品的数量及其价值毫无疑问存在疑点，应当以销赃金额来认定犯罪数额。

最后，合议庭采纳了我的观点，辩护获得了成功。

我在广东办理过一起交通肇事案，也是抓住了细节问题，最后获得了比较好的辩护效果。

交通肇事案件量刑大都是三年以下，最高也不过是七年，辩护的空间很小。同时，交通肇事案以《事故责任认定书》为认定责任的依据，司法实践中，法院重新认定事故责任的很少，辩护中改变责任划分的可能性也不大。因此很多律师对证据的研究也就缺少兴趣，很难做到深入细致。

在我办理的这起案件中，被告人驾驶货车超越被害人乘坐的摩托车，两车发生碰撞，被害人被货车拖拽致死。交警认定被告人负全部事故责任，被告人的赔偿也已经及时、足额地给付了被害人家属，而且被告人在公安阶段就已经办理取保候审。考虑到这些情形，法院判处缓刑的可能性是非常大的。我想，这个案件应该只是走一下庭审程序，辩护应该是非常轻松的。

但是，当我陪同被告人来到法院领取开庭传票的时候，法官突然宣布对被告人执行逮捕，当场戴上手铐。虽然开庭前收监可以理解，我还是有点意外。我向法官提出继续取保候审的申请，遭到拒绝。理由是：鉴于被害人被货车拖拽12米致死，法院认为情节恶劣，可能判处实刑，因此不予取保。

形势发生变化,必须给被告人一个满意的结果。怎么办?

我仔细审查案卷。检察院移送法院的材料十分简单,只有被告人供述、摩托车驾驶员陈述、尸检报告和事故认定书。被告人辩解并没有超车,而且对方摩托车上的两人都没有戴安全头盔。我想,如果被害人的致死部位是头部,或许可以因为未戴头盔而减轻被告人的罪责。但是,根据尸检报告,被害人死亡原因是"钝性外力作用于胸腹部、左上肢致创伤性休克死亡"。这就意味着,未戴安全头盔非但不是导致交通事故的原因,也不是被害人死亡的原因。

晚上我独自一人住在酒店里,手里捧着薄薄的案卷材料苦苦思索。案卷材料提供给我的信息非常有限,一时间无从下手。双方关于超车的说法各执一词。到底谁说的才是真相?交警为何采信摩托车驾驶员的"货车超车"说法呢?

我注意到,在交警对被告人的讯问笔录中,交警问道:"若你在本起交通事故中负有责任,那你所应承担的经济赔偿由谁支付?"被告人回答:"由保险公司支付。"这样的问答耐人寻味。是不是交警同情死者,在作出事故认定的时候带有一定的倾向性呢?

任何推测都是缺少说服力的,关键还是证据。证据在哪里?案卷中又没有证人证言,只有通过现场的痕迹来进行判断了。根据当事人的讲述,两车之间发生了碰撞。既然有碰撞,那就会留下痕迹,能不能通过痕迹判断被告人是否有罪、罪责大小呢?法院复印出来的案卷里没有现场的痕迹照片,这些材料应该在公诉人手里。我必须去检察院阅卷。

我仔细分析了一下超车时可能会留下的痕迹。虽然货车与摩托车当时都处在运动中，但是既然要超车，其中一辆车的车速必然要高于另外一辆车，相对而言，另一辆车就是处在静止状态（这好像是初中物理关于"参照物"的理论）。

假定货车超越摩托车，那么两车相撞时候，在货车和摩托车上分别会留下怎样的痕迹呢？由于货车的车头首先与摩托车进行接触，那么其着力点应在前方，痕迹的运动方向应当朝后，随着力度减弱而逐渐消失，类似彗星的轨迹。而摩托车与货车发生碰撞的部位，如后视镜、左把手面向驾驶员的一侧应有摩擦痕迹。如果是摩托车超越货车，则货车上痕迹的运行方向正好相反，而摩托车上的摩擦痕迹应当出现在后视镜的背部和左把手的前端。

为了验证自己的观点，我下楼买来一盒火柴做实验。火柴盒代表货车，火柴棍代表摩托车。火柴划掉了好几根，结论竟然与我所认为的相反，末梢的痕迹反而更重。我百思不得其解。一盒火柴差不多被我划完，我总算想通了，火柴燃烧的原理是摩擦产生热量达到燃烧点，其末梢部位的热量高于最初接触的部位，因此末梢部位留下的痕迹比最初接触的部位要明显。如果是其他物体之间的碰撞，毫无疑问速度较快的物体身上留下的擦痕呈彗星状，头部朝前。

一个晚上我都在思考这个问题，第二天一大早就到检察院阅卷。拿到案卷，我迫不及待地翻找现场照片。

果然不出我所料，货车上有好几处擦痕。其中最重要的是车门上有一处手臂和三根手指擦痕，明显是在高速运行状态中留下的痕迹。手臂擦痕前低后高，尾部是三根手指留下的痕迹，尾部朝货车前方。我分析，这是乘坐摩托车的被害人留下的。刚开始碰撞的时候，被害人的手臂与货车车门接触，然后她伸出手扶车门，最后身体失去平衡而倒下。

现场勘验表明，被害人是被货车右前轮拖拽致死，如果死者最后留下的痕迹不是手指而是手臂的话，说明被害人的身体是向后倒下，拖拽其前进的应该是右后轮而不是右前轮。根据这张照片，可以分析出，在死者倒下的一瞬间，摩托车速度比货车快。

还有几处痕迹可以说明问题。货车右前门有一道明显的彗星状擦痕，尾部在前，头部在后。货车车门与挡泥板之间有一道细长的擦痕，呈哑铃状，两头重，中间轻，但是，相对而言，痕迹较重的在后部，头部虽然有明显擦痕，比尾部的擦痕要轻很多。

接下来看摩托车上的擦痕。后视镜已经碎了，但正面并没有明显擦痕。反倒是后视镜的背面有明显摩擦痕迹。这说明摩托车的后视镜背部与货车有碰撞。在怎样的情况下，摩托车后视镜背部会与货车发生摩擦呢？毫无疑问，只有摩托车超越货车的时候才可能留下这种痕迹。

但是有一个比较奇怪的地方。摩托车的左把手朝向驾驶员一侧有着很明显的摩擦痕迹，这说明货车从后超越摩托车。前功尽弃，我对自己的分析产生了怀疑，几乎绝望了。到底是怎么回事呢？

我仔细翻阅案卷中的照片，注意到：摩托车的左把手不仅仅是驾驶员一侧出现擦痕，整个左把手的四周都有轻重不一的擦痕和货车油漆。结合货车车门上的哑铃状擦痕分析，正是摩托车的左把手造成了这个痕迹。货车上的这个部位正好是挡泥板与车门之间的缝隙，痕迹最重的部位就在缝隙处。

我得出结论：两车在交会的时候，由于摩托车的左把手卡进货车挡泥板缝隙，两车有一个很短暂的胶着状态。在这个时候，由于力的作用，两车互相挤压摩擦，在货车车门上留下哑铃状擦痕，摩托车左把手四周的擦痕也得到了解释。

我如释重负。从现场痕迹分析，应该是摩托车速度快于货车。超车的是摩托车。但是我意犹未尽。

光凭现场的痕迹，并不能保证能够说服法官。法官将被告人收监的原因在于，货车将被害人拖拽12米致其死亡，情节严重。确实，死者的照片惨不忍睹。12米只是一个枯燥的数字，到底12米意味着什么呢？

做完了物理题，接下来我只有做数学题了。我最怕的就是数学，在这种时候，只有硬着头皮加减乘除了。

被告人供述自己当时的车速是30公里，假定其陈述是真实的，那么，30公里除以60分钟再除以60秒钟，则货车当时每秒钟以8.33米的速度行使。也就是说，被告人从听到碰撞声，到刹车停下，12米的距离他只用了1.44秒的时间。这还不包括货车由于惯性继续前进所耗费的时间和距离。如果被告人陈述不真实，我们假定车速为40公里，被告人只用了1.08秒时间就停下车了。不可能有更快的反应了，除非是超人。被告人只用了一两秒钟的时间就停下车，我们还能有什么更高的要求呢？

12米的拖拽距离，既可以体现出被告人及时采取了制动措施，同时也反映出其车速在30—40公里以下。一辆时速为30—40公里的货车，是否有可能超越一辆行驶中的摩托车？除非这个摩托车的速度更低。如果两车都是这样低速行驶，怎么可能会出现如此严重的交通事故？货车超越摩托车的现象本来就不多见，何况被告人是外地驾驶员，又是在临时改道的公路上行车，路况非常陌生，超越摩托车的可能性极小。摩托车驾驶员是本地人，带着被害人兜风吃夜宵，两人都没戴头盔。根据本案证据和常理，摩托车超车的可能性远远大于货车。

得出"交通事故认定存在错误"的结论，我的心情仍然比较沉重。我已经确认被告人是无罪的，但是却没有勇气为他做无罪辩护。被害人家属早就拿着几十万赔偿回老家去了，如果被告人无罪的话，我们是以"重大误解"为由要求被害人家属退回赔款，还是以交警认定事故错误而找交警退钱呢？被告人被逮捕期间的国家赔偿如何处理？法院会让本案留下如此多的后遗症吗？

我和被告人及其家属反复商量，最后决定，给被害人的钱我们就当做了善事，不打算要回了，只要尽快释放被告人就行。对于本案的存在的疑点，我们当然要指出来，让法官心里明白被告人是冤枉的。但是，我们并不要求推翻交通事故认定，如果法院最后判处缓刑，我们就接受，如果判处实刑，在上诉的时候我们就孤注一掷，做无罪辩护，彻底推翻交通事故认定。

我提前将辩护意见告诉了本案的审判长。审判长认真倾听了我对交通事故认定的意见，表示：如果做无罪辩护的话，最好事先与交警部门沟通，因为法院也要和交警进行沟通后才能推翻其责任认定；如果做罪轻辩护的话，考虑到本案可能存在的问题以及被告人积极赔偿的态度,以及被告人家中遭遇地震面临生活的生活困境,他可以向审委会提出判处缓刑的意见,由审委会决定。

几天之后,案件开庭审理。在法庭上,我详细地阐述了自己的观点,提出了我的疑问。公诉人听完以后沉默了片刻,没有对我的观点作出答辩,而是问我:"请问律师是否做无罪辩护?"我苦笑着回答:"我只是指出证据存在的疑点,请法院依法判决。"公诉人不再发表任何意见。

半个月后,我收到了法院寄来的判决书。细细品味判决书,不由得看出了一丝奥妙。

判决书上写道:"指控称:某年某月某日 21 时 50 分,李某某驾驶二轮摩托车搭乘被害人瞿某行驶至某路段时,遇同方向由被告人赵某某驾驶的货车从其左侧超越。因未与被超越车辆保持必要的安全距离,货车驾驶室右侧车门与摩托车左侧把手发生碰刮,致使该摩托车失控,车上乘客瞿某被摔倒在地,其身体再被货车拖压,造成两车不同程度损坏及瞿某受伤经送医院抢救无效于当日死亡的交通事故。经公安交警部门认定,被告人赵某某承担此事故的全部责任。"

省略其中的证据罗列,关于我的辩护意见,判决书里面特意对我的"交警事故责任认定存在疑点"的主要观点不予提及。

接下来是:"经审理查明,李某某驾驶摩托车搭乘被害人瞿某行驶至某路段时,遇同方向由被告人赵某某驾驶的货车在其左侧行驶。因两车未保持必要的安全距离,货车驾驶室右侧车门与摩托车左侧把手发生碰刮,致使该摩托车失控,车上乘客瞿某被摔倒在地,其身体再被货车拖压,造成两车不同程度损坏及瞿某受伤经送医院抢救无效于当日死亡的交通事故。"

要对比的就是公诉机关的指控与法院查明事实之间的细微差异。公诉机关的说法是:"遇同方向由被告人赵某某驾驶的货车从其左侧超越",而法院的认定则是"……在其左侧行驶"。公诉机关认为事故原因是"因未与被超越车辆保持必要的安全距离",而法院的认定则是"因两车未保持必要的安全距离"。同时,法院把交警对事故责任的认定结论略去不谈,正如对我关于责任认定的质疑也略去不谈一样。

我的辩护意见还是深深地影响了法官,所以法官写判决书的时候,对公诉机关的指控做了不同的表述。法院对被告人超车的事实没有认定,其实是默认了摩托车超车的事实。法院对于事故原因也做了修正,把被告人"未与被超越车辆保持必要的安全距离"换成"两车未保持必要的安全距离",也就意味着双方在事故中负有同等责任。根据法律规定,如果是同等事故责任,并不构成交通肇事罪。

判决书在最后认定被告人交通肇事罪成立,判处一年半有期徒刑,缓期两年执行。在我看来,这实质上是一份无罪判决。

只有在中国,才会出现这样自相矛盾的判决吧。

风流命案

做律师多年，我最喜欢的还是刑事辩护，尤其是有挑战性的疑难案件。在办案的过程中，排除疑点，拨开迷雾，寻找真相，整个过程不亚于一部精彩的悬疑影片。同时，律师在与公检法各个部门接触的过程中，将对方的工作失误，化作我方的有利条件，斗智斗勇，巧妙周旋，从而获得令人满意的结果。一个案件办下来，酣畅淋漓，很是过瘾。

我办理的一起故意杀人案即是如此。

一天晚上，在某县城的一栋住宅楼里，一位四十岁左右的妇女被发现惨死家中。其头部被钝器击打，血肉模糊，两颗眼珠也被捣烂。家里一片狼藉，死者佩戴的首饰被抢走，房间里的保险柜也不见了。公安机关接到报案后，立刻展开调查。警察听说死者夫妻感情不佳，经常争吵，于是重点调查死者丈夫，但是多人可以证明案发时他在建材市场自己经营的涂料店里和朋友打牌，于是排除了作案嫌疑。警察对现场提取的物证进行检验，发现床单上有精液，于是调取住宅楼附近的监控录像，发现建材市场另一家经营油漆涂料的店主李志国当天下午曾经与死者在住处附近搭讪，并和死者一起离开。

警察顺着这条线继续调查，发现李志国与死者存在暧昧关系，精液系李志国所留，房内的食品包装袋上有李志国的指纹。死者生前曾经跟别人说过，李志国老是纠缠她，很烦。警察将李志国传唤问话，未见异常，只有放人。警察夜以继日地开展侦查工作，将所有存在作案嫌疑的人以及有劣迹在案的社会闲散人员传唤问话，都是一无所获。死者家属天天上门吵闹，要求公安机关早日破案，上级机关也一再询问案情进展。于是，警察再次将嫌疑最大的李志国传讯并宣布拘留。此后，警察多次对李志国家进行搜查。

李志国的妻子小刘是一个精明能干的女人。她找到我的时候，反复说："小李绝对不会杀人，他绝对不会杀人，我要为他讨一个公道。"

我说："他有没有杀人，我们都不知道，只有他自己知道，我们不要轻易下结论，还是会见了再说。"

小刘说："您会见的时候，一定帮我问问，他跟那个女人到底有没有那种关系。"

我说："都这种时候，您就别在意这些细枝末节问题了。现在的关键在于，他到底有没有杀了那个女人。"

小刘眼神中流露出一丝哀怨，但是很快就变得坚定了，她用力点点头："好的，我听您的。"

侦查阶段会见犯罪嫌疑人，虽然是法律赋予律师的权利，但是在司法实践当中往往难以落实。而这种重大案件，尤其是犯罪嫌疑人拒不交代犯罪事实，要想见上当事人一面，几乎是奢望。但是，我必须尽快见到李志国，再难再难，我也要争取！

与小刘办完委托协议之后，我立即驱车前往案发地的公安机关，向办案人员提交我的委托手续，并提出会见的要求。刑侦大队接待我的警察一开始拒绝接收我的委托手续，说是办案人员不在，他不能代收。这一套把戏我见得多了，早有对策。我谦卑地对警察说："没关系，我等办案人员回来。"于是拿出一份报纸和一瓶水，坐在办公室外面的椅子上，摆开了打持久战的架势。三三两两的警察从我面前经过，我气定神闲地翻阅着报纸，偶尔接听几个电话。

天色渐晚，接待我的那位警察过来说："办案民警出差了，可能最近几天不会过来，下周再来吧。"

我说："那他们什么时候能回来啊？"

回答是："没准，要看办事是不是顺利。"

我说："那我就住下了，来一趟不容易啊。我明天再过来看看。"

接待我的警察说："没必要啊，您律师事情也多。"

我说："要不您还是帮我转交一下手续吧，帮帮忙啊。"

接待的警察说："这个我不好做主。"

我说:"要不我见见你们队长吧,我问问他的意见。"

接待的警察说:"好吧,我帮您问问。"

不一会,一个年纪稍长的警察过来了,自我介绍是大队长。我向他说明了自己的身份和来意,他把我请进办公室,说道:"手续放在这里吧。但是实话实说,近期肯定是不会安排会见的,我们压力很大,希望您多理解。等到适合会见的时候,我们会通知您的。"

只要收下了委托手续和要求会见的公函,我的第一步目标就达到了,暂时不跟公安谈那么多。交换了联系方式之后,我心情愉快地离开。

按照法律规定,侦查机关在接到律师会见在押当事人的申请后,48小时内必须安排会见,最长不得超过5天。我给足了公安机关最长的期限,5天之后打电话给那位大队长,要求安排会见。大队长在电话中还是表示,案件正在侦查中,暂不考虑安排律师会见。

那我只有跟他讲点法律了。

大队长说:"您别跟我谈法律,这些规定我都清楚,但是,我们不能安排会见,请您理解我们工作的难处。"

为了表示我的理解,我说:"要不再过几天吧,我支持您的工作,也希望您支持一下我的工作,我也得给当事人家属有个交代啊。"

几天之后,我不再电话联系了,直接来到办案单位,见到了那位大队长。

大队长说:"不是让您等通知吗?"

我说:"没法等了,家属催得急,我见不到人的话,没法跟当事人交待。"

大队长说:"那我们也没办法,现在还不能安排会见,您等着吧。"

我说:"帮个忙吧,大家互相理解、互相配合。"

大队长说:"不是我不帮您啊,是没法帮啊。"

我说:"大队长,我做律师也有很多年了,我知道你们担心什么,我可以承诺,会见过程中,一切按照你们的纪律来,我只需要三分钟时间。"

大队长笑笑说:"不是这个意思啊,嫌疑人没有关在本地呢。"

我说:"不管关在哪里,我总要见见的啊。"

大队长说:"您有什么话我带给嫌疑人啊,您没有必要亲自去见的啦。"

我笑了,说:"那怎么一样嘛。"大队长也笑了。

我说:"还是让我见吧,就看一眼,哪怕不说话都行。要不没法跟当事人家属说。"

大队长说:"您就跟家属说您见了嘛。"

我虽然非常生气,但是还是面带笑容。我说:"好,大队长,我不见了,我就跟家属说,你们不让我见。而且,我会向上级投诉你们剥夺律师会见权。还有,我想问问你们,到底为什么不让律师会见啊。我猜想一下啊,是不是这人出什么事情了啊,你们才不让我见!"

大队长脸色一变:"您律师怎么这样说话啊!嫌疑人在我们警察手里,能有什么事情啊!"

我说:"人没事就好,反正我一定要见到。"

大队长说:"好吧,您过几天再来,让您见。"

我说:"说话可要算数,我们说定一个日子吧,就下周一。"

大队长说:"好吧。"

我带着胜利的微笑离开了刑侦大队。

刚回到律师事务所,我就接到了司法局律师管理科科长的电话。科长在电话里面亲切地问我:"那个案子是怎么回事啊?你的能力我们是相信的。"

我明白,公安人员向司法局告我的状了。这种小事,为什么他们要告状呢?

我简单地陈述了一下基本案情,着重说明,我多次要求会见均遭到拒绝,我已经一让再让,他们还不安排会见,实在过分。

科长说:"非要会见不可吗?"

我觉得这里面有点蹊跷。律师科长怎么会说出这样的话呢?

我说:"我跟办案警察说得很清楚,哪怕会见的时候我不说话都可以,当事人家属比较担心,想证实一下嫌疑人在看守所没事,这个要求很正常啊。"

科长说:"是啊,我也是这么认为的,刚才他们公安局长给我们司法局领导打电话,说是希望律师配合一下公安办案,暂时不要会见,我们也说律师有律师的难处啊。这样吧,您好好跟办案民警沟通,一定要妥善处理好,不要让人说我们律师哪里做得不对。"

我说:"好的,我会认真处理好这个案子的,请放心。"

放下电话，我陷入了沉思。

为什么会见这么难？公安机关为了阻止律师会见，居然动用行政干预的手段，让主管律师工作的司法局局长和律师科科长出面说情，希望律师放弃会见？莫非真的被我不幸言中，公安机关理亏了？

那我更要会见了，我迫不及待！我有点兴奋了。

好不容易到了约定的会见日子，我第三次来到办案单位。

这一次接待我的，除了那位大队长之外，还有主管刑侦工作的一位副局长。我的到来，既在他们的意料之中，又在他们意料之外。

副局长说："你们律师科给您打电话了吗？"

我说："打了，但是我的要求是合理的。为了见一面当事人，我已经等了差不多有半个多月了，我觉得你们应该会说话算数，让我会见的。"

副局长说："您的要求是合理的，但是我的意见是，您最好不要会见。"

我问："为什么呢？"

副局长说："这个案子我们压力很大。上面很关注，家属也老是来吵。"

我说："理解理解。"

副局长说："既然理解我们，您就更应该支持我们工作了。"

我说："是啊，所以之前几次要求会见，你们办案民警说不行，我也没有说什么啊。其实啊，我还是痛恨犯罪的，我很反感那些唆使犯罪嫌疑人做虚假陈述的做法，请您相信，我绝不会是那样的律师。"

副局长说:"那就好,那就好。"

接着,副局长和我拉起了家常。我也很诚恳地和副局长聊了起来。从古到今,从世界局势说到气候变化,从最近热播的电视剧说到娱乐明星的八卦新闻,从茶叶的产地说到红烧肉的不同做法。越是聊得没边没际,我越是胸有成竹。今天,他们肯定会安排我会见的。

天色渐渐变得昏暗。副局长亲手为我泡的功夫茶已经换了几次茶叶,我们相谈甚欢,在外人看来,我们似乎是多年未见的好友。我注意到,副局长有点神色不定。

终于,副局长转入了正题:"看得出来您是一个很负责任的律师,呵呵。"

我说:"应该的,不管是做警察还是做律师,都要对工作尽职尽责的。您手下人也不错啊。"

副局长说:"还是做律师好啊,现在警察难做呢。收入低,压力大啊。"

我试探性地说:"是啊,所以在我以往的办案中,对于警察在案件当中一些细枝末节的小问题,我也从不盯着不放。何必呢,大家又没有冤仇,为了工作,做了一些过头的事情,也可以理解嘛。"

副局长笑着说:"您这样的通情达理的律师,真是难得啊。我很愿意和您交个朋友。"

我赶紧跟上一个马屁:"能结交您这个朋友真的太好了。我向来就认为,律师和公安之间不应当是对立的关系,应当是协作的关系。

都是为了法治进步嘛，工作内容不同而已。"

副局长说："我把您当朋友啊，不瞒您说，这个李志国在我们这里关押期间，身体一直很好，但是前段时间突然发了癫痫，我们守在他身边几天几夜，人现在正在恢复中。所以我建议您最好近期不要会见，等他身体好点了，我再安排您会见好吗？"

原来如此！我顿时恍然大悟。事实果然印证了我的怀疑！

我笑着说："没关系的了，我就看一眼，跟他家里好交代一下，让他家里放心。要不然的话，他家里还不知道出什么事情了呢。他爱人都快急疯了，要不是我一直在做她工作，她都要来公安局闹了。"

副局长陷入沉思中。

我说："我向您保证，一会不管我看到什么，听到什么，我绝不会对外面说半个字。作为律师，我的目标是顺利地处理案件，维护当事人的最大权益。乱说乱讲是不利于案件顺利解决的，不符合当事人的利益。"

副局长想了想说："刚才我们局长来电话了，他想见见您。"

我说："好啊。"

我办理这么多刑事案件，从来都是我要求见公安局长，这是第一次公安局长主动说要见我，有点意思。

公安局的大楼庄严气派。局长从宽大的办公桌后面站起来，走向我，跟我握手。坐下后，局长拿起茶几上的香烟递给我，又拿起打火机为我点烟。

我做律师这么多年,在司法机关受到的冷遇千千万万,这还是第一次由公安局长给我点烟呢!

局长笑呵呵地看着我说:"我和你们司法局的张局长是同学啊。"

我说:"那就好,那就好。"

局长说:"你们张局长跟我介绍过您啊,说您是一个很优秀很能干的律师,办理了很多重大案件,表现很不错啊。"

我说:"那是张局长过奖了,呵呵。"

局长说:"这个案子呢,您也好好办,我们相信您,一定会处理好这个案子的。呵呵。"

我说:"我刚才和副局长在一起谈了很久。对于这个案子,我的意见是,我履行好一个律师的职责,对案件不利,对当事人不利的事情,绝不会做。这一点,请局长放心。"

局长说:"好啊,您吃了晚饭吗?等会我让他们安排您先去吃饭,今天就在这里住下来吧,我们给您安排酒店,您也很辛苦啊。"

除了局长给我点烟,公安局还对办案律师管吃管住?全中国有几个律师能在办理刑事案件的时候,享受公安机关提供的贵宾待遇?要是办刑事案件都能这样爽,谁还愿意代理非诉和民商案件啊?

我马上对局长说:"您别客气,我不见到嫌疑人,肯定是吃不下饭的,家属那边都已经安排好了,我今晚办完事还要赶回去,明天还有案子要开庭呢。"

局长呵呵地笑着说:"没关系的,这样吧,你们先去会见,会见结束之后再去吃饭吧,我让他们安排。"

临走的时候，局长握着我的手，语重心长地说："这个案子，您和我们一样，都是责任重大啊。"

我说："局长您放心，我一定会尽自己最大的努力，把案子做好！"

终于可以会见了，坐在副局长的警车里面，我长长地舒了一口气。

夜晚的看守所气氛有点诡异，我很少在这种时候出现在看守所。车子开到门口的时候，门口已经站着三四个警察在那里等着我们。副局长向他们点头示意。看守所内灯火通明，管教干部都没有下班，就为了我的这一次不同寻常的会见。

我直接跟着副局长他们进了一间会见室。隔着铁栅栏，对面的椅子上已经坐着犯罪嫌疑人，他的身后站着三个警察。加上跟我一道进来的副局长他们，狭小的会见室里面竟然有七名警察。这种如临大敌的阵势，我也是头次见到。

我仔细端详着李志国，他脸色苍白，面容清瘦，但是目光炯炯。厚厚的棉大衣把他包裹得紧紧的，双手反铐在身后。

我向李志国做了一下简单的自我介绍，心里盘算着，怎么在这一次来之不易的会见中得到尽可能多的信息。

我问李志国："还好吧？"

李志国注视着我，半天，他叹了口气，摇摇头，又把头垂下。

我面带微笑问："怎么了啊？"

李志国抬起头，一副欲言又止的样子。

我说:"您家里人很关心您,想知道您在里面好不好,您说说吧,我好让您家里人放心。"

李志国沉思了一下,终于下定决心说:"不好,他们打我。"

好,我要的就是这句话!但是,在场的几名警察脸色立即非常难看,气氛陡然变得紧张。我必须赶在他们开口之前说话。

我马上说道:"小李啊,我问的是您在这里吃得好不好,睡得好不好。我给您做一个笔录,您看是不是可以让家里人放心呢?"

李志国脑子转得很快,似乎是马上明白了我的意思。他说:"您就告诉家里人,我在里面很好,让他们放心。"

会见室的气氛缓和了下来。

我问:"您看生活方面还有什么需要啊,比如给您上点钱,带点衣服什么的?"

李志国说:"让家里给我带两双棉鞋和几套换洗衣服吧。"

记录了一些需要的物品后,我对李志国说:"我今天能够来会见您,是很不容易的。警察工作也很辛苦,这么晚,为了您的事情还在加班,您心中要有数。他们为了工作的需要,可能方式方法上存在一些问题,您要理解,也要配合他们工作。我相信他们今后也会注意这些问题。您在看守所里面,要保重自己的身体,要对自己负责,对自己的家人负责。"

我注意到,我在说话的时候,几位在场的民警全神贯注地倾听,铁板一块的脸渐渐舒展开来,看我的眼光柔和了很多,脸上也挂了一丝笑意。

趁着气氛缓和,我快速向李志国询问:"人是不是您杀的?"

李志国坚决地回答:"不是!"

我见好就收,没有再问下去。有这句话就足够了。至少能够说明,李志国直到现在,都没有供认自己杀人,侦查机关尚未取得有力的证据。

做完笔录,我让李志国签字,李志国摇摇头。我奇怪地看着副局长,副局长说:"等会让他进去签字,我们带出来给您。"

和副局长一起走出会见室,我的脸马上沉了下来。

我严肃地对副局长说:"不管刚才李志国所说的是真是假,我遵守我对你们的承诺,今天我没有听见他说什么。但是,你们必须做到,以后绝对不能再有这样的事情。"

副局长点点头,一副尴尬的样子。

我趁热打铁,接着说:"我看出来李志国身体很虚弱,看守所这样的环境不利于他身体的康复,我要求为他办理取保候审。"

副局长说:"这个,暂时不好办。"

我说:"我会向你们提出正式的书面申请,至于是否批准,权力在你们手里,但是作为律师,我有权利提出申请。"

副局长说:"好吧,您到时候把书面申请交给我,我们会研究答复您的。"

这时,一名警察将我刚才做好的笔录递给我,李志国已经在上面签字了,但是笔迹歪歪扭扭,很不正常。

我问:"李志国的手怎么了?"

副局长说:"可能是戴久了手铐,所以这样吧。"

我板着脸说:"我不会跟他家里讲述我没有看到的东西,但是我要说明的是,您也要叮嘱您的手下做好保密工作,因为这些事情不仅仅是我知道。"

副局长点点头。在送我回去的路上,他一直沉默不语。上了大街,副局长说:"我们一起吃个饭吧,等会给您安排酒店。"

我说:"不必了,李志国的家属还在等着我呢,您放心好了,我会遵守我的承诺。"

夜已经很深了,李志国的家属在寒风中焦急地等待着我。我远远地对他们做了一个胜利的手势。

小刘展颜一笑,说:"律师辛苦了,我们吃饭去,边吃边谈。"

我们找了一家僻静的餐馆,在包厢里面坐了下来。除了小刘,还有李志国的父亲、弟弟、弟媳妇以及堂兄、表弟等人。他们一个个都注视着我,等待我带回来的消息。

我对小刘说:"您老公可能不太适应里面的艰苦条件,身体有点虚,但是精神不错。"

小刘抹了抹眼角,问:"他有没有在里面挨打啊?"

我笑笑说:"现在公安执法比以前文明多了,而且现在管得也很严,估计他们不会做这样的事情。我没看见您老公身上有伤痕。"

我说的是事实。我确实没有看到李志国身上有伤痕,也许是被厚厚的大衣盖住了。尽管李志国说了在里面被打过,但是我没有任何证据。我不能告诉他们李志国对我说的话。我担心家属一时激动,到公安局去闹事,反而让案子变得难以处理。刑讯逼供,是公安的软肋,也是我的杀手锏,不能轻易使出来。我在琢磨,怎么用好这张牌,实现当事人利益的最大化,绝不能让家属打乱了我的计划。

想到这里,我坦然了。

酒菜上齐之后,我端起酒杯,对在座的各位家属,包括李志国的父亲、弟弟等人说:"万里长征,今天我们迈出了第一步,后面还有很长的路要走,首先我要感谢你们对我工作的信任和支持,同时,希望你们继续信任我、支持我。"我端起酒杯,一饮而尽。

几天之后,我再次来到了公安局,向办案人员提交《取保候审申请书》。副局长非常客气地接待了我。

副局长说:"您的申请我收下,但是不瞒您说,肯定不会批准的。"

我笑着说:"我有这个准备,但是,李志国的身体看上去好像非常虚弱啊。希望继续关押不会影响他的治疗。"

副局长说:"我们已经为他请了最好的大夫,还特意给他买了进口设备进行治疗,恢复得还是不错的。"

我说:"你们肯定李志国就是凶手吗?"

副局长说:"根据我二十多年的办案经验,人绝对就是他杀的。"

我说:"有时候经验不一定可靠啊。李志国到现在还没有承认是自己杀人,你们有其他的证据能证明吗?"

副局长说:"虽然他不承认自己杀了人,但是他在现场有指纹,有精液,有一定的作案时间,有作案动机。"

我说:"精液和指纹只能说明他到过现场,和被害人发生过性关系,不能证明他杀人了啊。据我了解,当天晚上李志国去自己家的仓库卸货,离开仓库的时间和到家的时间之间的间隔只有四十分钟,路上起码也需要二十分钟。"

副局长说:"杀一个人,二十分钟时间绰绰有余。"

我说:"那么,你们找到了作案工具吗?找到了项链和保险柜了吗?"

副局长陷入沉默。过了半晌,抬起头来对我说:"我也不瞒你,这些东西我们到现在都没有找到。但是,再给我们一点时间,一定可以找到。我们已经向公安部申请派专家和仪器过来寻找这些东西。"

我说:"如果李志国是凶手,我和你们一样,也希望对他绳之以法。但是,我觉得前提是,办案的程序都必须符合法律规定。如果您能做到这一点,我愿意等候你们的好消息。"

副局长说:"您放心,我们破案也是工作,不会为了工作去违法,砸了自己的饭碗不值得。"

我说:"行,有您这句话,我就放心了。"

离开公安局,我来到李志国的家中。

小刘焦虑地问我:"怎么样,能取保候审吗?"

我说:"别着急,公安机关办案是有一定的程序的,在法定的程序里面,我们只有耐心等待。"

我让小刘提供李志国在案件发生前的手机通话清单,并约了当晚和李志国一起卸货的几个工人,向他们了解当晚的情况。

根据公安机关调查的情况，在遇害之前，死者多次向好友说起李志国经常骚扰她，打电话、发短信，电话经常是响一声或者刚接通就挂断。我仔细审查了小刘提供给我的通话清单，发现并不是警察所讲述的，李志国与死者的通话时间最短的也在五秒钟，长的有十几分钟，通话次数也不是很频繁，大概三四天才有一次。

小刘说："有没有可能是死者她老公请杀手干的啊？"

我问她："你有什么证据吗？"

小刘说："她刚死的时候，大家都这么怀疑。"

我笑着摇摇头，向小刘和当晚卸货的工人仔细询问起那一天晚上李志国的行踪。

根据他们的讲述，当晚李志国和以往一样，六点多回到家，吃饭、洗澡、看电视，没有任何异常。八点多钟的时候，李志国接到送货司机的电话，让他去仓库开门。他骑着电动车去仓库，并帮着一道卸货，大概卸了大半车的货物后，因为已经开始下雨了，李志国就骑车先回家了。李志国离开仓库的时间是九点半左右，路上一般需要二十分钟。据小刘说，李志国十点过一些就到家了，浑身都湿了。

虽然李志国花在路上的时间比以往要长，我觉得是可以理解的，因为下雨天骑车与平时相比肯定要慢一些。如果李志国是凶手，时间肯定不够用，他赶往死者家中要多花几分钟的路途时间，还需要准备犯罪工具（铁锤、榔头之类的钝器），要停好车，上楼，敲门，就算是一言不发见到被害人就下手，也需要几分钟时间才能确定人已经被杀死。杀死被害人之后，还要取下她脖子上的项链，搬保险柜下楼，将保险柜捆在电动车上，离开死者住处。下雨天骑车本身就不是一件容易的事情，更何况是带着一个一百多公斤重的保险柜。在他回家的这段路上，他要处理掉作案工具，要掩藏好保险柜，洗掉衣服上的血迹。总共才二十分钟的时间，他能干净利落地做完这一切吗？

如果他能，那么他不应该是一个油漆店的小老板，简直可以做职业杀手。而且，这还要求他的心理素质一流。在这么短的时间里面就能把一个人杀掉，而且拿走保险柜，说明早有预谋。但是他竟然能够当天下午还和这个女人发生关系，回到自己家里和往常一样吃饭、洗澡、看电视，去工厂的仓库卸货。深夜回家后直接上床睡觉，第二天还照常开车去市区拉货。这样的人物，就像武侠小说里面深藏不露的高手，太可怕了。他能做到吗？

凶手是不是他，还不能下结论，只有静待公安机关的侦查结果了。

渐渐的临近了年底，暴风雪骤然降临。

深夜，我接到小刘打来的电话，说自己贷款新建的厂房积了厚厚的一层雪，快被压垮了，她一个妇道人家不知道怎么办才好。我立即打电话给副局长，把这个情况告诉他，希望能够尽快为李志国办理取保候审，以免他家里的生产经营受到影响。副局长说，他一定会想办法。

几天之后，我又一次来到了公安局，和副局长见面。

副局长告诉我，接到我的电话后，他连夜组织刑警队的小伙子到了李志国的厂房,爬上屋顶铲掉了积雪。有位民警在屋顶铲雪的时候没站稳,摔了下来,幸好被下面的人给抱住了,没受伤。

我说:"很感人的事迹啊,我联系几位媒体的记者来采访一下?"

副局长笑着说:"您就别给我添乱了,这种事情不好说的啊,呵呵。"

我问:"公安部的专家来了吗?侦破工作有没有什么进展?"

来之前我听小刘说,这些天公安局的民警把县城附近所有的下水道都翻遍了,甚至还驾着船在县城边上的河里打捞。

副局长眉头深锁,摇摇头说:"还没有找到什么有价值的线索。"

我说:"李志国不承认自己杀了人,如果再找不到保险柜和作案工具,恐怕这个案子就不好办了啊。"

副局长说:"零口供一样可以定罪的。"

我说:"零口供是建立在其他证据扎实,形成了完整的证据链的基础之上的。在这一起案件里面,除了精液和食品袋上的指纹,没有任何其他的证据,证据明显不足以认定李志国杀人啊。"

我接着说:"作案工具抛弃之后无法找到还可以理解,关键是保险柜。那么大的一个铁家伙,又不是一块蛋糕,可以吃掉。在那么短的时间里面,不可能隐蔽得很深啊。"

副局长说:"是啊,我们也一直在找这个保险柜。"

我说:"你们有没有怀疑过是流窜作案?"

副局长说:"我们一开始也有这种怀疑,但是死者家的门锁完好无损,这说明凶手不是强行入室,而是死者主动打开房门。应该是熟人作案,所以我们就锁定了李志国,绝对就是他,只是我们现在还没有足够的证据。"

我说："如果你们接下来的时间里面仍然没有收获怎么办？"

副局长说："我们就这样交到检察院去呗，我们不管了。"

我沉默了一会，说："如果案子就这个样子走到法院的话，我肯定是做无罪辩护，而且我也绝对有把握最后是无罪。"

我注视着副局长，接着说："如果法院无法认定李志国是杀人凶手的话，我们一定会提起国家赔偿。到了那个时候，可能我们就是尖锐的矛盾了。"

副局长皱着眉一言不发，我起身告辞。

走在冬日的寒风中，我感觉自己责任重大。到现在为止，我还不能确定李志国是不是凶手，但是我知道已经胜券在握。只要公安机关无法找到保险柜的下落，李志国就无法被定罪。但是，如果李志国真的是凶手，我愧对死者的冤魂。

寒风袭来，雪花飘飘。我竖起衣领，暗暗提醒自己：我是一名律师，律师的职责在于根据法律和事实保护当事人的权益。在没有证据可以证明李志国是杀人凶手的情形下，我不能动摇。

晚上，我刚在酒店住下，就接到了副局长的电话，约我到茶楼喝茶。我知道胜利已经在向我招手了。

第一次在茶楼里面被公安请喝茶，我有点不太习惯。茶楼的小包间里面只有我们两人，悠扬的乐曲，扑鼻的茶香，古朴的茶具。

我说："一会还是我买单吧。"

副局长笑笑说："还是我请，我可以报销的。"

我笑了，问道："李志国在看守所怎么样？"

副局长说："身体恢复得还不错，就是右手还不能活动，脚也不能走路。医生说是神经麻痹，过阵子就好了的。"

我轻轻的"哦"了一声。

副局长说："我刚才跟局党委汇报了工作，把您的意见跟大家说了。大家的意见不统一，还不能决定现在是不是给李志国办取保。"

我说："你们手里的时间可是只剩下几天了哦。"

副局长说："是的，我也在考虑这个问题怎么办。"

我端起茶杯，轻啜一口，说道："这个茶挺香的哦，您好像对茶道很有兴趣。"

副局长笑着说："没有别的爱好，有时候加班累了，泡一壶好茶，解解乏吧。"

我说："我还是喜欢铁观音更多一些。色香味俱全，名字也好。"

有一搭没一搭的闲扯着，我等着副局长亮牌。

终于，副局长说："李志国家里知道他现在的身体状况吗？"

我说："我是一个守信用的人。"

副局长说："谢谢，谢谢。现在可以让他们家稍微知道一些情况吧，看看他家里是什么反应。"

我恍然大悟。

原来公安陷入了两难境地：继续关押吧，案件无法取得突破，很可能会被认定为无罪，到时候国家赔偿要追究办案人员的责任；把人放出来吧，嫌疑人身上还带着伤，如果家属四处告状，他们也无法逃避。

我迟疑了一下,说道:"我和家属说说吧,可能他们也会理解你们公安的难处。我会尽量做他们的工作的。"

副局长如释重负地握着我的手,说道:"太谢谢您了,您是我见过的最通情达理的律师!"

我笑着叹了一口气,心想:早知如此,何必当初呢!换位思考一下,我也能理解公安的压力,上面逼得太紧,要求"命案必破",而且有的领导还会要求限期破案。破案又不是炒菜,哪有那么容易的事情啊。逼急了,下面的人只能用简单的暴力来获得口供。冤案错案,大多是这样造成的。

我冒着大雪来到李志国家,已经是深夜十一点多。屋子里坐满了人,他们都用期待的眼神看着我。

我说:"经过努力,案子正朝着好的方向发展。"

小刘面露喜色地问道:"他们查清楚了不是我老公杀的人?"

我摇摇头说:"案件还在继续侦查之中,你老公目前还是有最大的嫌疑。但是从现在的情况来看,还没有很充分的证据能证明是他作案,所以暂时不能确定他就是杀人凶手。"

小刘略感失望。李志国的父亲这时说:"我很了解我的孩子,他从小就胆小怕事,连杀鸡都不敢,绝不会杀人的。公安局肯定是抓错了。"

我说:"我相信你儿子没有杀人,但是死者房屋里面有他留下的痕迹,而且他也承认到过死者家里,公安机关把他作为嫌疑人控制起来,也是合乎情理的。"

李父说:"那他们也不能这样一直关下去啊,说我儿子杀了人,总要有证据吧?"

我说:"是的,不可能无限期的关下去,总要有个说法。只是你们必须清楚,公安机关不是神仙,他们也需要时间来搜集证据。而且,他们对于审讯犯罪嫌疑人,也有自己的一套办法。"

小刘听我这么一说,立即问道:"他们是不是用刑了?"

我淡淡地一笑,说道:"我们也需要有思想准备,看守所毕竟不是自己家里,吃的住的肯定比家里要差很多,营养跟不上,身体有些虚弱也很正常。"

小刘眼睛红了:"我明白你的意思。我们也知道,只要进了那种地方,肯定不会有好果子吃的。如果他真杀了人,千刀万剐我们也没有怨言,我们也不会这样想办法救他。但是现在不是还没有证据吗?只要他人还在,吃苦受罪也是命里注定的。"

我心里一阵酸楚,对他们说:"事情倒也不是你们想象得那么严重。我在看守所见过他,精神很好,脑子也非常清楚,身上没有看到什么伤痕。估计是戴久了手铐脚镣,手脚有点不方便,过阵子就会没事。"

李父说:"我要告他们!"

我微笑着说:"你告他们什么?你有证据吗?"

李父说:"好好的人进去,现在如果有哪里出了问题,就是他们的事!"

我说:"是的,但是你有证据证明你儿子进去的时候是个好好的人吗?就算你有,他不可以在看守所里自残吗?你告得赢吗?"

李父说:"告不赢我也要告,我忍不下这口气!"

我沉默了一会,说:"你们想怎么做,那是你们的权利。我给你们两点建议:第一,现在最重要的事情,是让李志国早点放出来,回到家里补充营养,恢复健康。如果在这个时候我们采取过激行为的话,不但不能实现我们的目的,反而有可能导致案子更加复杂。第二,到现在为止,李志国的作案嫌疑还没有排除,随时都有可能发现新的证据,确定他的凶手身份。证据不足就移送法院,并且最后判决有罪的案子,我见过的不在少数,你们是不是希望李志国也成为其中的一个?"

小刘说:"我们听你的,我知道你肯定是会为我们好。"

我说:"我的意见仅供你们参考,最后还是由你们来决定。我的想法是,无论现在李志国是怎样的一个情况,毕竟都已经过去了,而且自从我介入案件之后,肯定再也没有发生过对他不利的行为。我们要正视现实,解决问题。"

小刘哭着说:"他背着我跟别的女人鬼混,结果惹上了这档子事情,也算是自己找苦吃的。"

我说:我会尽力向公安机关争取为李志国办取保候审,但是你们一定要做到两点:"第一,小刘你要原谅他做的对不起你的事情,就像你说的,他已经为这个受到了惩罚。"

小刘强忍悲伤,用力点头。

我接着说:"第二,在这个案子水落石出之前,起码是在李志国的取保候审没有结束之前,你们不能到公安机关去闹,否则只会让事情复杂化,公安机关随时可以对李志国收监。"

李父长叹一口气，低下了头。

我说："这些公安，他们也是为了工作，没有谁和你们家有仇。而且，说起来他们还算不错，你们家厂房被积雪快要压垮，我一个电话打给他们，连夜就过来帮你们铲雪。"

小刘说："唉，是这样的，我当时也很感动。我对这些公安，又是感谢，又是害怕。"

我说："他们也是为了破案，没日没夜得加班，也很辛苦。你们换位思考一下，如果你们是公安，遇到这种事情，会怎么办呢？"

一屋子的人沉默不语。

我知道他们已经接受了我的意见，为了避免到时候出现意外情况，我正色道："这个案子做到现在这个份上，我很不容易，我希望你们能够珍惜我的劳动。如果因为你们的原因导致案子出现不好的情况，我不负责，同时，我会考虑退出这个案件，你们另请高明。"

小刘说："我们一定配合您，您放心。"

这时李父也说话了："我刚才说的是气话，您别往心里去。我知道，您一切都是为了我儿子好，您是不会害我们的。"

得到了他们的肯定答复，下一步，就是要跟公安摊牌了。

下了一整晚的雪，早上出门的时候，外面已经是白茫茫的一片。

我来到公安局，和副局长见面。

我向他转告了昨晚和家属的谈话经过，提出马上就要过年了，我们希望立即为李志国办理取保候审。

副局长说："好的，我再向领导汇报一下。"

我说:"鉴于李志国出来后,还需要进一步的治疗,我们要求公安机关承担治疗费用和其他的相关费用。"

副局长眉头深锁,一言不发。

我说:"你们毕竟把人弄成那个样子,给钱治疗也是应该的。"

副局长说:"您知道公安局的办案经费是非常紧张的。我们已经在他身上花费了五万多元的医药费,人已经恢复得差不多了。当然,您提出的要求也是合理的,我会跟领导汇报。"

我说:"那你们什么时候放人呢?"

副局长说:"今天下午开会研究,作出决定后立即通知您。"

下午六点多钟,我接到副局长的电话,经公安局党委会研究决定,批准我们提出的取保候审申请,后续治疗费用以后再协商解决。

为了防止家属情绪激动,我只让小刘陪我到看守所接李志国出监。我们开车来到看守所门口的时候,大雪又纷纷扬扬地下了起来。

办理出监手续费了很长一段时间,在整个过程中,小刘一直在极力控制自己的情绪,当她看到李志国满脸憔悴地从里面缓缓走出来的时候,忍不住嘤嘤地发出了哭声。我低声制止她:"不要哭!"她立即收声。

李志国走到我们跟前,面带愧色地看着自己的妻子。我笑着对他说:"回家吧,一切都会好起来的。"

小刘一路边开车,边擦眼泪。李志国坐在后排一直保持沉默。我叮嘱他们一些以后需要注意的事项,小刘点头答应。

我觉得气氛非常压抑,就让小刘停车,我想一个人散步回酒店。小刘不同意,我还是执意要求下车透透气。小刘把车停在路边,下车跟我告别，一个劲地说谢谢。李志国也伸出手来跟我说："谢谢您救了我"。

我冲他们挥挥手，踩着雪慢慢地前行。没走几步，就听到身后传来女人压抑已久的嚎哭，撕心裂肺……

新年的时候，接到李志国打来的拜年电话，一方面表示感谢，同时告诉我，年前的时候，他们家已经和公安局就赔偿问题达成了协议，公安局赔偿他三十万元治疗费和其他经济损失。

挂掉电话，我放眼向窗外望去，雪还在下。在这起杀人案中，我们大获全胜，不但成功地让当事人无罪释放，还获得了公安机关的巨额赔偿。但是，我似乎并不十分快乐。

呼啸的北风，是不是那位惨死的女人在哭诉？凶手到底是谁？我所做的一切，是对还是错？

瞳孔里的人影

在最初办理刑事案件的时候，我经常会陷入这样非常矛盾的心态之中。作为法律人，我痛恨犯罪。犯罪行为如果得不到制裁，最终也会对我和亲人的生活构成潜在的威胁。对于律师而言，法律不能只是挣钱的工具。我希望在办案过程中实现自己的法律理想，让有罪的人得到惩罚，让受害者得到抚慰，正义得到伸张。然而，作为被告人的辩护律师，面对侦查机关搜集的证据，我总是要想方设法寻找其中的漏洞，寻找其他的可能性，为被告人开脱罪责。内心深处，难免会有一些分裂和抗拒。

事实一旦发生，就永远无法还原到当初的样子。作为法律人，只能根据证据反映出来的情况，去探求真相、接近真相，对事实作出判断。如果证据出现了缺失，或者证据的取得不合法，那么，我们只能遵循法定的程序规则，作出对被告人有利的处理。律师在代理案件的过程中，不能掺杂个人的感情色彩，对于公、检、法的办案人员也是如此。也许在某个案件中，真凶逃脱了制裁，但是，我们守护的，却是法律的程序正义，避免了更多无辜的人受到冤屈。这就是法律的价值，刑事辩护的意义所在。

我在九江正式执业的第三年，担任一起少女被杀案的辩护律师，经历了这样的心路历程。在接受委托之前，我看到了本地媒体对该案的两则报道：

《15岁少女惨死家中，脖子上有明显掐痕，市县两级警方介入调查》本报讯 昨日上午8时，记者接爆料称，××县马回岭镇建筑工程公司院内，发生一起凶杀案，被害人是一名年仅15岁的少女。上午9时许，记者在现场看见，案发现场大铁门紧闭，四周围墙高达两米多。院内右侧是被害人父母居住的房间，左侧是一栋两层楼房，被害人一人住在里面。在现场，被害人父亲熊某对记者说："我女儿是个听话懂事的孩子，今年才15岁，下半年读初三。8月19日晚7时许，她到我房间来看电视，后来我迷迷糊糊睡着了。大约10点多，我醒来一看，电视没关女儿却不见了，估计是到自己房间睡觉去了。我看到她房间的灯光是亮的。昨天清晨6时许，我突然听见老婆大叫："快来啊，厨房里有个疯子睡在那儿！"我赶过去一看，发现女儿躺在厨房里，满身是血，上身衣服被掀起，下身白色长裤和内裤被脱至膝关节以下，脖子上有明显掐痕。"据村民介绍，马回岭建筑工程公司系被害人父亲熊某承包经营，内有5名民工，其中有一对哑巴夫妻。截至发稿时，市县两级警方正对现场勘查取证。此案还在进一步侦查之中。（《××晚报》2006年8月21日）

《花心木工奸杀花季少女，警方48小时擒凶，嫌疑人已被刑拘》本报讯8月22日，××县"8·20"杀人案成功告破，犯罪嫌疑人被刑拘。19日晚，家住马回岭建筑工程公司院内的熊某在厨房洗澡时被人掐死，死时上衣被翻起至胸部上方，下身衣服被褪至膝盖处（见本报8月21日第1版）。死者熊某，15岁，系建筑工程公司院内木材加工厂熊老板之女，今年读初二。20日凌晨接报警后，专案组经现场勘验确定，此案为以性侵害为目的的故意杀人案。民警在侦查时，接到群众反映，19日晚案发时间前后看到以前在厂里做木工活的刘某在现场出现过。得知这一情况后，专案组随即对刘某展开调查。经查得知：刘某从2004年起经常到木材加工厂做事，其间刘某还经常与外面不三不四的女人鬼混。今年4月离开木材加工厂，近几天在马回岭一吴姓居民家中做木工活。侦查人员赶到吴某家时，刘某已不知去向。针对这一情况，专案组决定加大对刘某的侦查力度。22日凌晨，民警在××县人民医院附近一出租屋内将刘某抓获。经审讯，刘某对犯罪事实供认不讳。犯罪嫌疑人刘某，1972年生，××县人，现已被刑拘。目前，进一步的调查取证工作正在进行。（《××晚报》2006年8月23日）

夏日的午后，我和犯罪嫌疑人刘金财的哥哥在一家茶馆见面。老刘是通过朋友介绍找到我的。他怎么也不相信一贯老实巴交的弟弟会做出这种事情，但是他又不得不信。弟弟出事后，他立即聘请了一位律师去看守所会见，那位律师带回来的消息说，弟弟当着律师的面承认自己杀了那个女孩子。

老刘满面愁容。陪着他一起来的，是弟弟的女友小范和她的姐姐，也就是新闻报道中所说的"不三不四的女人"。小范在犯罪现场附近的一家按摩店做事，案发的那天晚上9点多钟之前，刘金财一直在找她，由于小范出去了，没找到人，刘金财10点多钟骑着摩托车回了县城。女孩遇害的时间正是晚上10点左右。

小范的姐姐说，当晚11点多的时候，刘金财骑车到了她店里，让她打电话给她妹妹，说是自己找她。当时刘金财衣着整齐，并没有什么异常的地方。第二天一早，小范回到县城，两人一起吃早饭，逛街买东西，还去附近的景区玩，刘金财神态正常。小范坚信刘金财不会杀人，请求我帮刘金财洗刷冤屈。

据了解，刘金财已经离异，生有一男一女两个小孩，女友小范也有两个孩子。他靠着做木工为生。刘金财有一次在公交车上捡到了一个遗失的拎包，里面有现金和手机，他通过手机找到失主并归还拎包，因此认识了现在的女友。被害人并非是木材加工厂老板的亲生女儿，而是养女。

就在我与办案单位联系要求会见刘金财的时候，一位记者找到我，说是有重要线索可以证明刘金财无罪，希望与律师合作。我在办公室接待了这位记者。他刚刚从案发现场和刘金财家里赶来，风尘仆仆。他说，根据他掌握的消息，公安人员并没有在现场找到任何证据可以证明刘金财杀人，而且，根据他在被害人读书的学校了解到的情况，这个女孩是比较疯的那种女孩，社会交际很广。据说，在刘金财被抓的同时，附近又有一个19岁的男孩子被捕，供认是自己杀害了这个女孩。

我顿时精神一振。

记者笑着说，这个故事很有写头，里面有刘金财和他前妻、女友、死者等几个女人之间的恩怨情仇，写出来一定好看。他准备写一个纪实报道，但是根据杂志社的要求，此类稿件必须有相关证明，否则不予发表。这位记者希望我能够出示一些案卷材料，并出具材料证明本案系一起情杀案。

我断然拒绝了这位记者的要求。案卷材料涉及侦查机密和当事人隐私，绝对是不可以向外界披露的，本案尚未有结论，作为犯罪嫌疑人的律师，岂能先认定其情杀性质？尽管对这位记者的敬业精神我深感敬佩，但是不合理的要求我是不可能满足的。

接受委托后，我还没来得及会见刘金财，案件就已经侦查结束，移送到检察院审查起诉。我赶到县检察院送委托手续，并提出会见和阅卷的要求。经办的检察官说，由于案情重大，需要移送上级检察院公诉，所以决定暂不安排会见，暂时也不同意律师阅卷，只能给一份《起诉意见书》。根据《起诉意见书》的说法，刘金财是因为当晚在木材加工厂厨房遇到死者，死者说刘金财摸了她，要告诉自己的父亲刘金财要强奸她，刘金财为此将她掐死，并伪造强奸现场。我觉得这种杀人动机有点牵强，于是和检察官交换意见。经办的检察官也说，的确有点不符合常理。检察官证实，本案证据是有点问题，不是很扎实。同时检察官否认了那位记者所说的有位19岁男孩供认自己杀了死者的传言。

案件终于移送到了市检察院，我立即与经办的公诉人取得联系。他还没来得及仔细研究案卷材料。当我捧着厚厚一叠复印的案卷材料走出检察院时，内心充满了喜悦。经办案件的检察官是本市业内公认的最厉害的公诉人，全省优秀公诉人的第一名，终于有一场恶战要开始了。我喜欢这样充满挑战的案子！

拿到案卷材料的当天，我独自一人在茶楼里看案卷，从下午5点一直看到晚上12点才离开，几百页的案卷材料被我摊在桌上，划满了各种记号。越看我越兴奋，越觉得本案充满了蹊跷。

首先，除被告人供述外，其他所有证据材料均不能证明刘金财杀人；侦查人员在犯罪现场未提取凶手的脚印、指纹、毛发、血迹。

其次，被告人供述与现场勘查以及其他证人证言存在多处重大差异。主要有：

其一，根据现场勘查，被害人被人掐死后，阴部血肉模糊，法医鉴定认为系凶手以木棍捅成的。但是刘金财在第一次的供述中，先是说自己掐死被害人后，用手指捅了被害人阴部，在侦查人员的提示下，才说用的是木棍捅的。尤其可疑的是：刘金财在多次的供述中，始终说作案的木棍是50—60公分，或者60—70公分。但是，经侦查人员在犯罪现场提取的物证，该木棍的长度为161公分。刘金财作为一名木匠，对于长度不可能犯下如此悬殊的错误。刘金财既然认罪，就没有必要隐瞒作案工具的长度，对作案工具描述的不准确，是该案的重大疑点。

其二，根据现场勘查，死者身着黄色条纹短袖上衣，内穿阿拉伯数字胸衣。但是刘金财在供述中交代：死者上下均是白衣，且上身只有一件衣服。现场的毛巾为红白相间，但是刘金财供述为白色毛巾。

其三，根据现场勘查，死者双腿撒开，左手弯曲，右手直伸。而刘金财在供述中的描述是：双腿并拢，双手也贴近身体平放。

其四，根据几位证人的讲述，凶手进入现场前，木门是栓好的。但是刘金财的供述却是"轻轻一推门就开了"。刘金财每次的供述中都会交代在他到达犯罪现场的时候，看见"一个人影在厨房门口一闪就不见了"。但是公安机关并未对此引起重视。被害人死亡现场人员流动极其复杂，而且靠近铁路，因此不能排除现场其他人员或者流窜作案的可能性。侦查人员之所以抓捕刘金财，原因是一位证人当晚22：55在距离现场10多里的涵洞看见刘金财驾车经过，而刘金财以前又曾经在被害人家里做过事情。根据法医鉴定，被害人死亡时间为饭后2—3小时，被害人用餐时间为晚上7点多，则遇害时间为9点多到10点多。在这个时间段中，犯罪现场至少有三人以上在活动。侦查机关将犯罪嫌疑人锁定刘金财一人，对其他人未做过多询问，这是不合理的。

我预感到，如果刘金财不是真凶的话，那么，刘金财所说的厨房门口"一闪"的那个人影就是杀人凶手!极有可能刘金财是在刑讯逼供的情形下,被迫承认是自己杀人的。

根据《起诉意见书》以及刘金财本人的供述,刘金财杀人的动机是,被害人当时在厨房洗澡(没有关门,未脱衣服,在洗头),看见刘金财过来,说刘金财要强奸她,要告诉自己的父亲,刘金财为此杀人灭口。这样的杀人动机难以令人信服。该案中,有几位证人的证词前后矛盾,目的在于将其他人当晚出现在犯罪现场的时间推后。死者养父在第一次陈述中,说自己当晚被小儿子回家的声音吵醒,当时女儿已经不在房间,电视里面正在播放《钟山拍案》(时间为晚上10:00—10:30)。在第二次陈述的时候,将儿子回家的时间修改为当晚9:50。令人费解的是,案卷材料中没有死者哥哥的证言。当晚死者哥哥在犯罪现场,第二天也是比较早进入到厨房发现尸体的人之一,有一定的作案时间和作案嫌疑。侦查人员理应对其进行询问,但是证据材料中却没有相关的笔录。另一位证人秦某(住死者家中),他人证明其晚上回家的时间为10:50,他和别人也说自己是十点多回家的。但是在证言中,他说自己是十二点多回家。秦某为何要在陈述中将自己回家的时间推迟?这也是该案的一个疑问!

背着包走出茶楼,已经是凌晨。外面寒气逼人,我却热血沸腾。我必须立即见到刘金财,我有太多太多的疑问!

在看守所里,我终于见到了被告人刘金财。为了慎重起见,我特意带了两名助理前往看守所会见,以免今后被人找麻烦。在中国做律师，要考虑的细节问题太多太多了。

刘金财并不像影视作品里面的杀人犯那样凶神恶煞。他个头一般，大概不到一米七，神情有点憔悴，但是却流露出一丝满不在乎。

在做了简单的介绍之后，我单刀直入，紧盯着刘金财的眼睛，问道："你跟我说实话，那个女孩子到底是不是你杀的？"

刘金财回避着我的眼神，低下头说："是我杀的。"

虽然回答在我的意料之中，我还是感觉到非常的沮丧。一般情形下，被告人如果没有杀人，应该会在律师面前说真话。侦查阶段刘金财在他以前聘请的律师面前承认杀人还有情可原，因为侦查阶段是由警察陪同律师会见的，所以刘金财在他以前的律师面前承认杀人，可能是出于害怕在场的警察。但是现在并没有警察在场，他为什么还要承认自己杀了人？

我沉默了几分钟，轻轻地敲着面前的案卷材料，问道："那好，你现在回答我，既然是你杀的人，那么为什么你的供述与现场存在那么多不一致的地方？"

刘金财低头不语。

我觉得有戏，于是换了一个问题："公安抓到你以后有没有打过你？"

刘金财的回答再次令我失望："没有。"

我一拍桌子："那你告诉我，为什么你的供述与现场有那么大的差别？这个问题你必须回答！"

刘金财还是低着头不说话。

我感觉非常气愤。为了这个案子，我反复研究案卷材料中的各项证据，多次要求办案人员安排会见，好不容易得到批准。来看守所的前一夜，我仔细分析案情和可能发生的种种情形，几乎失眠，没想到这小子居然这么不配合我！

我站了起来，指着刘金财大声说："我告诉你，如果这个人真的是你杀的，我再大的本事也救不了你。如果这个人不是你杀的，你自己死也就算了，你有没有想过你的小孩，他们这一辈子要被人指指点点，他们是杀人犯的孩子！还有你的哥哥，为了帮你洗刷清白，四处借钱聘请律师。你的女朋友在我来之前给我打了好几个电话，要我转告你，相信你没杀人，要我救你！没想到你居然这么不争气！男子汉大丈夫敢作敢当，真是你杀的，你就回答我的问题！"

刘金财猛地抬起头，轻声地说道："不是我杀的。"

我一愣，赶紧说："你大声点，再说一遍！"

刘金财看着我的眼睛，清晰地回答道："我没有杀人。"

我心中一喜，乘胜追击："那你为什么要承认自己杀人？"

刘金财回答道："因为我不想活了。"

刘金财说，他被抓后，一开始并没有承认是自己杀人，但是公安人员说，"现在我们还把你当人看，别等到我们不把你当人看的时候你才承认"。他怕挨打，以前在外面的时候也听说过公安打人。与其挨打以后再承认，还不如现在就承认，免得挨打。等到自己承认了杀人，又觉得怎么样都说不清了，自己拿不出证据洗刷清白，反正是死路一条。他当晚确实是到过死者遇害的现场，去拿自己的木工工具，在门口看到了一个人影从他面前跑过去，在厨房里看见死者倒在地上。他害怕被当成凶手抓起来，赶紧也离开了现场。

我问:"你看到死者遇害,为什么当时不报警?"

刘金财摇着头说:"我怕说不清楚。因为我是第一个到现场的。"

接着,刘金财开始讲述起他的人生。他小时候成绩非常好,参加学校的唱歌比赛还多次获奖,他从小就有一个理想,当一名歌唱家。但是,由于家境困难,小学还没有毕业就辍学了。后来他跟着人家学木工手艺,很快就出师,做的活也是一流的。他找的老婆是当地一位漂亮的女子,婚后感情非常好,他发誓让妻子像城里女人一样生活,舍不得让妻子做事,自己拼命在外面揽活做,生活也还算过得去。可是,几年前他突然发现妻子与别的男人有染,这一发现让他伤心欲绝,几次自杀未遂。

刘金财指着脖子上的一道伤疤对我说:"这是一次自杀的时候用斧头砍的。还喝过农药,被人救了过来。"离婚后,他成天埋头睡觉,直到遇见现在的女友。他和女友的感情很好,他把女友的孩子当做自己小孩一样看待。他们已经准备过段时间就结婚。他害怕女友真的认为他杀了人,不会再理他。一想到这个,他觉得还不如死了算了。

我问:"你为什么要承认是自己杀人?你难道不知道杀人要偿命的吗?"

刘金财笑着回答:"枪毙不过是一颗子弹,痛也就是一下子。如果不承认的话,挨打有多痛啊。"

我啼笑皆非,无言以对。

于是我仔细询问刘金财当晚的行踪。我希望能够找到作案时他不在现场的证据。刘金财说,当晚他没找到小范,于是想到以前做过工的木材加工厂拿回自己的工具,在厨房看到死者的尸体后,立即离开,中途还到前妻的家里去找孩子,但是没人看到自己。"

我问:"你既然没杀人,为什么要离开本地潜逃?"

刘金财说道:"那天晚上我没找到小范,回到县城后,第二天我听说警察怀疑是我作案,我想反正我没杀人,于是继续和女友上街买工具,我们还到风景区去玩了一个下午。晚上她说要去市里看孩子,我就陪她去了市里。在宾馆住的时候,我们商量了一晚上。我觉得还是出去躲一阵子,等警察抓到了真凶我再回来,要不然说不清楚。"

我点了点头。按照刘金财的性格,这样的解释也说得过去。

这时,刘金财突然问道:"我进来后,听人说警察是根据死者瞳孔里面的影子,洗了很多照片四处通缉,这才抓住我的。律师,是这么回事吗?"

我哈哈一笑,说道:"是有人在现场附近看到你经过,才锁定你有犯罪嫌疑的。人死以后瞳孔会放大,怎么会有影子呢?再说了,死者瞳孔里面怎么可能有你的影子呢?你见到她的时候她不是已经死了吗?"

说到这里,我的笑容突然凝固了。我有一种不好的感觉。

极有可能,刘金财就是杀死被害人的真凶!他为什么会认为死者瞳孔里面有自己的影子呢?按照迷信的说法,临死前看到的最后一个人会留在死者瞳孔里面,既然被害人不是刘金财杀死,那么被害人临死前看到的最后一个人就不会是刘金财。如果刘金财有这种担心,这就说明死者最后看到的人就是他,而死者既然是被掐死的,那死者最后看到的那个人就是凶手!

我阴沉着脸,再次问刘金财:"你老实告诉我,到底是不是你杀的人?"

刘金财认真回答道:"不是我。"

我继续问:"为什么你一直承认是你杀人,今天最开始的时候我们问你,你也说是自己杀人,而现在却这么坚决地否认了呢?"

刘金财说:"开始真的不想活了。今天你们来之前我收到了死者家里的附带民事诉状,说是要我赔几十万元。我本来是想,如果我死了,我要捐出我的器官,得到的钱分作两半,一半给我的两个小孩,一半给小范的两个孩子,给他们做学费。死者家里这么一起诉,这个钱肯定是要拿去赔偿的。我自己死了也就算了,我的器官卖的钱也要拿去赔偿,这我就不干了。你们来的时候我已经很矛盾。你们最开始问我的时候我还没有想好,你们这么一说,我觉得还是可以洗刷清白的,所以我决定不再糊涂了。"

我松了一口气。如果被告人在法庭上翻供,公检法往往会认为是律师教唆的。这也就是我带两个助理会见的原因。一旦司法机关对律师进行调查,起码还有两个证人可以证明我并没有教唆被告人翻供的行为。

走出看守所的大门,我决定立即向市律师协会汇报。按照律师办理案件的内部规定,准备做无罪辩护的案件,律师必须向律协汇报,否则按违规论处。

几天后,在市律协组织下,九江市几位刑辩出色的资深律师召开了疑难案件研讨会,就刘金财杀人案进行研讨。我介绍了案件基本情况以及控方证据存在的种种疑点，并讲述了我会见中刘金财的种种表现。出席研讨会的几位律师对案情进行论证后，一致同意我做无罪辩护，同时建议我案发现场进行一次勘查，增强感性认识。

开庭前几天的一个下午，我和助理一起乘车来到案发现场——郊区某木材加工厂。

这家木材加工厂门口有一条铁路，不时有火车经过。这一点引起了我的注意。同时，我注意到，在院子大门口的围墙边上，放着几个巨大的下水管道。我尝试着爬上院墙边上的一个下水管道，稍一使劲，就爬上了院墙。我叮嘱助理用相机记录下这一切。

跳下院墙，我们来到院内，这时一条狗对着我们吼叫了起来。根据案卷里面死者父母的证言，当晚九点多钟的时候，他们听到院子里面的狗反常地叫了几声，好像是有人进来了，他们还让女儿出去看看，但是女儿因为害怕而没有去。女儿是晚上九点五十左右去厨房洗澡的。也许当时有人从外面翻墙进来了呢？刘金财则是通过宿舍楼一道虚掩的木门进入院内的，不会引起狗叫，而且时间上也不吻合。

我们退出大院，从木门进入，沿着刘金财所说的行走路线，先上楼，到他的房间，然后下楼，再到厨房。

厨房门外就是宽敞的院子，院内堆满了木材和木屑，极易藏躲。院墙很低矮，上面有几处攀爬过的痕迹，有几块砖头脱落。我爬上院墙边上的木堆，院外一处简易房子的房顶上有一个破洞，明显是有人从此处跳下去的时候形成的。有一处的院墙边上还堆了一个和院外一样的大型下水管道。而根据刘金财的讲述，看见厨房门口的那个人影跑离的方向正是此处。

走进厨房，发现厨房里面还有一间带卷帘门的房间，是以前刘金财做木工活的地方。刘金财的工具就放在这里。按照刘金财的讲述，他来到厨房门口的时候，看见人影一闪。

我顿时作出一个大胆的推测：

当晚九点多的时候，有人通过大门外堆放的大型下水管道翻墙进入了院内，引起了狗叫。随后，此人潜伏在大院里面，寻找作案目标。晚上十点多的时候，此人打开木门准备离去，听见了刘金财的摩托车声音，于是躲了起来。这时候刘金财推门而入（刘金财在第一次供述中说到：他进入加工厂的时候"卷门边大厅的灯是亮的"，说明正是潜入加工厂的这个人开的灯，以便开门出去）。刘金财进来后，此人躲到了厨房附近，当被害人在厨房洗澡，刚刚洗完头的时候，听到门外有异常响动，于是打开厨房门，发现了此人，被害人正欲高声呼喊，结果被此人杀害。杀死被害人后，此人为了伪造现场或者泄愤，掀起被害人的衣裤，拿起灶台边的烧火棍捅死者下体。就在这时他又听见刘金财进厨房的声音，于是扔掉木棍匆忙离去。刘金财在两次供述中均谈到，此人是往盖板机方向跑。盖板机后面的发射塔院墙边上，恰恰也有一个大型的下水管道，通过这个水泥预制管道，翻越院墙也是轻而易举的。可以断定，这个人对院内地形非常熟悉。

还有一种可能性：真凶一直隐藏在院内，甚至早在被害人进厨房洗澡的时候，就已经潜入了厨房。被害人进来洗澡的时候，凶手退入了里间的卷帘门房内。可能是凶手的响动引起了正在洗头的被害人的警觉,于是凶手杀人灭口,然后匆忙逃跑。这时刘金财正好进入厨房。

也不排除凶手与被害人原本相识。被害人在厨房洗澡,凶手叫开了房门。如果不是很熟悉,一般情况下,女孩子在洗澡的时候是不会给陌生人开门的。进入厨房后,双方发生矛盾,结果被害人遭遇毒手。

奇怪的是,被害人的养父母说,死者洗澡一般都是穿着衣服的,而且从来不关门。我觉得这一点不符合常理。15岁的女孩子,哪有洗澡不关门的道理?空旷的场地,偏僻的郊区,15岁的女孩子洗澡不关门?至于穿着衣服洗澡,更是荒唐。现场勘查表明,死者是带了干净衣服进厨房洗澡的。不脱衣服怎么洗澡,怎么换衣服呢?

案件发生之时,厨房的门是关着还是开着,这是本案一个很关键的问题。因为按照刘金财在公安机关的供述,他来到厨房的时候门是开着的,当时被害人走到厨房门口质问他,是不是摸了自己,要告诉父亲刘金财要强奸自己。根据指控,刘金财正是基于这一点才萌发杀人动机的。如果厨房门是关闭的,刘金财势必要敲门,要被害人开门才能进去。如此一来,所谓的调戏也就不存在了。而且,被害人和刘金财并不很熟悉,在洗澡的时候给刘金财开门的可能性是不大的。

我仔细查看了厨房的插销,完好无损。根据公安机关的现场勘查,厨房的插销没有被破坏的痕迹。

我苦苦思索。

首先，按照有关证人的说法，刘金财进入院内的那道木门是从里面用木棍顶好的。但是刘金财却说，他进来的时候轻轻一推，木门就开了。是谁打开的这道木门？是证人说谎，还是真的有人翻进院墙后打开了这道门？或者，根本就是刘金财自己打开的门？但是，刘金财既然连杀人这样的关键情节都承认了，为何在其他细节上要说谎呢？

其次，厨房门到底是怎么开的？那个人影到底是谁？是不是真凶？

再次，院墙上的几处攀爬痕迹到底是什么时候形成的？距离案发之日，时间过去了将近半年，很难对痕迹作出准确的判定。而且，为什么在院墙内外会堆放几个大型下水管道？这显然为大院的安全留下了极大的隐患。

这个案件的疑点有很多。刘金财当然有作案的可能性，但是，如果真的是他作案的话，为什么他可以承认杀人，却要编造那么多与现场不一致的细节呢？本案迷雾重重，可真是影视剧的好题材啊。

带着一肚子的疑问，我和助理离开了现场。

直到开庭之前，我都非常担心刘金财在法庭上会承认自己杀人。这样的话，我精心准备好的辩护意见就要临时做重大修改。为了确保刘金财不会变卦，我特意打电话给刘金财的女友小范，希望她一定要旁听庭审，鼓起刘金财活下去的勇气。

当我带着助理赶到法院的时候，法院已经来了不少人，而且明显地分为两个阵营。一处是被害人亲属，一处是被告人亲属。大家三五成群，聚在一起议论。

　　我见到了刘金财的前妻和两个孩子。我叮嘱她，等会不管发生什么事情，一定不能影响到刘金财的情绪。我告诉她，刘金财的女友小范要过来旁听，希望她控制情绪。刘金财前妻长得确实有几分姿色，表情凝重地答应了我。

　　可是，当小范赶到法院的时候，刘金财家的亲属还是无法控制，冲上去对着小范破口大骂，说是小范害了刘金财。我和助理赶紧将双方隔开，避免发生冲突。小范流着眼泪，表示要离开，我反复做她的工作，分析里面的利害关系。如果刘金财没有看到小范，可能认为小范不再信任他，说不定法庭上就变卦了，承认自己杀人了，那我们就前功尽弃了。小范最终还是答应留下来。

　　法警押着刘金财走进法庭，被害人和被告人双方的亲属都围了过来。被害人家属围着刘金财痛骂，刘金财面无表情，眼神在四处寻找。我知道他在找什么，于是指着小范告诉他说，你的女友来了。刘金财冲着小范点了点头，然后转身走进了法庭。

　　庭审一开始就硝烟弥漫。当公诉人宣读起诉书之后，刘金财否认了起诉书指控，说自己没有杀人，我松了一口气，但是法庭气氛立即变得紧张起来。

　　公诉人虽然早就知道我要做无罪辩护，但是当刘金财当庭推翻自己以往的有罪供述，马上收起脸上的微笑，对被告人的讯问显得咄咄逼人。刘金财看起来有点紧张，虽然有问必答，但是回答有些苍白无力。

果然不出我所料，公诉人问刘金财："为什么以前的供述一直认罪，而在律师会见以后就翻供了？"这样的问题我在会见的时候就预先问过了刘金财，刘金财的回答与会见时的一致。

为了挽回公诉人发问时刘金财在气势上的不足，我在发问的时候有意识地放慢了节奏，并提醒刘金财大声回答，还帮助刘金财梳理一下逻辑上紊乱的地方，舒缓他紧张的情绪。我的这些做法取得了一定的效果，刘金财的情绪又恢复了镇定。

控辩双方从法庭调查的质证阶段就已经展开了辩论。我对公诉人举出的被告人每一项犯罪证据都提出质疑，而公诉人立刻提出反驳意见，我再针对公诉人的反驳意见进行答辩。你来我往几个回合，虽然不见刀光剑影，但是我能够感觉到我和公诉人之间已经是剑拔弩张，火药味十足。每次都是主审法官面带微笑打断我们的辩论。

为了形象地说明问题，我特意向法庭出示了两根带子，一根长161公分，一根长60公分。我向法庭比划着两根长度悬殊的带子，说道："即使是一个普通人，也不会出现这样巨大的错误，而刘金财作为一名木匠，竟然无法准确回忆作案的木棍长度，就好比是一个战士，居然会分不清步枪与手枪，显然不符合常理。"

公诉人反驳说："被告人作案时神情高度紧张，出现记忆上的错误才是符合常理的，辩护人故意无限放大证据上存在的一些瑕疵，而回避被告人口供中更多的与现场相吻合的地方。"

我再次反击道："我们并不否认刘金财到过犯罪现场，而且，刘金财在木材加工厂工作过几年时间，一直是在厨房做活，对于犯罪现场的环境非常熟悉。刘金财尽管可以说出一些大致的情况，但是，一涉及细节问题就会出现错误,这充分说明刘金财在犯罪现场停留的时间很短。"

轮到辩护方举证的时候,我首先亮出一组证言,证实刘金财在案发之后的一段时间里面没有异常表现。

公诉人指出,不能排除刘金财心存侥幸,心理素质超强,认为公安机关不会怀疑自己,所以这些证言不能证明刘金财无罪。

我向法庭出示一组现场照片,指出犯罪现场地形复杂,有多处攀爬痕迹,不能排除外人潜入内部作案的可能性,而死者父母对当晚的一些描述,比如狗叫,刘金财本人所说的"人影一闪",恰恰说明当晚有人潜入木材加工厂院内。

公诉人指出,辩护律师取证的时间是在案发将近半年之后,不能说明攀爬痕迹是当晚形成,因此不能证明刘金财无罪。

我向法庭提交了一份根据案卷材料整理出来的时间表,详细地说明当晚刘金财的行踪以及木材加工厂内各人的动向。我指出,在死者遇害的时间段内,木材加工厂内至少有五人以上在活动,这几个人都有作案可能,为何只将凶手的目标锁定刘金财一人呢?

公诉人指出,其他人在案发后都没有离开现场,只有刘金财放下手里正在承接的木工活出逃,具有重大作案嫌疑。归案后对犯罪事实供认不讳,其交代的内容与现场基本一致,因此刘金财是真凶确凿无疑。

公诉人的辩解尽管振振有词,我却觉得无须回应。"疑罪从无"是刑法的基本原则,我只要将本案的众多疑点展示出来,达到"不能排除合理怀疑"的标准,就能对法官产生一定影响。也就是说,我不需要证明刘金财"无罪",只需要证明刘金财"可能无罪",辩护就可以获得成功。

在发表辩护意见的时候,我除了综合分析证据疑点,还补充了几点意见:

首先,刘金财的杀人动机荒唐,仅仅因为被害人说要告诉父亲刘金财要强奸自己,就杀人灭口,令人难以信服。

其次,刘金财作为一名成年人,当然清楚女性被人强行发生关系之后应是怎样的情形。用木棍捅烂阴部的方法来伪造强奸现场,只有缺乏性经验的人才有可能作出。

再次,死者遇害的时间段内,木材加工厂有多人在活动。包括死者的哥哥、木材加工厂的其他工人,而这些人在证言当中有意识地推迟或提前自己到达现场的时间,第一次的证言与后面的证言或他人证言存在时间上的差异,这一点需要引起注意。同时,大量证据显示,当晚木材加工厂还有至少一个身份不明的人潜伏在院内活动,此人也有重大作案嫌疑。

我最后指出,我并不能确认刘金财就不是凶手,但是,现有的证据不能证明刘金财杀人,而证据和现场存在的一些疑点说明,凶手很可能另有其人。人命关天,出于对事实和法律的负责,希望法庭慎重处理。

在整个开庭的过程中,尽管我的观点始终围绕着"无罪"展开,但是我一直回避"无罪"二字。我不能确定到底刘金财是不是真凶,如果他是，我不希望自己成为他的帮凶。我的言论既要对得起自己的职业，但同时也要对得起真相，经得起历史的检验。

庭审结束后，一部分被害人家属围着被告人刘金财痛骂，另一部分被害人家属走到我跟前，指着我骂。法警赶紧上前将被害人家属拉开，法官示意我跟在他们身后出去，免得遭到围攻。我早有思想准备。律师这个职业，在很多时候就是遭人唾骂的啊。今天我既然是来做无罪辩护的，即便被人砍死，也算是以身殉职，成就了我为法律献身的心愿……

作为一名律师，我当然期待自己的辩护获得成功。而且，我希望法律能够得到遵守，毕竟，从现有证据来看，依照法律的规定，刘金财应当被判决无罪。但是，我心里又有着一丝隐隐的不安。我总是回忆起刘金财在看守所里问到的"瞳孔里的人影"的问题。我内心深处感觉到，刘金财有可能就是杀害那个女孩子的真凶。可是既然刘金财是真凶，为什么案卷材料里面会出现那么多的疑点呢？

几个月后，我收到法院的判决书，刘金财被判处死缓。据说，法院的审判委员会在集体讨论这个案件时，出现了"有罪"、"无罪"的重大分歧，最终表决结果，七位委员认为"有罪"，五位委员认为"无罪"。听到这个结果，我的心情很复杂。

一审判决下来后，我在看守所再一次见到了刘金财，他表示要上诉，我为他写好了上诉状提交给法院。二审期间，刘金财托看守所民警给我打电话，要求我继续为他做二审辩护，我犹豫了很久，最终推辞了。该说的话，我在一审中已经全部说完了，我不知道二审的时候，我对这个案件的看法会不会发生动摇。

刘金财虽然保住了性命，也许在他的心中，与其在监牢里度过漫长的刑期，还不如给自己一颗子弹早点解脱。

刘金财到底是不是真的杀了那个女孩子？直到现在仍然是一个谜。真相是无法还原的，证据也在逐渐灭失。刘金财到底有没有杀人，可能只有他自己清楚了。而我作为一名律师，只能用辛普森案件中那位主审法官的名言来为自己辩解：

"法律没有看见他杀人。"

为梦想，千里行（上）

转眼间，我在这座城市已经执业了六年多。经过六年的积淀，我已经从出道之时的青涩无助，开始变得游刃有余，平均每年要办理五六十件大大小小的案子，最多的一年竟然办了八十多件。我担任着近二十家单位的法律顾问，其中有几家还是市政府下属行政机关。虽然每个案件的收费都不高，但我的年收入已经是本地普通公务员的十多倍。在三线城市，这样的收入可以过得相当滋润。

由于找我的当事人越来越多，我在律师事务所附近租了一套一百五十多平米的大房子做办公室，五六个刚毕业的大学生跟着我做助理。每天都有好几拨人慕名而来，向我咨询法律问题，或者直接委托我办理案件。我的办案手记和法律评论经常被全国各地的报刊登载，隔三岔五，总能在电视台、电台和报纸看到我作为嘉宾点评社会热点和重大案件。

我还为自己打了一场官司。某著名卫视的官网用了我的一篇名为《二奶无罪》的文章，不但没有署我的名字，还删掉了其中重要的一段，致使文章的主题被歪曲。我跟网站交涉多次，他们不搭理我。我一气之下，将这家著名卫视告上法庭。最终，我们在法院主持下达成了调解，对方不但对我进行了高额的经济赔偿，还在网站上向我公开道歉。为此，省电视台收视率很高的专题栏目对我进行了两次采访，在黄金时间播出深度报道，省市其他媒体也纷纷报道这一新闻。很多外地不认识的朋友也给我打电话、发邮件，祝贺我为网络作者出了一口恶气。以前我的朋友向陌生人介绍我的时候，会说："他是我们这里首届司法考试的状元。"现在改成了："他，就是那个告赢某某卫视的律师……"

我的表现引起了市司法局、律师协会和律师同行们的关注。他们推荐我参加了省第二届公诉人与律师对抗赛。我精心准备，比赛中全力以赴，夺得了大赛第四名，荣获"省十大优秀辩护人"，从而确立了自己在本市律师界的江湖地位。

办理律师业务之余，我还担任了兼职劳动仲裁员，间接地实现了自己的"法官"梦想。有几次仲裁，双方代理人都是我认识的律师，看他们在庭上针锋相对，辩论得口干舌燥，对我却毕恭毕敬、客客气气，我心里美得不行。有的案子，用人单位的老板给我打电话，约我出来吃饭，被我严词拒绝。别说是吃饭，就算是金山银山摆在我面前，我也不会动心。

在朋友的推荐和介绍下，我加入了民革和作家协会，担任老家经济促进会的副会长。通过这些组织，我认识的朋友越来越多，社交圈进一步扩大。

可以说，我的律师生涯已经是如鱼得水，有滋有味。每天睡到上午八九点起床，助理已经买来早点。匆匆吃完，办公室已经有几批当事人在等着我。上班时间电话不断，或是研究案件，或是商量饭局。如果下午不开庭，中午的饭局必然是要喝酒的，整个下午便昏昏沉沉，干脆倒头大睡。一觉醒来，又是饭点，或是酒楼，或是歌厅，或是茶楼，或是洗脚屋，有时要赶几个场子。有时候深更半夜还在夜宵店里和人豪饮……

我有些迷茫，并且开始厌倦这种日复一日的颓废生活。接触的案子都是那么几种类型，大同小异，稍微翻翻案卷，就能一目了然。每天都和这种琐碎的小案子打交道，缺乏挑战性。每天接触的办案人就是那么几个，他们在工作中有些做得不妥当的地方，碍于情面，我也很难和他们较真、碰硬。每当和外地的律师朋友交流，看到他们办理的案件要么充满新意，要么影响重大，我几乎都插不上话。我知道自己和他们的差距越来越大，内心充满了失落感。

我那颗不安分的心又在蠢蠢欲动。但是，几年前在深圳的惨重教训令我记忆犹新，不敢轻举妄动。我担心自己再一次走出去，仍然是失败的结局。刚入行的时候认识我的人不多，在本地也没什么基础，没有什么可失去的东西。现在，我在圈子里已经混得有头有脸了，如果再铩羽而归的话，不知道别人会怎样取笑。

但是如果不寻求突破，我只能原地踏步。这又是我很不甘心的。

权衡利弊，内心斗争过无数次后，我终于痛下决心，决定离开这个熟悉的城市，到一个广阔的天地去，寻找自己新的发展空间。

那么，我该去哪里寻找自己更大的舞台呢？深圳，我是再也不想去了。我能够选择的，就是北京和上海。上海是个好地方，我有不少朋友在那边工作。但是，上海的律师业务只能辐射东南沿海一带，而且"语言"是我必须要克服的一个难关。如果说广东话我还勉强能够从粤语歌里面听懂几句，上海话对我而言简直就是天书。虽然待上一段时间可以慢慢学会，但是，我耽误不起几年的光阴啊。

北京，是我唯一的选择。基于首都的地位，律师业务可以辐射全国。语言，普通话是主流，没有任何沟通的障碍。如果能够在北京有自己的一席之地，我也算得偿所愿了。

确定了执业的城市，还需要选择执业的律师事务所。在选择律所的时候，我经过了深思熟虑：

首先，我希望能够有一个起点比较高的大平台。律师职业虽然很多时候都是"各自为战"，但是再优秀的个人都比不过一个好的团队。我已经厌倦了"独行侠"式的律师工作模式，虽然自由自在，却很孤单，没有归属感。律师职业的发展模式，必然是从单打独斗发展到团队协作。如果有一个比较好的平台，个人与律所之间可以形成良性互动，律师可以借助律所的品牌和规模，获得最大的发展助力。所以，那些小型的律师事务所不在我考虑之中。

北京和全国各个城市一样，法院或看守所的附近都聚集着一些小律所。我在九江执业的时候,曾经到北京办理一个案子的立案手续。在海淀区法院立案大厅排队等候时,一位衣着普通的中年女性提着包靠近我,满脸的愁苦。我以为是来法院上访的当事人。没想到她低声问我:"要代写起诉状吗?"我莫名其妙地看着她。她解释说:"我是律师。"我当时感到非常惊讶。难道北京的律师还需要到法院的立案大厅揽活吗?我在其他城市的法院没有遇到过这种事情。

如果到北京的朝阳区、海淀区看守所去会见,在大门口会受到一些人的夹道欢迎。他们大多面色黝黑,逢人便问:"要请律师吗?"这种现象在其他城市也是很少见到的。在其他城市,虽然律师事务所也会开在法院、看守所边上,但律师还是给自己留了点体面,在律所等客上门而不是出门揽活。

我理解这些"流动叫卖"的律师同行。谁愿意风吹日晒、看人白眼呢?谁不想坐在写字楼里高谈阔论呢?北京集中了全国十分之一的律师,竞争非常惨烈,这些同行也是生活所迫。他们的工作虽然辛苦,收入倒不算太坏。但是,无论如何,我到北京来,不是要成为这种类型的律师的。

其次,我希望加盟一家朝气蓬勃的律师事务所。中国的律师制度恢复已经有三十年的时间,我从业这些年也考察过很多家律师事务所,它们大多分为两种类型:一是"卖场"式,每年收取加盟律师一笔数额不等的"挂靠费",其他什么都不管,律师挣多挣少全靠自己的本事和运气。这种类型的律所在中小型城市最为普遍,我以前执业的律师事务所也属于这种类型。二是"打工"式,律所招聘的大多是工薪律师，为主任或合伙人做业务，资源全部掌握在少数几个人手中，办案律师分配到的利润极为有限。

这两种经营模式有时候会同时出现在一家律师事务所。部分律师进"卖场"，部分律师给老板"打工"。前一种方式，律师之间缺乏凝聚力，而后一种方式，办案律师则缺乏动力。这两种传统的经营模式，使得大多数律师事务所死气沉沉，年轻律师很难凭借实力快速上位，得到充足的发展。

我希望在北京能够找到一家超越传统经营模式、充满各种机遇的律所，像我这样有一定办案经验的年轻律师，能够在其中找到合适的位置，通过自己的努力打出一片全新的天地。

幸运的是，我找到了这样一家律所。

我看中的这家律所位于东四环，靠近CBD。我刚加盟的时候不到100名律师，三年过去，已经在全国建立了近20家分所，拥有近2000名执业律师。和其他律师事务所不同的是，这家律所一直保持着非常迅猛的发展势头，令业内人士刮目相看。

律师事务所的负责人看过了我的简历和作品专辑，对我的加盟表示欢迎。我成为了这家律所的合伙人律师之一。

和律师事务所签订协议后，我重新回到九江办理转所手续，遣散助理，退掉办公室，把所有的物品运回老家或折价处理。

这个时候，我心里还是忐忑不安。律师业务有很大的地域性特点，我在九江执业这些年，已经有了广阔的资源和人脉的积累。去北京执业，意味着我这些年辛辛苦苦打下的江山，都要拱手送给他人。曾经取得的一切，都要清零，到一个完全陌生的城市从头开始，就像刚刚入行的时候一样，一切重新来过，等于是"二次创业"。我能行吗？我的一些顾问单位的老总舍不得我离开，劝我说："北京有的，九江什么没有啊？你这样一个人跑到北京去，哪有呆在九江舒服啊。"

我知道，刚到一个陌生的城市做律师，开始的时候会非常非常艰难。我有深圳的惨痛经历，北京肯定更不好混。但是，时不我待，如果我继续在这个小城市一直做下去，无非就是收入不断增加而已，这种日子我一眼能看到头。我不甘心在这个小城市默默无闻地做一辈子小律师，我的梦想是站在最高峰，感受"会当凌绝顶，一览众山小"的豪迈。北京，有更大的舞台，有更多的机会成就我的梦想。就算头破血流，我也要赌一把，绝不后悔！

在那段心神不宁的日子里，我一遍又一遍地听北京奥运会主题歌《北京欢迎你》，里面有一句歌词激励着我："有梦想谁都了不起，有勇气就会有奇迹！"

我有梦想，我有勇气，我来创造奇迹，希望老天不负我！

拖着两只沉沉的大行李箱走出北京西站，迎接我的是明晃晃的太阳和满城的飞絮。五月的京城，已经是如此的热情奔放，让人对即将到来的盛夏不由得满怀忧虑。飘飘洒洒的白絮，如果是出现在垂柳依依、烟雨蒙蒙的西湖边，可能增添诗情画意，但是在这车水马龙的大街上随风飞扬，倒把北京城变成了一座巨大的弹棉花的作坊。也许当年负责京城绿化的那位官老爷，是诗人出身，或者当过棉花店的伙计吧。

在这样的一个日子里，我来到了京城，而且还打算一直待下去。这一天是公元 2009 年 5 月 2 日，农历的四月初八，佛诞。

把行李撂在旅馆里面，吃完早餐就上街租房子。找到一家房屋中介，看了两处就决定了。大热的天，没有那个耐心四处跑来跑去，差不多就行了。也许待不了多久就要打道回府，既然是临时住处，马虎一点吧。深圳那一段经历的阴影在我心中仍然挥之不去。

我相中的房子在东三环，据说是以前北京某工厂的宿舍楼，边上是宽敞的大马路，一两百米之内有好几个公交站台，地铁口也在附近。外面是繁华的大卖场，高档写字楼，流光溢彩的夜店，车水马龙，里边却别有洞天，排着几溜看起来有着几十年历史的平房，过道里有摆小摊的，晾衣服的，坐着唠嗑的。原汁原味的老北京平民生活。一到傍晚，路边就支起了夜宵摊，空气中散发着烧烤的浓香。这里没有保安，但是巷口有一家 24 小时营业的成人用品小店，店主目光如炬，炯炯有神，一般的小贼也不会来光顾。

我租的房子是一居室，楼道挺破旧，房间里面差强人意。几年前房主因为结婚简单地装修了一下，看上去还算干净整齐。到对面的超市里面买回一大袋生活用品之后，基本上就可以住人了。房租两千多一个月。

刚来的时候，看见楼道口有一个小门，里边亮着灯，我满怀好奇地顺着台阶往下走，感觉空气开始变得潮湿和阴冷，原来是地下室。过道的两旁有一间间亮着灯的屋子，挂着破败的门帘，看不清里面是什么样子。公用水房的水哗哗地流着，可疑的小动物在黑暗中逡巡。一位穿着背心短裤的中年男子警惕地问我找谁，我说参观一下。那男子很不高兴地说："有什么好参观的啊？"我赶紧溜走。后来我才知道，地下室房租很便宜，一间屋子一个月才两三百。

为了今后不住进地下室，我得加油啊。生活是如此残酷。

由于我是首届司法考试的考生，当时江西的司法考试档案还没有建立完善，我的转所手续不符合北京市司法局的要求，新律师证迟迟未能办理下来。那个时候已经风传北京即将对外地律师进京执业关上大门，我如坐针毡，生怕自己错过了这最后一拨进京执业的机会。从我把江西的律师证交上去，到我最终拿到北京的律师证，时间长达七个月。七个月里，我是一名没有执业证的"黑律师"，不能正常办理律师业务，我在北京度过了从事律师职业以来最难熬的一段时间。

过去的很多客户不知道我已经转到了北京，不断有人找我代理案件。经过激烈的思想斗争，我横下一条心，彻底跟过去的案源说再见，让那些客户和我当地的律师朋友联系。我知道，如果我"藕断丝连"，舍不得那些小钱，舍不得放弃九江的那些案子，来北京做律师就失去了意义。从现在开始，我就是北京的律师，不能因为暂时的一些困难，轻易放弃自己的理想。

我吸取了在深圳的教训，做好了充足的准备，带来的银行卡里有几十万元存款。这点钱如果省着点花，在北京应该能撑上三年。如果花完了这些钱，我还不能在北京站稳脚跟，还不能靠业务收入养活自己，那就回九江去吧。

　　以前在九江办公，有一大堆助理跑前跑后，什么事情都替我安排好了。现在只能亲力亲为。没有了饭局，偶尔自己在家做饭，更多的时候是去餐馆吃饭。突然没有了那么多的应酬，开始还有点不太适应，慢慢地就觉得，没有饭局，不用喝酒，挺好啊。

为梦想，千里行（下）

我已经有多年没有这么正规地上班了。刚入行的时候，为了在师父面前好好表现一番，每天准时到律所。坚持了一段时间，师父到所里上班的时间也不规律，我也就没那么准时了。自立门户以后，除了开庭或者其他重要的事情，每天早上都是睡到自然醒，或者是被当事人的电话给闹醒。不慌不忙地洗漱，闲庭信步一般溜达着上班。

现在不一样了，这是北京的大所呢，而且我要振作起来，在北京，我还是个新人。出门的时候，对着镜子认真地梳洗一番，西装革履，衬衫一尘不染，胡子剃得干干净净。人是变得精神帅气了不少，只是脖子被领带勒得气闷。我还真不大习惯衣冠楚楚的自己。

一夜回到解放前。

挤公交的日子又回来了。我已经很久没有挤过公交车，来北京之前，没买车的时候以打出租车为主。买车之后更是变得娇贵，几百米的距离都要助理开车送我过去。北京的出租车费可不便宜，一上车就得准备至少几十块的车钱。如果遇上堵车，计价器的数字一闪一闪，让人心惊肉跳，不忍去看。所以，还是老老实实地挤公交车吧。

北京的公交车费估计是全世界最便宜的了。不论你坐到哪里，车费大多是一块，刷卡的话只要四毛钱！地铁也只要两块钱，随便你坐到哪里。首都人民真有福，我跟着沾光了。

当然，在北京坐公交车想要有个座，几乎是奢望。就算运气好，趁着人家下车，眼疾手快地占了个座，不一会一位老大爷老大娘站在你跟前，你得乖乖地起立让座。如果胆敢视若无睹，那就等着被周围雪亮的眼光给杀死。好在律所离住处只隔着一个环，坐公交只有几站路，站着过去也不算太难受。唯一有点伤脑筋的是，我精心选择的这条公交线路，不能直达律所楼下，还有 20 分钟的步行路程。虽然走路也是一种锻炼身体的方式，但是背着沉甸甸的电脑包，走起路来也不是那么器宇轩昂。

后来我发现，律所楼下的大型超市有免费大巴接送顾客，中途停靠的一站正好在我住的地方附近，步行只要三分钟。我跟大巴司机混熟之后，每天都蹭超市免费大巴上下班，不但有座位，还可以直达律师事务所楼下。真是天助我也，我爱北京！

我刚到北京没多久,路上有些行人又开始戴着口罩,表情严肃。新闻上说,猪流感形势严峻。为了避免影响到猪肉的行情,进而导致农民兄弟的收入减少,政府煞费苦心地将"猪流感"换成了一个老百姓记不住的洋名。到底是怎么回事呀?!六年前我去深圳,没多久就闹起了"非典"(一说是禽流感),六年后我来北京,又闹起了猪流感。这些动物和我有这么深厚的感情吗?只要我走南闯北,它们就闹病?

律所在东四环,一幢不错的写字楼。大厦边上有肯德基和一些其他的连锁店。马路对面却是一溜破破烂烂的小排档。卖烟酒的、卖廉价服装的、烧烤的,还有小吃店。这就是北京,大雅大俗,两个世界,却相安无事,和平共处。

刚开始我在楼下的肯德基吃中餐,后来又到大厦五楼的一家餐厅吃工作餐。肯德基虽然我喜欢,天天吃也反胃。工作餐更是味同嚼蜡,一份辣子鸡丁,我愣是没吃出一丝鸡的味道来。周围用餐的一个个都是绅士淑女,斯斯文文,彬彬有礼,餐厅里面只有碗勺轻轻碰击的声音。我受不了这样的气氛,虽然门口迎宾的小姐貌若天仙,眼波流转,我还是跑到马路对面的排档吃饭了。

小小的店面,人声鼎沸,客人在高谈阔论,吆五喝六,服务员窜来窜去,不亦乐乎,厨房里的抽油烟机呼呼作响,时不时传来锅勺敲击的声音和热油爆炒的嗞啦声。老板娘虽然没有对面餐厅的姑娘那么水灵白嫩,却也风韵迷人,笑容可掬。菜的味道正是我喜欢的浓烈刺激。我不由得大呼过瘾。吃饭嘛,要的就是个气氛,我承认我是个俗人！

律所几乎占了整整一层楼，分为旧区和新区，执业律师、实习律师再加上行政人员，有几百号人，服务设施齐全。我的办公室在新区，虽然只有十几个平米，也花了我几万大洋。所里给我配齐了除电脑以外的全部办公用品，办公室里还放了个小盆栽，每天都有保洁人员过来打扫卫生、给盆栽浇水。关上门，我就是这个屋子的主人了。

保洁员过来给我打扫卫生的时候，得知我是江西人，倍感亲切。她老家和我隔得不远，只有三四个小时的车程。我们聊了起来。我问她来了多久了，她说来了一年多了。老家的房子被拆迁了，所以就到北京来了。那些拆迁的人，跟土匪一样哦。说着说着，她的眼睛红了。我不免有些唏嘘。临走的时候，我拿出两个苹果给她，她一再推辞，我还是硬塞进了她的口袋。

京城的美女真多。律所有不少漂亮的女孩子，但我经过的时候还是目不斜视。我必须要纠正一下我以前的看法了。我一直认为，学法律的女孩子没几个看得过去的，但是，自从司法考试大放水之后，一些漂亮的女孩子混进了律师的队伍，也算是件好事。

在北京，随便走在哪里，不时都有美女扑入你的眼帘。公交车上、小饭馆里、天桥上、马路边、电梯里，一不留神，一位美女就袅袅娜娜地过来了，目不暇给啊。当然啦，也有长得不那么养眼的，但是人家有气质啊，昂首挺胸的，精神抖擞着呢。

由于要办理申领新律师执业证的材料,我又回了九江。在九江的几天,我忙得团团转,与在北京的清闲形成了强烈的对比。接待一批批的当事人,与各路朋友在一起,请吃饭,被请吃,喝酒,唱歌,马不停蹄,热闹非凡。真正是冰火两重天,在九江,我是如鱼得水的资深律师;在京城,我却是无人问津的律师新人……

当我踏上回北京的火车,一切热闹都戛然而止。我再一次拖着沉重的箱子回到北京。箱子里面,塞的是沉甸甸的生活用具。拎着箱子过马路时,皮箱的把手突然断掉了,拉杆也摔散了。我蹲在马路边上,守着巨大的箱子一筹莫展。最后还是路过的行人热心地帮我把箱子扛上肩头,走几步歇一阵,艰难地挪回了住处。进门后一屁股倒在沙发上,人差点也散架了。

前几天离开北京的时候,还是艳阳高照,酷热难当,回来的时候已经是寒风阵阵,细雨绵绵。傍晚的时候,我冒着小雨到附近的超市去买米和油,走过天桥,看着桥底下车河里一排排的灯光,很想浪漫一下,趴在栏杆上淋淋小雨,数数车灯,发发幽情,但是手里沉甸甸的米袋子和油壶提醒我,少泛酸了,赶紧回家做饭吧。

由于北京的律师证还没有发下来,我没法正常办理业务,坐在律师事务所自己的办公室里,不知如何是好。在九江的时候,我可是忙得脚跟不沾地,电话响个不停的。而我新换的这个北京号码,一天也难得响一两次,而且大多还是垃圾短信。我百无聊赖地枯坐,隔壁办公室热闹非凡,谈笑风生,客户川流不息,我就像一个怨妇,面对电脑,托腮沉思。

时间就是金钱。算上房租、办公室租金和其他开销,我在北京一天的成本高达几百元。毫无疑问,不能等到律师证发下来之后才开始想办法。虽然有几十万的银行卡给我底气,也架不住这样坐吃山空啊。

一切都需要从头开始。第一步要做的事情,是给自己做专业定位。在九江的时候,我是万金油律师,什么案子都做。到了北京,显然不能这样了。只有确立自己的专业特长,业务上才能更加精深,才能获得更大的发展空间。一个什么业务都能做、什么业务都想做的律师,等于否定了自己的专业特点,在北京肯定是成不了大气候的。那么,我究竟该给自己选择怎样的专业方向?

我想过做文娱圈的法律事务,北京是文化中心,文化圈的法律事务有很大的市场。为此,我特意用一两周的时间,搜集了现行的文化产业法规和案例进行研究。在研究的过程中我想到了一个问题:这个方向是挺不错的,但是,我有没有这方面的优势条件呢?比如人脉资源?前期成功案例?如果没有,我该如何杀入这个领域?真正要在这个领域里面作出影响力,至少还需要几年时间。我等得起吗?

我换一个角度思考。我到底喜欢什么类型的案件?擅长什么类型的案件?几乎不用想,答案就在眼前:刑事。从我入行到现在,办过的几百个案件中,最令我兴奋的,是刑事案件;最能拿得出手的,还是刑事案件。之所以刚开始没有把刑事作为自己的专业方向,那是因为我也犯了一个认识上的错误。在很多人看来,刑事业务是律师业务中比较低端的,谁都能做,挣不到钱,风险大。

但是，刑事业务却是律师最基本的业务，也最能体现律师职业的必要性。民商业务为当事人争取的是财产权利，而刑事业务为当事人争取的是自由甚至是生命。还有什么比生命和自由更宝贵？

实际上，刑事业务的难度远远大于其他业务种类。处理人际关系比解决法律问题要难很多。刑事案件中，律师要面对的关系有自己的当事人，对方当事人，公检法，远比民商事案件和非诉讼事务面对的关系要多。而且，刑事案件是矛盾尖锐到了不可调和的地步，律师要解决这些尖锐的矛盾，难度显然大于民商事案件。

从技术含量上来说，刑事案件涵盖了所有法律部门的专业知识。刑事责任是法律责任的最高级。所有的民商类案件，都可以转化为刑事案件。例如，知识产权犯罪，证券犯罪等。为这些犯罪行为做辩护，要求辩护律师同样拥有专业方面的知识，否则无法开展辩护。所以，认为刑事辩护技术含量低的人，是对刑事辩护缺乏深入的了解。

至于刑事辩护的风险，更是被放大了。确实有一些律师在办理刑案中遭遇风险，甚至有人为此入狱。但是，因民商案件而出事的律师更多，只是不为人知而已。只需要看那些出事的法官大多是负责什么业务的，就可以知道从事民商业务的律师有多大的风险。据我所知，很少有负责刑事业务的检察官、法官因涉嫌贿赂犯罪而落网，倒是负责民商、执行业务的法官不断被查处，甚至包括了最高人民法院副院长。每个出事的法官背后，必然会有一些律师被追究责任。同样的情形下，刑辩律师的风险就小很多了。

但是，即使是在律师圈内，对刑事辩护业务仍然存在着很深的成见。很多新入行的律师视刑事业务为险途，也有很多律师一入行就直奔传说中"最来钱"的民商、非诉讼业务而去。即使是在北京这样的大城市里，虽然有好几位如雷贯耳的大牌刑辩律师，但是大多数刑辩业务还是由一些刚入行的律师在做，真正把刑辩当成自己专业领域的资深律师并不太多。有些律师即使偶尔做做，也羞于说自己是刑辩律师。

他们不爱做、不想做、不好意思做的刑辩业务，正是我超级热爱的领域。大多数律师不做刑辩业务，正好为我腾出了巨大的发展空间。我决定，刑辩业务就是我的发展方向。我要让自己更精、更深，在这个领域闯出自己的天地。

我开始从身边推销自己。

在拜访律所刑事部主任刘律师的时候，我还特意带了一点老家的特产。我和刘律师坐在一起聊了很长时间。刘律师为人很和善，业务量很多。我找上门的时候，他正发愁没有得力的人帮他做业务。我们一拍即合，我的办案经验正是他现有的这些助手欠缺的。他的案子大多在外地，会见手续要求不太严格，只要持司法局证明信和律师证复印件就可以在看守所会见了。

我对刘律师说："我刚来北京，要跟着您多学习。"刘律师说："别客气，我们合作，互相学习。"在后来的日子里，刘律师确实没有把我当做助理，而是当成合作伙伴，非常信任地将案子完全交给我去办理，很少过问。我也全力以赴，把每个案子做得漂漂亮亮，当事人非常满意。我曾在短短的一两个月时间里，足迹踏遍吉林、辽宁、甘肃、山东、浙江等地,几乎每个晚上都在火车和飞机上度过。忙碌的工作,让我刚到北京的日子变得非常充实。

刘律师同时还担任一些央企的法律顾问,偶尔我也跟着刘律师和这些央企的负责人或高管一起吃饭、打球。有一位张总五十多岁,人挺和善,总是笑眯眯的,我们和他在一起打的交道多一些。有一次张总给我打电话,说请我去国家大剧院看演出。我对这些高雅艺术是缺乏鉴赏力的,但是张总既然发出邀请,我也只能硬着头皮去看了。

演出开始之前,我们在附近的餐厅吃了晚饭,张总喝了点白酒,更是健谈,显得容光焕发。看演出的时候,我有点昏昏欲睡,突然感觉到有一只手放在我的大腿上,顿时睡意全无。我转头看着张总,他正全神贯注地看着表演。我全身僵硬,手足无措,精神高度紧张,不知道该如何是好。那只手开始在我大腿上缓缓摩挲,仿佛一万只虫子在啃咬我。我走南闯北,应对过无数的突发事件,还从来没有遇到这种事情。我一直以为自己是个男人,社交场合中刀枪不入,没想到自己也会有这么一天……

哎哟喂,这可真要了我的老命了。我做律师这些年,从来都是"卖艺不卖身"的啊!好容易熬到中场休息时间,我借口上厕所溜之大吉。回去的路上给张总发了一条短信,说:"临时有急事要赶去处理,来不及当面道别,非常抱歉,下次再会。"当然,永远不会有"下一次"了。我再也没有见过这位张总,刘律师也从未向我提起过此事。

在利益分配方面，我和刘律师没有明确约定。有的案件刘律师会给我一部分收入，有的案件不给费用，我就当练手，反正闲着也是闲着。有时候刘律师会直接给一单业务让我自己独立去做，收入全部归我。这些收入我已经非常满足，至少让我看到了在北京生存下去的希望。刚到北京，如果斤斤计较，只有死路一条。但人际交往中的精打细算却是大多数年轻人的通病。正因为"不怕吃亏"的人是极少数，所以成功的人也是极少数。

"独在异乡为异客"，北京对我而言是一个完全陌生的城市。在这里，我没有任何亲戚朋友，两眼一抹黑。除了做梦和打电话回家的时候可以说说家乡话，每天睁开眼睛就要说普通话，舌头都有点不大习惯了。白天工作忙忙碌碌还可以凑合，到了晚上同事们各自回家，很少互相串门或者聚在一块。我只能宅在家里，靠上网打发时间，没有一点交际。老这样下去，我非憋出病来不可。

我在网上四处查找，终于找到了老家的一个论坛，各地的老乡都在这个论坛上聚集。潜水一段时间后，我摸清了情况，开始发言。慢慢地，我和论坛上一些在北京工作的老乡熟悉了起来。他们告诉我，在北京工作的老乡最少有两万人。这些人大多数是集中在建筑装修行业，少量的老乡在党政机关工作，还有一些老乡分布在企事业单位或在学校读书。

我有点兴奋。两万老乡在北京，这是多么大的一个群体啊！虽然他们大多是社会底层的民工，或者是刚参加工作的白领、在校读书的学生，但是他们也应该有法律方面的需求吧。我刚来北京，应当让他们知道我的存在，就算他们不需要法律服务，经常和这些老乡在一起，说说家乡话，也能消解乡愁啊。

我在论坛上倡议建立老乡会，把所有在北京的老乡都组织起来，团结互助，资源共享。我的倡议得到了很多人的支持，他们一传十，十传百，都知道了我在筹建老乡会。筹建老乡会有很多事情要做，光是整理通讯录，就是巨大的工作量。对于那些在老乡中有一定号召力的人物，我还特意去拜访他们，让他们支持老乡会的筹建。我免费为老乡们处理一些迫在眉睫的法律事务，比如工伤、拖欠工资、交通事故等，赢得了老乡们的信任。

虽然我有大量的空闲时间，可以用在老乡会的筹建工作上，但我还是怕忙不过来，为此特意招聘了一位助理，帮我处理这些事情。在筹备老乡会成立大会的同时，我还筹办了一份老乡会杂志，让在京的老乡会提供稿件。我的这些大张旗鼓的动作，在老乡里面引起了很大的反响。在这个千里之外的异乡，寻求组织的温暖是每个老乡的意愿。有人主动牵头做这个事情，大家都很愿意。无心插柳柳成荫，找我咨询法律事务的老乡也渐渐地多了起来。我终于不是一个人在战斗了。

我原本以为在北京至少要坐一年的冷板凳，甚至做好了三年后花光全部积蓄打道回府的打算。但是，只用了半年的时间，我就已经做到了收支平衡，进入了状态。而这个时候，我还没有拿到北京的律师证。

为了切断自己的退路，来到北京的第四个月，我拿出银行卡的所有存款，在北京的限购政策出台前，在东三环附近按揭买下一套房子。年底的时候，房价一路飙升，这套房子已经升值了几十万元。这意味着我在北京已经真正地扎下了根。

第一桶金

除了在论坛上找老乡，空闲的时候我也会在 QQ 上和以前的同学、朋友聊聊天。有些同学已经有了自己的公司。他们遇到一些法律上的问题，经常向我咨询。虽然有的同学公司不在北京，出于对我的信任，他们也会委托我处理一些比较重要的事情。

现在的人在人际交往中大多非常"务实"，疏远那些看起来作用不大的老朋友、老同学，轻视那些收入不多、身份卑微的新朋友，生怕别人有事相求，给自己添麻烦。但我想，做人，尤其是从事律师工作，不能过于功利，过于现实，要用心经营，广结善缘。人生就像棋局，有时候一枚闲子，会在重要的时刻发挥出关键作用。一位看似对你帮助不大的朋友，在某些时候可能给你带来一些新的机遇。我在九江做律师的时候，这种情况经常出现，来到北京之后，也是如此。

初夏的时候，我和一位久未谋面的老同学在 QQ 上聊天。闲谈之中，得知这位老同学已经是今非昔比，在广州开了一家工厂，经营得红红火火，不仅买了别墅，还有几辆好车。同学向我透露了一件遇到的烦心事。

一年多前，他在某品牌汽车 4S 店购置了一台车，店员建议他采取分期付款的方式，他当时正好也需要资金周转，于是听从了店员的建议，提交了自己的相关资料，很快就把汽车抵押贷款办了下来。没想到，烦恼从此就开始了。

他的手机每个月会收到两条催贷短信，一开始他并不介意，以为是短信平台出现的失误。今年年初的时候，他想为工厂申请一笔贷款，从银行调阅自己的《个人信用报告》，发现名下有两份未清偿的车贷，都是同一天在同一家汽车金融公司产生的，新出现一笔同样金额的信用贷款。同学以为是金融公司操作失误，重复计算了同一笔贷款，于是提前把自己剩余的车贷全部还清。但是，当他一个月后再查询的时候，发现那一笔多出来的信用贷款记录并没有消失，而且仍在按月还款，每个月还会收到提醒他还贷的短信通知。同学很郁闷，给金融公司的客服致电，要求作出修正。接线员非常客气，说是查明情况后会立即帮他解决。但是几个月过去了，催贷短信还是照常发过来，同学几次打电话给客服，接线员都是同样的答复，令他非常恼火。

同学说："你能不能帮我跟这家公司交涉一下，让他们尽快帮我把贷款记录给消除？他们这么不尊重客户，我能不能向他们索赔？"同学说及的这家汽车金融公司，是一家著名的外资企业。它的母公司是大名鼎鼎的汽车生产商，在"世界五百强企业"中名列前茅。按理说，这样的跨国公司操作应当非常规范，不可能出现如此低级的失误。而且，这家公司一向非常重视自己的声誉，办事效率也很高，为什么在接到几个投诉电话之后，迟迟没有采取补救的措施呢？

事情肯定没有那么简单。我跟同学说，我们办一个委托手续，你授权给我，从现在开始，这件事情就交给我全权处理，你不用再过问了。

办好手续之后，我查阅了大量的资料，对于这件事情有了一个自己的判断。

在汽车贷款这个圈子里面，一度"假贷"风行，其他抵押贷款也存在这种"冒用他人名义贷款"的现象。不法分子勾结金融机构内部人员，盗取客户资料，利用客户资信骗得信用贷款，司法机关已经查处过好几起类似的案件。如果"假贷"及时还款，大多数被害人都会一直蒙在鼓里，因为一般的贷款客户没有养成经常查询自己的信用记录的习惯。一旦"假贷"未能及时还款，则会给被害人造成信用污点，下次贷款会遭到银行的拒绝。有很多贷款客户都在不知不觉中被人造成了信用污点，叫苦连天。

我的同学是商场中人，信用比生命还重要。当务之急，是要立即清除那一笔"假贷"。同时，无论"假贷"是公司行为还是个人行为，这家金融公司都无法逃避自身的责任，应当受到惩罚。我认为,"假贷"很可能是金融行业普遍存在的一种违规行为,不可能仅仅只是个案。如果能够通过这个案例唤起所有贷款客户的警惕和维权意识,作为一名律师,则善莫大焉。

我立即委托广州的律师朋友帮我搜集案件有关的证据材料,同时,我也在积极查找相关的法律、法规和案例。我的对手是大牌的"世界五百强企业",在它的身后有强大的律师团队和丰富的公关经验,要战胜这样的敌人,我必须把工作做在前面,并且要更加的细致、扎实。我特意研究了这家公司的大量案例,包括对外诉讼、内部管理、企业文化,等等。"知己知彼,百战不殆",这是颠扑不破的真理。

由于贷款的操作流程涉及很多金融以及财会专业方面的知识,临时学习的知识显然不够用,于是,我专门聘请了一位资深的注册会计师做财务顾问,随时接受我的咨询,并通过这位会计师找到几位银行界的专业人士,他们都在信贷部门工作过多年,有着丰富的实践经验。有了装备精良的智囊团,对于即将到来的鏖战,我信心百倍。

广州方面的资料很快就传了过来。由于对方不配合,广州的取证工作非常艰难,我们拿到的资料很有限。我挑灯夜战,一页一页认真推敲着材料里面的每一句话,每一个数据。对于一些看不太明白的地方,我立即召集注册会计师和银行专业人员共同研究。经过对证据材料和相关法律法规的深入讨论,我们得出了一致的看法,这极有可能是一起金融公司员工盗用客户名义骗取银行贷款的严重违法行为,从贷款流程的严密性来判断,"操作失误"的可能性微乎其微。金融公司管理上的漏洞是导致这起"假贷"行为发生的重要原因。退一万步说，即使真的是"操作失误"，金融公司也应当为其工作的失误向客户承担赔偿的责任。

接下来需要确定我们的赔偿要求。客户权益受到侵害的案例有很多，但这种无形的利益受损很难有一个统一的赔偿标准，应当结合当事双方的身份、过错程度、损失大小来确定。

我的同学是一位事业有成的民营企业家，身价不菲。对方是国际著名汽车生产商的全资子公司。从这个角度来说，我们的索赔不能太少，否则，与双方的身份地位不匹配。同时，金融公司的过错明显，且经客户多次投诉仍未改正，给客户带来了极大的困扰，不得不委托律师解决，造成了客户损失的扩大。这些都是确定赔偿数额时需要考虑的因素。经过反复考虑，我将索赔数额定在30万。这个数字是汽车贷款的金额，如果"假贷"不还款，那么还款责任就落在了客户的身上。同时，这个数字比较适中，不属于漫天要价，可以避免贻人口实，承担不必要的法律风险。

在启动之前，我反复评估了可能存在的法律风险。在中国，很多消费者维权的行为，由于在操作方式上的欠妥，在索赔金额上的夸张，被商家利用来作为反戈一击的把柄。著名的"华硕电脑案"，消费者被商家设套取证后以"敲诈勒索"报警，结果消费者锒铛入狱。虽然最后消费者被认定为无罪，但是当事人双方两败俱伤，没有赢家。我不能重蹈覆辙，因此在操作过程中必须有理、有利、有节，稳扎稳打，步步为营，才能取得最后的胜利。

我的思路是：首先与金融公司就赔偿等问题协商，如果经过反复协商，对方不同意我们的合理要求，我们可以通过向其上级行政主管部门投诉、向公安机关报案等方式，主张自己的合法权利。同时，新闻媒体跟进报道，将这一事件公开化，引起社会的关注。穷尽以上救济途径后，我们再向法院起诉，提出我们的索赔要求。

我着手写《律师函》。在《律师函》中，我提出了四项要求：第一，立即修正客户的信用记录；第二，书面向客户说明事件发生的过程，并严肃处理责任人员；第三，登报道歉；第四，赔偿各项损失共计30万元。

这四项要求的关键点在于一、四项，为什么要加进二、三项呢？原因在于：这两项要求是堂堂正正，无懈可击的，但对方却无法满足。对方当然不会给我们提供证实自己错误的书面材料，而作为一家著名的跨国公司，视商誉为生命，他们绝不会做出"登报道歉"这种自毁品牌的事情。我这样做，是在为谈判设置技术难度，作为我方让步的条件，从而实现索赔的目的。

在《律师函》中，我提出，如果对方能够证明确系"操作失误"，只要能够提供相关的证据，并且公开赔礼道歉，我方可以在索赔金额上作出让步。用一个成语来形容，我们这一招叫"欲擒故纵"。因为所谓的"证据"，无非是企业的财务报表等相关资料。而对于任何一家公司来说，这些财务资料都是高度的商业机密，绝无提供给外人的可能性。在《律师函》的尾部，我郑重告知，如不及时作出回应，视为该公司没有纠正错误、解决问题的诚意，我们将通过一切合法的途径，包括向公安机关、金融监督管理机关、新闻媒体等投诉的方式，寻求真相，维护自身权益。

经过我的层层包装，法律风险已经降到了最低，只要对方能够答应我们看似合理却不可能得到满足的要求，我们并不在意是否赔偿。这样一来，我们没有任何把柄落在对方的手里。

在电脑键盘上敲下最后一行字，日期跳了出来：7月7日。我不禁会心一笑。真巧啊，在这样的日子拉开和对方交涉的序幕。如果能在8月15日签订《和解协议》，这个案子就近乎完美了。

《律师函》发出后的第二天，我接到了金融公司法务经理的电话。在电话里面，法务经理告诉我，已经收到了《律师函》，经过向财务部门询问，向我说明：首先，信用记录已经做了修正，保证今后不会再出现这样的问题；其次，经过调查，这起事件纯属公司工作人员操作失误造成，对本起事件给客户造成的不便深感抱歉；最后，关于登报道歉和赔偿损失的要求，不能接受。法务经理冒出了一句英文：Impossible。这样的答复在我的意料之中。信用记录恢复正常，老同学的烦恼已经解决，我们第一步目标已经实现。接下来，无论是怎样的结果，我们都稳操胜券。

谈判不仅仅考验人的智慧，更考验一个人的耐心。金融公司作出这样的表态是合乎游戏规则的。他们也需要试探我们的底线，摸清我们的态度。如果我们就此罢休，那么他们就大功告成了。法务经理也许低估了我们的决心。我决定先在气势上压住阵脚，掌握谈判的上风。我们做了这么多的准备工作，怎么可能就此罢休呢？

我说，双方有必要面谈，我们要看到已经作出修正的信用记录。

同时,对于你们解释的"操作失误",我们也需要你们提供相应的书面材料证实。我们不接受任何口头的道歉,我们需要的是公开的登报道歉,这一点,我们决不妥协。我话锋一转,用非常严肃的口吻说:"你我都是中国人,都会说中国话,而且这是在中国,虽然我能听懂你所说的英文,我还是希望我们的沟通使用中文。"

法务经理立即向我道歉,解释说,因为在外企里面很多时候使用英语交流,所以一不留神就冒出来了。我说,我接受你的道歉,今后尽可能注意就行了。但是,刚才你在电话里面,说到我们要求登报道歉和索赔的时候,发出了几声很不合适的笑声。我理解的是,你的笑声是对我们正当要求的嘲讽和不屑。希望你能作出解释。法务经理再次向我道歉,解释说,他没有注意到自己刚才发出了笑声,可能是他的失误,但是他绝对没有嘲讽的意思,请务必相信。

我已经展示出我们的强硬态度,打压了对方的傲气,在气势上已经占了上风。见好就收,我们约定了见面的时间。见面的地点,我安排在律师事务所。主场作战,会给对手造成无形的心理压力。

谈判之前,我特意上网搜索了一下这位法务经理的资料。根据资料显示,法务经理是一名资深律师,实战经验丰富,是一个强劲的对手。我知道,虽然他无权决定案件的最后结果,但是他的专业建议,是公司高层作出决策的基础。因此,与法务经理的谈判,对于这起事件的最后解决方案有着非常重要的作用。

我们在律师事务所的咖啡室里见面。寒暄几句之后,法务经理拿出一份刚刚打印出来的《个人信用报告》,内容显示我那位同学的信用记录已经恢复了正常。我收下了这份资料。

法务经理笑着说:"问题已经得到了解决,您可以向当事人交差了。"

我微笑着摇头:"万里长征才走了第一步,我们还需要知道事情的真相,到底这样的错误是怎样产生的?"

法务经理说:"电话里面我不是已经跟您解释了吗?是操作失误。"

我平静地说:"我在《律师函》里面表达得非常清楚,我们需要你们公司的书面情况说明,并附上相关的证据材料。我们不接受口头的说明。"

法务经理一脸认真地说:"我们可以出具书面的情况说明,前提是您接受我们的解释吗?"

我微笑着对他说:"我们都是法律人,您觉得我会在没有看到任何证据的情形下,接受你们所作出的操作失误的解释吗?"

法务经理说:"如果事情真是您理解的内外勾结、冒用客户名义骗贷,我们公司也是受害人啊,我们早就向公安机关报案了。我们既然没有报案,说明我们已经查清楚了,这仅仅只是一起操作失误。您觉得需要怎样的证据才能证明我们是操作失误呢?"

我说:"那么多的强奸案件中被害人没有报警,选择了忍气吞声,您觉得就不是强奸吗?你们是根据什么证据得出结论是操作失误的呢?"

法务经理说:"那您又有什么证据能证明我们不是操作失误呢?"

看得出来,这位法务经理把我们之间的谈判当成了"大专辩论赛",想把我绕进去,让我大脑陷入混乱。我才不上这个当呢。无论是辩论赛还是谈判，要想取得最后的胜利，最基本的原则就是把话语的节奏和方向牢牢掌控在自己一方的手里，绝不能让对方牵着你的思路。一旦发现苗头不对，钻进了对方设置的困境，那就要果断地跳出来，让双方的交谈回到我方设定的程序中来。

我微笑着点点头，说："是的，我们手里没有证据能证明你们不是操作失误，所以我们才向你们要求真相。如果你们是这样一种态度的话，我们就不指望你们是有诚意来解决问题的了。你们不提供证据，我们会向公安机关或者金融监管机关提出我们的合理怀疑，让他们上你们公司调查之后告诉我们真相。"

这是我手里比较有力的一张牌。在中国，无论是国企、民企还是外企，都不愿意行政机关、司法机关对公司内部的经营管理进行调查。就像一般的老百姓，日子过得好好的，谁闲着没事愿意警察来找自己的茬啊？

法务经理呵呵一笑，说："您觉得这些机关会上我们公司来调查吗？"

我收起笑容，严肃地说："这些机关会不会去你们公司调查，是他们的事情。我们向不向他们举报和投诉，是我们的权利。请您务必相信我们的决心。"跟我耍大牌，我可不吃这套呢。

法务经理口气马上软了下来，说："我们这不是在协商嘛，呵呵。我们要是没有诚意解决这个事情的话，怎么可能坐在这里呢？"

既然对方已经服软，我也不必意气用事了，还是回到正题吧。

我说："那好，我们在《律师函》里面的四点要求，第一点已经解决了，我们现在一点一点地谈。关于事情真相的问题，我们存在分歧,我的意见是,暂时搁置,先解决下一个问题,您看怎样?"

我一直非常欣赏小平同志的名言"搁置争议"。谈判中,如果对于双方暂时不能达成共识的问题死缠着不放,一定要有一个结论,是不明智的做法,除非谈判并非本意,只是假象,目的在于"开打"。如果双方都有谈下去的意图,那就搁置争议,先谈谈可能达成一致意见的条款。更何况,"真相"问题只是我方对谈判进行的包装,何必在"包装"上过于纠缠呢?

法务经理说:"好的。关于道歉的事情,我在电话里面也已经表明了公司的态度,我们已经给客户打了电话,向他诚恳地道歉了。我们的客服经理已经预订了明天的机票,准备亲自登门道歉。"

我说:"我们的态度很明确,绝不接受口头道歉,您可以告诉客服经理取消机票的预订,我的当事人不可能会和他见面的。"

法务经理说:"那就没有办法了。我们认为这件事情的影响范围很小,所以没有必要登报道歉。要不我们讨论下一个问题吧,关于赔偿。"

这可不行。我已经搁置了关于"真相"的争议,不能再在"道歉"问题上轻易让步了,要不然就没法给对手设置谈判难度。如果谈判没有难度,我们的索赔目标也就失去了强有力的支撑。对方并不是容易啃的骨头,从他们打算越过我找当事人协商这一点来看,我不能退让得太快。

我说:"没有必要谈赔偿的问题了,如果你们能够拿出证据来证明这次的事情确实是失误操作,我们可以放弃第三点和第四点的要求,你们不需要登报道歉,我们同时可以放弃赔偿的要求。"

法务经理眼睛一亮，说道："真的吗？"

我心里乐了。当然是真的，只是，你们怎么可能做得到？

我严肃地说："我们要的，就是一个说法。如果你们能够拿出证据来，我们当然可以原谅你们的过失。"

法务经理说："好的，那你们需要哪些证据呢？"

我拿出早就准备好的证据清单，这是我们聘请的注册会计师列出的一份财务资料清单。为了增加难度，我还在清单上添加了一些内容。

法务经理认真看了我提交的证据清单，眉头紧锁："我跟您实话实说，根据我的经验，公司是不可能提交这些资料给您的。但是您的要求我会反馈给公司，由公司高层决定。"

我心说：我当然知道你们不可能提交这些资料给我，要不然我们不就白忙活了吗？

我微笑着说："好的，只要你们提交的证据我们审核后认为确实是失误操作，我可以不再追究。"

我起身和法务经理握手告别，我知道，对方已经被我放出的烟幕弹迷惑了，我们正一步步地走向胜利。

在接下来的几轮谈判中，法务经理带来了客户购车当天的销售记录和放款凭证等部分财务资料，但是不同意我们复印。我对此提出了强烈的质疑："作为一名非专业人士，我怎么可能在极短的时间里面对这部分资料作出准确的分析？这么少量的资料，如何能够反映出整笔贷款的全部过程？"我要求金融公司提供完整的财务账目，让我们的财务顾问有充足的时间审核，必要的时候我们还需要进行司法鉴定。同时，我们提出，希望找到那位"操作失误"的工作人员，当面向他询问"失误"是如何产生的。

对方的拒绝在我们的意料之中。谈判陷入僵局。我接到同学打来的电话，说金融公司不断地给他打电话道歉，要求和他会面，解决争议。我知道，对方已经看出来我是一块难啃的骨头，所以采取迂回战术，想把我晾在一边，用釜底抽薪的方法，直奔客户而去。如果客户接受了他们的道歉，这件事情就算完结，我的全部努力都将付之东流。这是谈判中最有效的手段。好在我对此早有防备，和同学之间已经达成了默契，同学明确地答复金融公司，这件事情已经全权委托律师处理，请不要再骚扰本人。

双方在僵持，我需要破局。于是，我再次发出一封措辞强硬的《律师函》，指出对方在前期的谈判中，没有体现出解决问题的诚意，我们强烈要求金融公司更换谈判代表，否则我们将拒绝进行协商，直接采取行动。

对这位法务经理我实在有点抱歉。他其实做得并没有什么不好，只是我的破局必须要找借口，只能拿他开刀了。Sorry，baby。

我的《律师函》起到了一定的作用。金融公司更换了谈判代表，派出一位客服总监和我协商，法务经理作为助手出席。客服总监也许是吸取了法务经理被我投诉的教训，态度非常谦卑，在谈判中一再起立，向我鞠躬道歉，希望我们能够采取变通的方式来处理相关的要求。我建议，由于双方在事情真相方面存在严重的分歧，我们可以暂时搁置争议，将协商的重点放在道歉和赔偿方面。客服总监立即表示赞同。我提出,我们可以降低赔偿要求,甚至可以不要赔偿,但是,登报道歉是必需的。

客户总监面露难色,表示:"公司高层无论如何都不会接受登报道歉的要求,希望能采取口头道歉的方式。"

我当然知道公司高层不可能接受这个要求。我微笑着说:"其实从公关的角度来说,登报道歉未必是一件坏事。中国有一句老话,坏事可以变成好事,你们公司登报向一个普通的客户道歉,正好可以说明你们公司有错必纠,对客户的投诉高度重视啊。"

客服总监尴尬地笑了笑,说:"当然,我们也知道登报道歉可以说明公司对客户负责任,但是,自愿的公关行为与被迫的登报道歉毕竟不是一回事啊。"

我说:"看来我们的谈判是很难有突破了。"

客服总监说:"要不我们接着谈赔偿的问题吧?"

终于要谈到正题。但是我不着急,我还没有尽兴呢。你越着急要给我赔偿,我还越不着急。

我说:"如果我们提出的每一项要求都需要搁置、回避的话,这样的协商我认为是浪费时间。我们已经没有多少耐心了,很多媒体的朋友都在关注这个事情,为了我们的协商能够顺利进行,我一直没有对他们透露任何消息,我希望你们能够拿出足够的诚意来。"

这时,法务经理插话说:"说实话,我们倒并不担心媒体的介入。我们公司做过一个市场调查,发现每当国内排外情绪高涨,或者媒体曝光我们产品质量问题的时候,销售业绩不但没有下降,反而上升。我们也是百思不得其解,后来得出的结论是:那些愤青都是买不起我们产品的。呵呵。"

这番话让我很不高兴，我现在对投诉他的事情一点都不觉得歉疚了。

我正色说道："好啊，要不我就成全你们，如何？"

法务经理马上道歉："我刚才不过是个玩笑，您别当回事。我们来之前请示过公司总裁，我们愿意向客户道歉，并愿意给予客户适当的补偿。"

我说："适当的补偿是什么意思？"

客户总监说道："我们认为这个事情给客户带来了很多的麻烦，这一点我们承认，但是我们觉得，这个事情应该没有给客户造成太大的实际损失。所以，我们想给予客户适当的补偿。"

我说："你们认为这个事情没有给客户造成太大的损失？你们的这位客户是一位民营企业家，经常需要资金周转，你们的行为使得他向银行申请贷款困难重重，这个损失你们统计过吗？一旦这笔贷款给他造成了信用污点，损失更是无法估量！他为了消除这笔根本不存在的贷款，给你们打了多少电话，跑了多少次银行，你们知道吗？我们提出的这个金额，仅仅只是象征性的，按照他的意愿，还要提出更多的要求！"

法务经理说："我们都是律师，您认为你们提出的金额会得到法院的支持吗？"

我说："既然我们都是律师，不妨开诚布公地对这起案件的结果作出预测。由于你们存在的问题，无论是故意还是过失，你们败诉是必然的，您是不是认可这一点？"

法务经理诚实地点了点头："是的。"

我接着说："如果上了法院，我们要的就是一份胜诉的《判决书》，至于赔偿金额，完全不在我们考虑之中。这样一份打败国际知名大公司的《判决书》，对于我的当事人来说，它的无形价值远远超过了索赔金额的十倍、百倍！你们要知道，我的当事人是一位企业家，有很多客户拖欠他的货款，还有一些商家侵犯他的商标权。有这样的一份《判决书》在手里，您说，对那些债务人和侵权人是不是有很大的威慑力呢？"

对方沉默不语。

我这番话直接捅到了他们的死穴。"无欲则刚"，如果我们的目标不完全在于索赔，他们就必须向我们低头。获得高额的赔偿，符合我们的利益；获得法院的胜诉判决，同样符合我们的利益。选择权在我们，我们可以选择在谈判中获胜或者在法庭上获胜。而他们，如果在谈判桌上不能接受我们的条件，只能接受法院的败诉判决，之后任由我们大张旗鼓地宣传，影响公司的声誉。

我说："我知道你们也做不了主，我要求和你们公司的总裁直接谈判。"

我决定趁热打铁，第二天就向金融公司发出了第三封《律师函》，让助手去金融公司亲手交给他们总裁。

在《律师函》里面，我对总裁迟迟不露面表示了不满。我指出，公司的行为已经严重侵害了客户的合法权利，应当承担道歉和赔偿的责任。身为公司负责人，应当高度重视，积极应对。但是我们至今都是在和没有决定权的人协商，我认为公司的做法是藐视中国客户。我指出，贵公司是著名的跨国公司，一向重视声誉，以管理严格而闻名。本起事件如果处置不当，必将给公司品牌带来极大的损害。我们除了在中国境内采取一切合法途径维护自身权益外，还将向贵公司的母公司以及所在国的金融管理机构投诉。

在前期的资料准备过程中，我注意到这家外企所属的国家对于金融机构的管理非常严格，该国已经有两家著名的金融公司被政府部门处罚，业务受到严重影响。而且母公司即将在中国发行几百亿债券。我觉得有必要提醒对方，我们已经摸清了它的全部情况，如果谈判不成，他们的品牌将面临着巨大的风险。

助手回来的时候告诉我，金融公司的中国籍总裁很热情地接待了她，看完《律师函》后马上表示，绝没有藐视中国客户的意思，马上安排时间跟我们见面。

我和同学通了电话，向他通报了谈判的进展。下一轮的谈判是一锤定音的关键时刻，我们必须作出最后的决定。同学的意见是，希望谈判早点结束，关于赔偿，他愿意作出让步，只要对方赔偿自己的实际损失就行了。虽然我认为我们可以争取更多的利益，但是律师应当尊重当事人的选择。我决定争取在和总裁的谈判中把问题解决。

和总裁见面的时间是在一个阳光灿烂的下午，还是在我的律师事务所，由那位法务经理作陪。

总裁很和善，很认真地倾听我的意见，不时地在笔记本上记录。

我说："其实我对贵公司印象一直很好，在多年前我曾经接受过一家律师事务所的转委托，为贵公司提供过法律服务，对贵公司严谨、人性化的管理非常赞赏。"

总裁说："谢谢，谢谢，您这么看得起我们公司，很荣幸。"

我话锋一转，说道："但是，贵公司在这一次的事情里面，表现很让人失望。"

总裁说："是啊，因为我们工作的失误，给您和我们的客户添了很多的麻烦，我感到非常抱歉。如果客户觉得我的身份可以接受的话，我愿意亲自登门，向他表示我的歉意。"

我说："客户的信用记录是不是操作失误造成的，我们姑且不去深究，在客户多次投诉之后，贵公司一直没有采取补救措施，以至于客户不得不聘请律师来处理这件事情，造成了客户损失的扩大。贵公司处理前期的投诉，原本只是举手之劳而已，只需要零成本就可以解决问题。可是现在，贵公司却需要为自己的行为付出相应的代价，甚至有可能我们要对簿公堂。"

总裁说："是啊，我们公司也把这起事件当做一次非常深刻的教训，而且，我们也愿意以最大的诚意，来解决这起事件。"

我说："经过前期多次与贵公司谈判代表的沟通，我相信您已经非常清楚我们的要求了。"

总裁说："是的，我很赞赏您提出的搁置争议，解决纠纷的方案。您看今天是不是直接进入主题呢？"

好不容易把总裁请过来跟我谈判，我就别再矫情了。

我说："行。刚才您谈到了道歉的方式，我相信您的诚意，我代表当事人接受您的道歉，但是，我希望能够采取一种更加正式的方式,以公司的名义向客户登报道歉。"

总裁说:"我想,就道歉方式的问题,前期你和我们两位代表接触的时候,他们已经转达了公司的意见。您看我们能不能找到一种更好的、我们双方都能接受的方式呢?"

我微笑着说:"那我们就共同努力寻找这种方式吧。"

总裁说:"我们是不是先谈谈补偿的问题?"

我们的目标在于索赔,这是双方都心知肚明的事情。总裁先生很明白,只要赔偿问题解决得我们满意,关于真相和道歉的问题都可以迎刃而解。在前期的谈判中,法务经理和客服总监也想绕过这两点跟我直接谈赔偿,但当时条件没有成熟,他们也没有决定权,我只能避而不谈。现在总裁亲自出马,我的铺垫工作也已经做得足够了。瓜熟蒂落,水到渠成,该是谈赔偿的时机了。

我说:"今天您能亲自过来跟我商量解决问题的办法,我们认为这个问题就有解决的希望。贵公司对于赔偿问题是怎么看的呢?"

总裁说:"公司开会研究的结果是,我们愿意补偿客户因提前还贷而造成的利息损失,同时,我们愿意将这一笔贷款中我们公司赚取的利润全部归还给客户,并且,客户的误工费、交通费,我们也愿意补偿。"

这当然不是我们的目标。如果通过法院诉讼,这些都是属于赔偿范围,我们还不如上法院要这些钱,还能拿到胜诉判决。

我说:"贵公司认为客户的损失仅限于这些方面吗?"

总裁说:"当然,客户聘请律师和财务顾问的费用,我们也愿意承担。"

我问:"你们赔偿的数额是多少?"

总裁说:"您是一个爽快人,我愿意把公司的决定透露给您。经过公司高层开会研究决定,我们愿意补偿客户的全部金额是10万元人民币。"

这个数字已经超出了同学的期望值,但是我还想再争取多些。

我哈哈一笑说:"总裁先生,我觉得您好像是在秀水街买衣服,你们还价太狠了吧。我现在可以很明确地告诉您,客户的损失远远不止10万元。我们肯定不能接受这个金额。"

总裁说:"很抱歉,这是公司作出的决定,我虽然是总裁,也只有遵守公司的决定。"

看起来再要增加赔偿存在很大难度。但是,我不想就此放弃。

我紧盯着总裁的眼睛,一字一句地说:"请您告诉我,这是不是你们最后的、不可更改的决定?"

总裁愣了一下,问:"您的意思是?"

我说:"我的意思是,这是不是贵公司最后的、不可更改的决定?"

我虽然只是重复问了一遍同样的内容,但是话语里面包含着两层意思。如果这是对方最后的、不可更改的决定,意味着谈判到此为止。我方仍然有两种选择:接受,或者不接受。如果我们不接受这个数字,接下来就会启动一系列的行动。我虽然没有明确表达出不接受的意思,却有力地传递出了这个信息。当然,我也没有把自己的后路给断掉。

总裁沉默了一会,说:"我愿意为解决这件事情尽我个人的最大努力,我愿意承担风险,在公司决定的底线上增加一两万的金额。这是我能做的极限了。请您理解。"

我微笑着摇摇头,说道:"总裁先生,我不希望您个人为处理这件事情承担任何责任。您已经尽了自己最大的努力,无论这件事情能不能谈成,我们对您都没有任何意见。为了回报您的诚意,我也愿意将我方的底线透露给您:我们统计了全部的损失是16万,少于这个金额,我们宁可一分钱不要。"

总裁仰天一笑:"这个数字我可做不了主了。"

我也笑着说:"没有关系,您可以回去再和其他的负责人研究一下,只是我今天之内必须要得到答复。"

总裁眉头一皱:"非要今天之内就答复吗?"

当然要趁热打铁。时间再拖下去,不知道又会发生什么变化。

我说:"是的,我们已经等得太久了。我从来就不指望我们的协商会取得成果,但是为了表示我对贵公司的尊重,我觉得有必要先跟你们接触,让你们知道是怎么一回事。您知道,我的当事人是一位民营企业家。索赔不是我们的目的,这点赔偿对于我的当事人的身价来说,不值一提。我们更在乎的是,通过这样的一件事情,向他的客户展示维护自己权益的决心。按照我们的计划,如果今天的谈判没有结果的话,明天我们将会采取一些新的行动。"

总裁说:"这样吧,我争取今天之内召集相关人员开会研究,但是现在已经是快下班时间了,我想,您能不能帮个忙,我明天上午九点之前给您答复。如果没有太大意外的话,我想,刚才您提出的要求应该可以获得通过。"

我面露难色，考虑了一会说："好吧，您到时候让法务经理跟我说一声就行了。"

总裁说："我们现在谈谈道歉的问题？"

我说："我们需要公司出具的书面正式道歉。考虑到您解决问题的诚意，我们愿意在道歉方式上做一些变通。贵公司可以用道歉信的方式，就这个事情向客户致歉，必须加盖公司公章。"

总裁沉吟了一下，说："我归纳一下您的意见：第一，我们公司以书面的方式向客户出具道歉信；第二，我们公司补偿客户16万元经济损失；第三，放弃其他的要求。您的意见是不是这些？"

我说："基本上是这样。"

总裁伸出手来和我相握，说："行，我们回去研究一下，尽快给您回电。"

第二天一早，法务经理给我打来电话，告诉我公司已经通过了，正在着手起草《和解协议》。几天之后，我们拿到了赔款和道歉信，并在《和解协议》上签字。

美中不足的是，签订《和解协议》的日期已经是9月初了，不是我期望的8月15日。转念一想，抗战可是足足打了八年啊，我们两个月的时间就让骄傲的对手败下阵来，也算不错啦。

这是我来北京之后第一个自己的案源。同学喜出望外，拿出赔款的大部分支付我的代理费，而且在同学和朋友中广为宣传。这一次的获胜，极大地鼓舞了我的士气。

冲动的惩罚

深夜，电话铃声响起。迷迷糊糊地拿起手机，又看到了那个熟悉的号码，我不由得叹了口气，打起精神，接通了电话。

给我打来电话的，是一位姓王的女军官。她是某著名军队医院的内科主任，丈夫是某军区参谋长，两人都是大校军衔。但是，他们的儿子小志，一名20岁的大一学生，此时正关押在郊区的监狱，罪名是强奸。终审已经宣判，她没有放弃努力，仍然在为儿子的清白而奔走。

王医生在电话里充满歉意，说："这么晚了还打扰您，真不好意思，我睡不着觉，还是想跟您聊聊小志的案子……"

案件的证据材料我已经烂熟于心，整个案件我似乎亲身经历过一样。我驱走睡意，和王医生研究起案件的突破口。我知道，我们的通话又要持续很长时间，这个夜晚注定无眠了。

王医生第一次来到我办公室的时候，身穿军装，一脸的悲愤。她说，她的孩子小志因为涉嫌强奸被公安机关立案，关押了一个多月后取保候审，案件移送到法院后已经开过一次庭。她看过我关于强奸罪的论文，觉得非常专业，希望我能接受委托，代理这个案子。

在了解到她的家庭情况之后，我的第一反应是："官二代"。对于这个群体，老实说，我非常反感。他们做出无法无天的事情，完全是意料之中。追究他们的刑事责任，那是替天行道。

王医生似乎看出了我的想法，诚恳地对我说："下次我让孩子跟我一块来见见您，他是个很老实很内向的孩子，绝不会做出这样的事情。"说着，她从包里拿出厚厚的一叠材料。

我仔细翻阅着那一叠材料，脸色渐渐变得凝重。这是她之前聘请的一位律师写的辩护意见和搜集的部分证据。看完这些材料，我对案情有了初步的了解。

小志是大一的学生，在北京一所很普通的高校读书。洋洋是他班上的一位女同学，是在新疆长大的汉族女孩。刚开始的时候两人关系一般。但是，当洋洋知道了小志的家庭情况后，突然对小志变得非常热情，经常在QQ上找小志聊天，言语暧昧。比如，给小志发一些"亲吻"、"玫瑰花""害羞"之类的表情，管小志叫"哥"，要小志"抱抱我"、"亲我"、"喜欢我"等。不到一个月时间，他们的聊天记录竟然多达近200页。

案发前一天是星期五，晚上两人在QQ上聊了很长时间。洋洋给小志发了一张女性胸部特写的图片，问小志："你喜欢大胸女人吗?"还说自己"胸不够大"，"想去丰胸"。洋洋还问小志"星期六晚上你妈妈在家吗，我想到你家去住"，"我要穿你的睡衣"，等等。两人商量好了星期天一起去看电影、上餐馆吃饭。星期六下午四点，洋洋如约来到小志家中。接下来发生的事情，两人的说法完全不同。

洋洋在公安机关报案时说：
她和小志是普通同学关系。小志那天上午给她发短信，说是请她吃晚饭。她当时在逛街，于是乘车往小志家去。小志从地铁站接到她后，说要回家拿点东西。在医院家属楼前面，小志突然兽性大发，将洋洋强行拽上四楼。小志打开自家房门后，将她从客厅拖进卧室，按倒在地上意图强奸。洋洋极力挣扎反抗，苦苦求饶，甚至以死相逼。趁小志不注意，洋洋夺门而出，跑到小志家边上的军队医院门诊部。在电梯里，洋洋遇到一位送盒饭的工人，央求这名工人将她送到地铁站，这才侥幸逃脱。

而小志的说法却是：
接到洋洋后，他们一起上楼进入房间。先是坐在一起玩电脑游戏、听歌，又逗了会小狗。后来，小志带着洋洋参观家里。走到自己卧室的时候，他抱住了洋洋，两人倒在床上。但是洋洋一直在挣扎，还挠了一下他的脸。他见洋洋不乐意就算了。两人又听了一会歌。洋洋说肚子饿了，想出去吃饭。他们一起离开。路过医院门诊部的时候，洋洋说去上个洗手间，然后进了门诊大楼。小志在外面等了半天，没等到洋洋出来，拨打洋洋手机，一直没有接听，小志只好独自回家了。

当天晚上，洋洋给小志打电话。小志问她去哪了。洋洋回答说："临时有事，直接回表姐家了。"洋洋还说："我的包落在你家里了，里面有两万元现金，你明天把包给我送过来。"小志在家里找到洋洋留下的背包，包里只有一个小玩偶和几件衣服，没有现金。第二天上午，小志来到约定的地方，洋洋和她的表姐一起来的。小志说："我没看到包里有钱。"洋洋说："你不还我钱，我就报警。"小志说："反正我没拿你的钱，你爱报警就报警吧。"

星期一上课的时候，洋洋主动找到小志，说这个事情算了，要小志删除QQ聊天记录和手机短信。小志当着洋洋的面删除了手机短信。但是在删除QQ聊天记录的时候，他有一丝疑虑，删除之前特意做了备份。星期二下午，洋洋向派出所报警，小志在学校被警察带走。

仔细比对两人对案情的陈述，我感觉小志的说法更符合常理。既然和洋洋一起到自己家里，小志何必那么迫不及待，在楼道口就突然"兽性大发"，将洋洋强行拽上去呢？这是军队的家属楼，邻居们都是天天照面的叔叔阿姨，小志难道不怕被人看见吗？按照洋洋的讲述，小志更像是一个作恶多端的色情狂，而不像是大一的新生。

我拿着厚厚一叠打印出来的QQ聊天记录，一页一页仔细查看。里面有很多连我看了都会面红耳赤的言语和图片，都是洋洋发给小志的。看得出来，洋洋很主动、很开放，而小志则很被动。面对洋洋的挑逗，他更多的是以"……"或者"呵呵"回应。

根据聊天记录，在案发之前，洋洋多次向小志打听他家的经济状况，包括父母的职务、收入、家里有几套房子，等等。洋洋说，她想家了，元旦的时候想坐飞机回新疆，但是钱不够，问小志能不能帮她买机票。小志没有回应。案发前一天晚上，洋洋更是极力挑逗小志，主动提出要去小志家过夜，并说"哥哥你可不许欺负人家哦"之类的话。任何一个男人，看到这些话都会血脉贲张、浮想联翩，何况是一个青春期的小男孩呢。

我问王医生："你没有将这个聊天记录交给警察吗？"

王医生一脸的愤怒，说："小志被带走后，警察扣押了他的笔记本电脑。他在警察问话的时候，告诉警察他电脑里有聊天记录，可以证明他和洋洋的男女朋友关系。警察从学校取来电脑后却告诉小志，他的电脑开不了机，无法调取聊天记录。小志取保候审之后，我们取回了电脑，找一名技术人员帮我们修理电脑。电脑技术员说，小志的电脑被人为地格式化了！"

我震惊了。居然还有这样的事情？这可是非常严重的行为啊！

王医生接着说："后来我们想尽一切办法，通过电脑专业技术人员帮助，恢复了硬盘里的数据，这才把聊天记录调了出来。但是，我们把聊天记录交给警察的时候，他们说，这个聊天记录没用，你儿子已经承认了他想强奸洋洋！"

我摇头叹息。在很多办案人员的心目中，口供是"证据之王"，只要犯罪嫌疑人承认了，再有力的证据他们也不放在眼里。如果嫌疑人不承认，他们就会想办法让他承认。冤假错案，大多就是这样形成的。小志的笔记本电脑是放在学校宿舍的，到底是谁将它格式化的，目的何在？

几天后，王医生带着小志来到我的办公室。

出乎我的意料，小志竟然是一副腼腆、木讷的样子。他瘦瘦高高，脸色苍白，眼窝深陷，戴着一副高度近视眼镜，没有一丝的张扬和跋扈，也感觉不到那种不可一世、满不在乎的戾气。难怪他的妈妈不相信他会强奸。

我问小志："为什么在看守所里承认自己想强奸洋洋？"

小志说："警察告诉我，电脑坏了，里面的资料都找不到了。我想这个事情我现在说不清楚了。警察又说，只要承认了，很快就可以取保候审出去，我就承认强迫了洋洋，想和洋洋发生性关系。"

王医生告诉我，小志被关押以后，她和小志的爸爸也不敢十分肯定小志是不是犯罪了，想争取得到洋洋和她家里人的谅解。他们在军队保卫处干部的陪同下，专门去了新疆，来到洋洋家里，当面向洋洋本人和她父母赔礼道歉，给了洋洋家10万元的赔偿。洋洋也写了《谅解书》，同意司法机关对小志从轻处理。司法机关考虑到被害人已经原谅，小志又是在校学生，所以给小志做了取保候审。

然而，在案件进入法院审理程序后，洋洋突然向小志家追加了两个条件：要求小志再赔偿5万元的精神损失费，同时小志必须从学校退学。这个时候，小志笔记本电脑的数据已经恢复，王医生看了QQ聊天记录后，明白了事情的真相，断然拒绝了洋洋提出的无理要求。洋洋立即委托律师向法院提交申请，撤回此前的《谅解书》，要求法院从严惩处小志。

王医生说到这里，浑身颤抖，泪如雨下。

我对这个军官家庭充满了钦佩和同情。以他们的身份地位，稍微动用一些关系，摆平这点小事应该不难。但他们第一时间想到的是，自己的孩子可能有错，应当安抚被害人。在得知自己孩子受冤枉的真相后，他们仍然没有考虑如何去恐吓、报复洋洋，而是通过律师寻求法律的公正处理。这么正直的军官，令人敬佩，同时也让我坚信，这样的家庭不会教育出混账孩子。

但是，事情已经变得非常棘手。侦查机关轻信洋洋的一面之词，检察机关没有认真审查证据，稀里糊涂地将案件起诉到了法院。如果小志无罪，根据错案追究制，公安和检察院的办案人要受到相应处分。他们实质上已经与洋洋是一个阵营，为了个人利益和单位的面子，会将错误坚持到底。我们的对手，不仅仅是那个叫洋洋的女孩，还包括了相关的办案人员以及他们身后的司法机关。这是令人头疼的事情。

我们没有退路，只能选择无罪辩护。小志刚刚成年，不能有任何犯罪污点。对于一个尚未结婚、甚至没有谈过恋爱的小男孩来说，这个莫须有的"强奸罪"将是他一生的阴影，会严重影响到他今后的恋爱、婚姻和工作。在监狱里，"强奸犯"是最为人不齿的。他们在监狱里的地位最卑贱，受尽同监犯人的歧视和欺凌。这是一个孩子无法承受的。

小志的爸爸，军区参谋长从外地打来电话："律师，如果我的孩子真的犯罪了，作为一名军人，我们绝对不会包庇他，哪怕是判小志死罪，我们也认了！但是，如果他没有犯罪，我们一定会坚持到底，为他讨回公道！"

我把案卷认真研究了几遍，得出结论：小志确实是被冤枉的。

检方认为，洋洋在小志对其拥抱、亲吻的时候进行了反抗，事后又报警，可以认为是"违背妇女意志"，虽然小志没有得逞，仍然可以认定为"强奸未遂"。从表面上看，检方的指控似乎说得通，但认真推敲之后，却发现根本不是那么回事。

在强奸罪的认定上，司法机关历来忽视嫌疑人与被害人的身份关系。异性熟人之间与异性陌生人之间的交往，肢体接触的尺度必然会存在重大区别。

我在法学院给研究生讲课时，谈到这个案例。我让在座的女同学回答我的问题："如果一位女生经常在QQ上给某位男生发亲吻、鲜花等表情，发大胸女人的图片，告诉这个男生她想去丰胸，问这个男生喜不喜欢大胸女人。如果这个女生主动提出要到这个男生家里过夜。在男生家里，这个男生强吻了她，但是在女生的反抗下没有进一步的行为。你们认为这算不算强奸未遂？"下面的女同学异口同声地回答："当然不算。"

绝大多数人都会作出这样的回答。但是，办理本案的警察和检察官却并不这么认为。难道他们都不食人间烟火？

如果小志所说的一切是真实的，那么这个叫洋洋的女孩太可怕了，她有着超越年龄的成熟与险恶。她先是通过言语和图片刺激小志，挑起他的性冲动，在事情发生之后，谎称包里有两万元现金（一个家境并不宽裕的在校女生，哪来的两万现金随身携带呢？如果这两万元是真实的，为什么后来又只字不提？），想借机敲诈小志。敲诈不成，便欺骗小志删除两人的手机短信和QQ聊天记录。做好充分的准备工作后，这才向派出所报警。洋洋收下小志父母的10万元赔偿金，得寸进尺，要小志家里再给5万元，还要小志退学。她的行为匪夷所思，明显已经构成诬告陷害和敲诈勒索，为什么司法机关对此却视而不见？

　　小志承认自己对洋洋有强迫的行为，而且也想和洋洋发生性关系。这是一个发育正常的男人的本能反应。在恋爱交往中，一般情况下男性占据主动，行为带有一定的侵略性和轻微的强制。女性由于羞涩和恐慌，即使对男性有好感，也会本能地抵触、反抗。男方通过轻微的强制来试探女方的反应，如果女方愿意接受，会在接下来的过程中放弃抵抗。如果女方坚持抵抗，男方应当尊重其意愿，停止侵犯行为。有过恋爱经验的人，都清楚恋爱中男女交往的基本规则。

　　在这个案件里面，情窦初开的小志通过与洋洋的聊天，接受了洋洋大量的性刺激，由此形成"洋洋愿意和自己发生关系"的认识。在这种认识的支配下，小志对洋洋有拥抱、亲吻的行为，是可以理解的。在两人的肢体接触中，小志对洋洋采取了一些轻微的强制，这是小志对洋洋是否愿意更进一步的试探。当洋洋作出明确的拒绝表示后，小志停止了亲昵的举动。小志的行为并没超过恋爱的尺度，没有任何不妥的地方。

性冲动是人类的原始本能，存在于每一个正常人的身体之内。"冲动是魔鬼"，但"性冲动"却是人类社会发展、延续不可缺少的因素。性冲动本身并不是罪恶，性冲动失去控制，才可能构成犯罪。

小志是什么时候才判断出洋洋"不同意"的呢？小志在侦查机关的回答是："我们进了卧室之后，我将她扑倒在床上，她坚持要起身，还对我说了不要这样。这个时候她就是不愿意和我发生关系。但我还是用手按住了她的肩膀，不让她坐起来。"小志的回答显然不是当时真实的想法，而是在接受讯问时回忆当时情形而作出的事后判断。

年轻男性在性冲动的支配下，判断力比平时要低很多，此前洋洋给小志的性刺激过于强烈，必然不会刚刚遇到轻微反抗，就放弃对洋洋的试探。根据一般生活经验，一个人从性亢奋恢复到理性，是一个逐渐消退的过程。小志与洋洋强制与反抗的胶着状态，持续的整个过程只有短短的一两分钟，小志需要一段时间来判断洋洋的反应，克制冲动，冷静下来。

洋洋在QQ聊天中发出的挑逗（"愿意"），和她在小志家的最初反应（"不愿意"），两种态度截然不同，其中巨大的变化对小志造成了严重的认知困难。洋洋的真实意愿到底是怎样的，小志需要进一步试探，重新建立起认识，而这种认识的重新构建，不可能在瞬间完成。洋洋通过不断的反抗行为，逐渐消除了此前基于QQ聊天给小志带来的认识（"愿意"），当全新的认识（"不愿意"）建立之后，小志停止了强制的行动，放弃了更进一步的努力。小志的行为属于刑法理论上的"试探和奸未成",与"强奸未遂"有着明显区别。

办案人员在看到 QQ 聊天记录的时候,应当已经知道了案件的真相。但是,他们为什么还要将程序继续下去呢?我百思不得其解。

检方的证据里,除了洋洋的陈述,还有一份很重要的证人证言,是她在医院门诊部电梯里面遇到的送盒饭的工人的证言。两人分手的时候,洋洋问他要了手机号,所以警方很容易就找到了他。

我不由得佩服这个女孩。如果她真的是被人强奸未遂,在那种慌乱、害怕的状态下,她还能记得让一个陌生男人留下手机号,"为了以后报答他"。这种冷静、理性和感恩,是大多数年轻女孩子做不到的。如果她的目的不是"报答"而是其他,她的心计真是令人佩服。

送盒饭的工人证实:当天傍晚他在电梯里看见洋洋不停地打电话,还在哭。电梯到五楼妇产科的时候,洋洋本来走出了电梯,但是立即又回到电梯里,向他求助,说是有人在追赶他,请他帮忙送她到公交车站。

小志的另一位辩护人也找到这位送盒饭的工人取证。送盒饭的工人证实:洋洋当时衣衫整洁,脸上没有任何伤痕和异常。

这与洋洋报案时所说的情况存在很大区别。洋洋说,当时小志将她摁倒在地板上拖进卧室。在施暴过程中,小志扇了她的脸,把她的脸都打肿了。

在上一次开庭的时候,洋洋对法庭说,她的室友经常冒充她与小志QQ聊天。但是，我们取得洋洋几位室友的证言，证明她们各自使用自己的电脑，从未冒充洋洋和小志聊天。

现有的证据我仍然觉得单薄，我决定到现场亲身体验一下。

小志的家和军队医院紧挨着，是医院的家属楼，每隔一两百米都有值勤的岗哨。如果当时洋洋惊慌失措地跑出小志家，必然会引起岗哨的注意。但是，根据我的调查，当天值勤的战士没有发现异常情况。遗憾的是，由于时间已经隔得比较久远，监控录像已经无法提取。为什么侦查机关当初不调取这些监控资料？难道不重要吗？

家属楼只有五层，没有电梯。楼道口很窄，最多只能两人并行。楼梯是木质扶手，下部是铁栅栏。洋洋说，当时小志一只手勒住她的脖子，一只手搬起她大腿，把她弄上楼。我站在楼梯上比划了半天，都没搞明白这是怎样的一种姿势。当时洋洋完全可以抓住扶梯或者大声呼救。但是，我调查了住在三楼的一位女医生，她当天下午正好在家，没有听见外面有任何异常的声响。

走进小志的家，里面摆设很普通。由于小志的爸爸长期在外地工作，王医生又经常值班，家里的卫生条件并不是太好，地板上有一层灰尘。如果当天洋洋确实被摁在地板上，而且是被拖进卧室的话，衣服上肯定会留下污痕。

三楼的邻居给我们提供了一位证人，是她家的送水工。送水清单显示，当天下午他给那位邻居家送过水。送水工说，下午六点多钟他送完水下楼，看见一对年轻男女并肩下楼，没有什么异常情况。但是，他已经想不起来那对年轻男女长得什么模样了。

从小志的家直行 100 米就是热闹的大马路，有报亭、水果摊，还有一个公交站台，车水马龙。奇怪的是，洋洋当天离开小志家后，没有直接跑向公交车站，而是七拐八拐，朝着几百米外的门诊部大楼而去。难道在洋洋看来，马路上的行人根本靠不住，所以才去门诊大楼找人送自己去坐地铁？

我根据医院的工作记录，走访了当天值班的医生护士。他们都说，六点钟左右的时候没有发现异常情况。

如果洋洋当时真的是求救，一路上有那么多值勤的战士，门诊部也有值班的医生、护士，她为什么还要跑到五楼的电梯里，去向一个送盒饭的工人求助？如果说她担心医院的工作人员跟小志家熟悉，那她完全可以找一个来看病的人帮助她。在那种紧迫的情况下，她精心选择了一位与医院没有多大瓜葛的送盒饭工人。难道送她上公交站台这种小事情，也需要考虑得那么细致周全吗？莫非她一开始就知道，这个送她去公交站台的人，必然会成为本案的关键证人，所以才留下对方的手机号码？

想到这里，我打了一个冷战。这个女孩，太可怕了。

案件再次开庭。洋洋没有参加这一次的庭审，我稍微觉得有些遗憾。我很想见识见识这个女孩，向她提几个问题。也许是上一次开庭时辩护人的提问已经让她无法回答，所以她不再出面，干脆委托律师出庭。

检方的证据主要包括：洋洋的陈述，小志的供述，洋洋表姐的证言，送盒饭工人的证言，两位同学的证言，洋洋遗留在小志家中的物品。基本上都是言辞证据。

针对洋洋的陈述，我指出：洋洋与小志如果是普通朋友，怎么可能轻易接受小志的邀请，单独和他吃饭、看电影，甚至是去他家里过夜？小志在上楼时突然"兽性大发"、洋洋离开小志家以后的逃跑路线、向送盒饭的工人求助等方面的内容，都存在违背常理之处，也与证人证言抵触，显然洋洋在说谎。

对于小志在公安机关的供述，我指出：以12月25日为界，小志对"自己与洋洋的关系"、"洋洋来自己家的起因"以及"离开家以后的过程"作出了截然不同的陈述。在"我们互相是有好感的"、"洋洋在QQ聊天中表达了来家里住的想法"、"双方一起离开家"这三点上，12月25日之前的三份供述是一致的。而12月25日之后的三份笔录却是做了相反的陈述。我认为：QQ聊天记录、手机通话清单以及其他客观证据均能印证小志在12月25日之前所做供述的真实性。

洋洋的表姐在证言中说，她在当晚见到洋洋的时候，发现她脸颊红肿。她让洋洋给小志打电话，但是小志却一直不接。表姐对洋洋脸颊受伤的描述，与送盒饭工人的证言矛盾。我们调取的手机通话记录显示，当晚六点到八点之间，小志三次主叫洋洋，最长通话时间接近两分钟。很显然，洋洋的表姐也在说谎。

两位同学主要证明小志与洋洋是普通同学关系，洋洋在新疆有男友。QQ聊天记录已经证明，洋洋与小志之间确实存在暧昧的关系。洋洋既然有男友，却跑到一名普通的男同学家里去"过夜"，这算什么呢？

总体上来说，检方出示的有罪证据非常单薄，没有形成证据链，而且事实不清，重大疑点未得到排除，不符合"事实清楚，证据确实充分"的要求。

我指出：本案是发生在男女同学之间的强奸未遂案件，控辩双方的争议焦点在于，小志的行为是否违背洋洋意愿。围绕争议的焦点，需要查明六个方面的事实：

1. 被告人与被害人是什么关系？
2. 被害人为何来到被告人家中？
3. 在被告人家中发生了什么事情？
4. 被害人逃离的路线是怎样的？为什么选择这样的路线？
5. 被害人逃离时的外貌、衣着、神态是怎样的？
6. 事件发生后双方有没有进行过联系？联系的内容如何？

证明"小志与洋洋之间是亲密男女关系"的证据有：长达191页的QQ聊天记录，里面有大量的挑逗性话语和图片；洋洋三位室友的证言，证明她们从未冒充洋洋与小志聊天；电脑专业技术人员证明小志电脑数据恢复的情况；手机通话清单，证明两人通话、短信往来频繁，甚至在深夜十二点之后还有密集的短信联系；洋洋自己在公安机关也承认，两人约好一起吃饭、看电影。这些证据足以说明：小志和洋洋已经超越了普通的男女同学关系，至少在小志看来，两人已经是在恋爱了。

证明"洋洋到小志家里过夜是两人之前商定的事项"的证据有：QQ聊天记录中，洋洋明确提出周末要到小志家里住一晚，两人还就一些细节问题商量，洋洋说"想到周末要去哥哥家去住，好兴奋好激动哦"；手机短信截图，案发当天上午九点多，洋洋给小志发来一条短信，说"哥，我出门咯，哈哈，晚上见"，这是小志手机里唯一一条忘了删除的短信；手机通话清单，证明当天上午十点至下午四点，小志向洋洋发出 8 条短信，在下午四点前后，小志呼叫洋洋三次。这些证据驳斥了洋洋所说的"那天下午临时接到小志电话，说请我吃饭"的谎言，说明到小志家"过夜"是两人早就商定的。

证明"小志没有对洋洋施暴"以及"洋洋离开时状态"的证据有：学校对小志的品行证明和老师的证言，证明小志品学兼优，获得"三好学生"等荣誉；小志家邻居的证言，证明当天没有听到任何异常声音；送盒饭工人的证言，证明当天洋洋衣衫整洁、脸部没有伤痕；小志的母亲王医生的证言，证明家里的卫生半个月才打扫一次，地板很脏；小志自己的陈述，证明当天只是将洋洋压在身体下面，没有使用暴力。

证明"洋洋离开时的路线"的证据有：小志的陈述，当天洋洋来到家里之后，为了防止妈妈突然回家，他特意用钥匙从里面反锁了房门，拔下了钥匙，洋洋不可能"趁小志不注意，夺门而逃"；送水工的证言，证明当天下午六点左右，看到一对年轻男女并肩下楼，没有异常；军队医院值勤战士、医生、护士的证言，证明在他们值班期间，没有发现任何异常情况；军队医院平面图以及门诊部大楼内部、外部情况的照片，证明洋洋所说的"逃跑"路线舍近求远，违背常理；军队医院《每日医疗概况》，证明当天该院的门诊病人为 2319 人，洋洋完全可以在一楼向任何一名病人求助，而不必要到五楼妇产科找到送盒饭的工人求救。

证明"小志和洋洋事后仍有频繁联系"的证据有：QQ 聊天记录，证明当晚小志对洋洋的突然消失表示了担忧，第二天两人还就归还洋洋遗留物品进行商量；手机通讯清单证明，洋洋离开小志家后，直到小志被公安机关带走，在两天的时间里，小志向洋洋发出 30 条短信，两人互通电话 18 次。这样高密度的联系，他们在商量什么事情呢？公安机关并没有查明这一重要的事实。

我向法庭提交的证据多达几百页，光是《质证意见》就有一万六千多字。无论从证据的数量、质量还是证据的客观性，都远远超过了检方。这些证据足以说明：

洋洋在撒谎，小志是无辜的。

庭审之后，法官多次找我们谈话，意思只有一个：本案确实存在情况，但问题不大，如果认罪，可以判处缓刑。如果不认罪，就判实刑。

我大失所望。我们的证据如此充分，竟然还要认定小志构成犯罪。需要用小志的有罪，来证明办案单位的正确？被告人的清白，难道无足轻重？堂堂的公检法机关，就这样被一个 90 后的小女孩玩弄于股掌之中？荒唐啊。

王医生坚决不同意让小志认罪。无论是从一个母亲的角度，还是从一名军人的角度，她都不能接受自己的孩子蒙受不白之冤。

我让小志自己拿主意。

小志抬起头，问我："您说我有罪吗？"

我说："如果你这样也算有罪的话，天底下每个男人都有罪。我们都是这样长大的,都有类似的经历。只是你遇到的这个女孩太毒了。你不但没有罪,而且根本没错。你别自责。"

小志低下头想了很久,说:"如果我没有犯罪,那我为什么要认罪呢?"他的眼里,充满了迷茫和委屈。

在得到我们肯定的答复后,法官无奈地摇摇头。

几天之后,法院宣判。虽然早有准备,在听到"判处有期徒刑二年六个月"的结果后,王医生顿时放声大哭,瘫倒在地上。法警给小志铐上手铐,带上了囚车。

我强忍内心的悲愤,安慰这位痛苦的母亲。这是一位解放军的大校军官,军队医院的业务骨干,曾经在对越自卫反击战中冒着枪林弹雨抢救伤员,她的丈夫也是大校军衔。他们的孩子正蒙受着巨大的冤屈。作为母亲,她明知道孩子是无辜的,却救不了他。

《判决书》的内容完全自相矛盾。既认可我们提交的QQ聊天记录等证据的真实性,又认为小志的行为构成了强奸未遂。当然,在我的律师生涯中,这样荒唐的《判决书》见多不怪了。只不过这一次被冤屈的,是高级军官的孩子。

王医生决定上诉。上诉期间,两级法院、检察院的相关负责人多次听取我们的意见,最后还是那个条件:只要认罪,就改判缓刑,不认罪,维持原判。

在这一点上,王医生和她的丈夫从未动摇,他们展示出军人的固执:"我的孩子是无罪的,决不认罪。"

我多次去看守所会见小志。他脸色苍白，目光却变得坚毅。他让我带话给妈妈："让她别担心，自己注意身体，别太为我的事情伤心劳累。告诉我爸爸妈妈，我不会给他们丢人。"

几个月后，二审裁定下来了："驳回上诉，维持原判。"这一次，王医生没有哭，拿着《裁定书》，她的手微微颤抖。走出法庭的时候，她回过头对二审法官说："我一定会申诉到底，我一定要救出我的孩子。"

我相信，这个案件最终会还小志的清白。我同时坚信，玩火者必自焚。无论是陷害小志的那位女孩洋洋，还是那些将错就错、把法律当成交易的案件承办人，总会有清算的一天。

就像那句著名的预言：

我们等得到。

初恋有毒

做律师这些年来，我办理的不少案件与婚姻家庭矛盾有关，有些案件就是因爱生恨而造成的刑事案件。最常见的是家庭暴力。有些女性当事人向我展示身上的伤痕，总是让我心惊肉跳，怒不可遏。一些案件中，饱受家庭暴力的女性不敢报警，也不敢向施暴者还击，转而向比自己更弱小的人发泄怨气，首当其冲的，就是无辜的孩子。有的女性以伤害自己的孩子作为对男方的报复，甚至杀害孩子后结束自己的生命。这样的悲剧总是令人痛心不已。早知如今，何必当初。

恋爱是一门很深的学问。"男怕入错行，女怕嫁错郎。"女人一生的幸福，很大程度上取决于自己的丈夫。但是，中国的年轻男女，从来就没有机会接受完整系统的恋爱、婚姻教育，他们大多抱着对幸福的渴望，对未来的憧憬，坠入爱河，难以自拔。有些时候发现选择错了，还可以重新开始。但是有些时候，却已经付出了非常惨重的代价，有的人，甚至付出了一生。

小华是一位90后女孩。她的姐姐、姐夫找到我的时候，她因为涉嫌走私毒品，被华东某机场海关抓捕，在H市看守所已经关押了三个多月。小华的父母是老实巴交的农民。他们一得到警方的通知，就连夜赶到该地。小华的姐夫通过其他的老乡辗转找到我，希望我能够帮帮他们。

我从事律师职业以来，毒品案件办得并不多。原因在于，毒品犯罪是国家重点打击的对象，司法机关对证据的要求相对宽松，量刑的时候却毫不留情，一般都是从重、从严，律师办理毒品案件的辩护空间相对较小，很难获得比较好的辩护效果。还有一个原因：我痛恨毒品。我见过吸毒的人，他们挥霍金钱、摧残身体还是次要的，在毒品的折磨下，他们失去了自我，失去了尊严，给自己和亲人造成了极大的精神痛苦。每当看到这些吸毒的人，我就非常痛恨那些毒品犯罪分子，认为他们该杀。为他们辩护，我有些言不由衷。既然很难做到勤勉尽责，不如让其他律师去辩护。

小华的姐夫一再恳求，我因手头有很多亟待处理的事务，于是向他们推荐了我的同事樊律师。樊律师是位执业二十多年的女律师，经验丰富，工作认真。小华的姐姐和樊律师办理了委托手续，仍然希望我能够关注这个案子，出出主意。我答应了他们。

樊律师接受委托后，立即去 H 市会见了小华。返回北京后，樊律师告诉我，小华涉案毒品数量为海洛因 2000 多克，纯度将近 30%。我张大了嘴，半天合不上。2000 多克！按照法律规定，50 克以上就够判死刑了，这个数量，可以判几十次死刑了。小妹妹，你年纪虽小，胆子可真大啊！

樊律师说，小华是和一个外国人在谈恋爱，那个外国人让她去马来西亚玩，回来的时候在 H 市某机场被海关查出，行李中有两罐奶粉，经检验是海洛因。在海关调查的时候，小华始终坚持自己不知道奶粉罐里面是毒品。樊律师根据自己的观察，认为小华没有撒谎。为此，她特意和承办案件的检察官进行了交流。检察官也认为这个案件有疑点，需要退回补充侦查。

我问樊律师，小华吸毒吗？

樊律师说问过了小华，还特意向检察官求证，小华不吸毒，海关对小华做过尿检，呈阴性。我松了一口气。不吸毒就好，可以减少一个证明其走私毒品的旁证。

我认可樊律师的判断。既然检察官也认为这个案子有问题，那么可能会有好的结果出现。我让樊律师在会见小华的时候叮嘱她，在接受办案人员提审的时候，一定要实事求是，要认真阅读笔录才能签名，不能一时糊涂，害了自己一辈子。我担心，某些办案人员立功心切，欺骗小华作出不真实的供述。

人心不古，不得不防啊……

过完春节，回到北京。第一天上班，樊律师就告诉我，刚接到

H 市中级法院的电话,小华走私毒品案件定于 2 月 13 日开庭。我愣住了。不是检察官认为案子有疑问吗?不是退回补充侦查了吗?这么快就开庭?

为了查阅补充的证据材料,并和小华做好开庭前的沟通,樊律师提前几天赶往 H 市。我考虑再三,决定参与其中,为小华辩护。

安排好手里的工作,已经是周末。2 月 13 日是周一,我没有可能在开庭前会见小华了。听樊律师说,每次会见的时候,小华都是痛哭流涕,要律师转告家里人,一定要救她,她很害怕。我希望当面给这个女孩子一些安慰,看来只能在法庭上了。

寒流来袭,气温骤降。坐在京沪高铁的列车上,窗外的风景一闪而过。外面下雪了。明天将是决定命运的时刻,那个名叫小华的女孩此时又在想些什么呢?我坐在车厢里,翻阅案卷材料,忧心忡忡。

现有的证据显示,小华家在农村,有五个女儿,她排行第四。高中毕业后,小华先是在当地打工,后来去了常熟一家服装厂。2010 年 3、4 月间,她在互联网的聊天室里认识了一名黑人老外,名叫 Kenny。小华凭借中学的英语水平,加上 Kenny 也略懂一些中文,所以沟通上没有太大障碍。Kenny 说自己是美国公民(后来小华才知道,他其实是乌干达人),在广州开服装厂,看过她的资料,很喜欢她,愿意和她交朋友。在 Kenny 的强烈攻势下,一个月后,这个没有见过世面的女孩子辞去了常熟的工作,去了广州,见到了 Kenny。Kenny 把她带到一个朋友的住处,说自己的房间停水停电,所以暂时住在朋友这里。在广州的第三天，Kenny趁朋友不在家，强行和小华发生了性关系。小华当时很生气，也很害怕。但是Kenny说，一定会娶她。小华从来没有谈过恋爱，不知道该怎么办，于是继续和Kenny交往。

Kenny带着小华逛了广州的某个服装市场，说自己在里面有个摊位。但是令小华奇怪的是，Kenny老是说资金紧张，有时候还问她要钱，平时也很抠门，买东西总是斤斤计较。她有一次偷偷地翻Kenny的资料，被Kenny发现，Kenny非常生气，说她不尊重他的隐私。她很伤心，但是Kenny又哄她，说是要跟她结婚，但是结婚前还是要跟家里人见个面。

几天之后，Kenny对小华说，他父母远在美国，年纪也比较大，行动不太方便。他在马来西亚有个哥哥叫Kent，可以代表家长见面。Kenny让小华去一趟马来西亚，说是Kent会带她四处游玩。小华问Kenny为什么不一起去，Kenny说，他在宁波大学读中文，护照在学校办理手续，这次小华一个人先过去。小华担心自己的英文有限，语言有障碍。Kenny说，马来西亚和新加坡一样，有很多的华人，Kent也会说一些中文。想到能够去马来西亚游玩，小华很开心，所以也就不在意Kenny未和她同行。

临行之前，Kenny让小华捎了很多衣服给哥哥。小华很奇怪，Kenny说，马来西亚的衣服很贵，也不好看。小华在吉隆坡下飞机之后，一位自称是Kent太太的女人将小华接到家里，说Kent很忙，她也要上班，不能陪她玩，让她在家里休息，给她买了很多零食。初次出国的小华没有多想，每天坐在家里看电视，吃零食，乐在其中。

几天之后，她要回国，Kent 让她带回很多吃的东西给 Kenny，包括咖啡、饼干、糖果、奶粉什么的。回到广州白云机场，Kenny 让她打车到某个地方，他让朋友接她。朋友接到她之后，他们换了一辆出租车，回到朋友的住处。

后来，Kenny 说，距离产生美，建议她仍然回常熟工作。她很生气，回常熟去了。但是 Kenny 仍然对她甜言蜜语，她心一软，和 Kenny 继续保持联络。八月份的时候，Kenny 告诉小华，Kent 来电话说，他们看到了小华，对她很满意，同意他们的婚事，上次小华过来，由于工作忙没有陪她玩，很抱歉。这次特意请了假，希望他们过来玩。Kenny 说，这次他也去马来西亚，但是他要先去台湾办事，办完事情后直接飞过去，小华先去吉隆坡等他。

小华满怀憧憬再一次来到 Kent 的家中。可是，Kent 说临时接到加班任务，不能陪她玩了。Kenny 也打来电话，说台湾的工作没有结束，不能来吉隆坡。小华和上次一样，待在房间里看了几天的电视，吃了一大堆零食。临走的时候，Kent 和他的太太又让小华带一大堆东西回中国，包括洗发水、奶粉什么的。Kent 的太太特意叮嘱她，行李里面有洗发水，要托运，不要随身携带。

Kenny 给小华订好的回国机票是飞往 H 市的。下飞机后，小华取到行李，走"无申报通道"出机场。在海关安检口，小华的行李过安检机的时候被海关人员截获。打开奶粉罐，里面的白色粉末发出刺鼻的味道。经检验是海洛因。

小华在供述中说，每次出国，Kenny 都会给她 400 美金作为路费，第一次回国的时候还剩了 200 多美金，Kenny 要回去了。这次也剩余了 200 美金，她的银行卡上还有 1000 多人民币的余额。

公诉机关提供的证据很少，除了机票、护照、现场勘查笔录和毒品检验报告等书证外，还有小华的供述和三份证人证言。小华每次的供述都表示：不知道携带的奶粉里面是毒品。所谓的证人证言，不过是小华的父亲、姐姐和以前单位的同事证明小华办理护照和家庭基本情况、与 Kenny 的交往情况。根据这些证据，小华携带海洛因入境没有疑问，但是，要证明她主观上对走私毒品知情，显然证据是很不充分的。

我掩卷叹息。这个女孩子，太傻了啊。我都不知道该怎么说她。但是，我内心确信，这个女孩子，她是无辜的，肯定！

H 市的天，阴雨绵绵，寒气逼人。高铁抵达 H 市的时候，已经是傍晚。小华的姐姐、姐夫在火车站接到我，我们与樊律师会合后在酒店附近找了个小饭馆，边吃边聊。

樊律师告诉我，检察院提供给法院的证据比她当初在检察院看到的还要少，看不出来补充了什么新的证据。她已经见过小华，提醒她开庭时要注意的事项。樊律师说，小华脑子很糊涂，她很担心在法庭上小华会不会说一些对自己不利的话。樊律师建议，我们在法庭上尽可能地不要向她提问。

我说："我们不问她，难道公诉人和法官不会问吗？有些事情是躲不掉的。所以，我们该问的还是要问。"

我问樊律师："小华被抓获之后，侦查机关有没有顺藤摸瓜，去抓捕 Kenny 等人？"

樊律师摇摇头："从现在的证据材料来看，侦查机关没有去抓捕其他人。"

我愤慨地说："岂有此理啊。两公斤海洛因，很大的数量啊。他们为什么不把那些幕后的毒贩抓起来呢？不把他们抓到，怎么能证明小华对携带毒品是否知情呢？"

樊律师无奈地笑笑。

我觉得这是一个重要的辩护角度。在毒品案件中，查获如此数额的毒品，一般说来侦查机关应再接再厉，对犯罪分子一网打尽。而且，本案涉及跨国毒品犯罪，更是侦查人员立功的大好机会，他们为什么没有继续侦查，而是急于对本案作出结论？

回到酒店后，我立即上网查询资料。马来西亚属于东盟国家，根据资料显示，中国和东盟在本世纪初就开展了禁毒合作，签署了一系列的文件，召开了几次国际会议，并确立了"2015年中国和东盟无毒品"的目标。根据中国和东盟《禁毒合作行动计划》第三章，双方将在该地区加强国家间的联合侦查，在所有成员国和其他国家之间建立并实施司法互助框架，包括引渡和交换证据。

既然有这个"行动计划"，为什么侦查机关不去落实？我翻阅材料，有些明白了。本案的侦查机关是"H市某机场海关缉私分局"，H市某派出所协助调查。一般说来，贩卖、运输等毒品案件是由公安机关的禁毒部门办理的。但是，走私案件的侦查权却属于海关。机场海关每天要处理不少的重大走私案件，哪来那么多的人力用于侦破毒品案件呢？所以，他们只能是"铁路警察，各管一段"，针对他们查获的走私人员进行处理，不去把事情搞大。

但是，因为这个原因，就可以草率地对一个无辜的女孩作出"走私毒品"的结论？2011年，该机场海关缉私分局因查获了大量的毒品走私案件，被省政府授予集体二等功。我想，这功劳里面也包括了小华涉及的2000多克海洛因吧。缉毒固然有功，但是为什么不将案件侦查到底呢？

本案的关键在于，小华到底对携带物品中有毒品是否知情？最高人民法院对此有相应的判断标准，包括："未如实申报"，"使用伪装等蒙蔽手段"，"有逃避、抗拒检查的行为"，"体内藏毒"，"获取高额回报"，"高度隐蔽方式携带或交接毒品"，"故意绕开检查站点"，"虚假身份或者地址办理托运手续"等。小华的情况不符合上述任何一项。头疼的是，该规定还有一个"兜底条款"：有其他证据足以认定行为人应当知道的。

我痛恨"兜底条款"。不得不承认，刑事法律中的"兜底条款"对于打击犯罪有很大的帮助，但是这样的条款，从法理上违背了"法无明文规定不为罪"的"罪刑法定"原则，在实践中又成为执法者枉法裁判的借口。我们无力与强大的司法习惯正面对抗，只能为小华寻找一些证据，来证明她确实是无辜的。

我想到，小华和Kenny的交往中，除了当面交流和打电话，还有很多交流是通过QQ和手机短信。那么，小华知不知道奶粉罐里面是海洛因，这些聊天记录和短信可以作为佐证。

我查阅案卷资料，里面没有相关的内容。问樊律师，她说在会见小华的时候，小华告诉了她QQ号和密码，我们可以尝试一下。这时，小华的姐夫插话说，小华被抓之后，他们也上过小华的QQ，看到"好友"中有个叫"黑人Kenny"的在线，他向Kenny问好，Kenny跟他打了个招呼就匆匆下线了。

我登录了小华的QQ，由于是我们自己的电脑，所以无法调取小华以往的聊天记录。我试图进入Kenny的QQ空间，但是对方设置了"限制访问"。在小华的QQ邮箱中，我找到一封去年7月小华寄给Kenny的邮件，里面是一张电子贺卡，写的是：Kenny, I love you。贺卡的图案是两个打着伞，拥抱在一起的动漫人物。我摇头叹息。傻孩子，你遇人不淑啊。

我问小华的姐姐："小华以前使用的是怎样的电脑？"小华的姐姐说："是一个联想笔记本电脑，现在她五妹在使用。"我让她立即联系五妹，让她登录小华QQ，看看能不能找到聊天记录。五妹在电话中说："没有找到聊天记录啊。"我问："从小华手里拿到电脑后，是不是重装系统了？"五妹说："是啊，以前的系统太慢，所以几个月前重装了一次。"我晕啊。

五妹说："没关系的啊，你可以开通QQ会员，调取以前的聊天记录啊。"我决定先打腾讯公司的客服电话问问。我们从网上搜索到腾讯公司的几个人工客服电话，好不容易拨通其中一个。语音提示之后，一位普通话不太标准的男士接听了电话。

我问他："开通QQ会员后能不能调取以前所有的聊天记录？"他的回答是："可以的，但是要Q币充值。"我问："充多少啊？"他说："100个Q币。"我说："我通过网银，在线向腾讯公司汇款行吗?"他说:"您需要根据我的提示汇款。"

我哈哈一笑,挂断了电话。就算今晚开通了会员,也不一定能拿到聊天记录。小华的电脑已经重装了系统,恢复数据显然也是来不及的。我连夜起草了一份《调取证据申请书》,要求法庭向腾讯公司调取数据库里小华与 Kenny 的全部 QQ 聊天记录,同时向中国移动调取小华的手机短信内容。

我突然想到什么,于是问小华的姐姐:"你妹妹认识 Kenny 后,给家里寄过钱吗?"我很担心小华从 Kenny 那里得到了不少利益,虽然她的银行卡里只有一千多元存款,但是不排除这些财产已经转移回家了。

小华的姐姐回答没有,甚至小华还经常问家里要钱,包括办护照的钱都是问姐姐要的。我接着问:"那么她有没有买过什么贵重物品?比如首饰、高档衣服等?"小华的姐姐说:"还是和以前打工时候一样,什么好东西都没有买过。"

小华的姐姐说:"小华回家办护照的时候,说是要出国去玩。家里人很担心,怕她上当受骗,被人卖掉,劝她不要出去,小华不听。现在可好,命都快没了。"说着说着,小华的姐姐眼睛就红了,潸然泪下。

我叹了口气,回到自己的房间。我坐在电脑前发呆。我很心痛,这个出身农村的女孩子,出于虚荣心和老外谈起恋爱,不但没有得到任何好处,反而被人利用来走私毒品,命悬一线。我该如何拯救这个无辜的女孩子?已经是凌晨两点,我却没有一丝睡意。

2月13日清晨，H市烟雨蒙蒙，像一幅充满诗意的水墨画。我却觉得这幅景象有点诡异。

为了防止路上堵车，我们一早就赶往H市中级法院。九点四十五分开庭，我们八点半就到了法院。

法院里空空荡荡，很安静。我在法庭外的过道上缓缓地走来走去。我准备了几页纸的辩护意见，但是并不满意。樊律师的辩护词我看过了，写得很详细，五千多字，论证很有力。有她的辩护意见，我没有太大的负担。但我觉得还是不够。樊律师的辩护意见，似乎还有什么没有说到的地方。我感觉，如果只是做这样的辩护，很难让一个既定的司法程序停下来。而如果程序走下去，等待小华的，有可能是死刑，至少是15年的有期徒刑啊。

法庭的门打开了，我们走进法庭。公诉人是两位年轻的女公诉人，我放下材料，走到公诉席与她们寒暄。

公诉人很客气，也许因为我们是远道而来。她们从座位上起身，回答我的一些问题。我问公诉人："抓获小华以后，侦查机关有没有顺着这条线索去抓捕Kenny？"公诉人说："侦查机关出具了办案说明，他们根据小华所说的线索，查找出入境资料，没有找到Kenny这个人。"

我心想，警察应该知道，Kenny不可能是真名啊。我问："那么有没有去广州Kenny朋友的住处去抓捕呢？"公诉人说："侦查机关联系了广州的派出所，他们反馈的消息是，那个小区里面查无此人。"

我哭笑不得，哪有这样抓捕毒贩的啊，把犯罪分子当成幼儿园的小朋友,乖乖地在家里等着警察上门啊。我接着问:"那么,侦查机关有没有跟马来西亚警方联系,要求他们提供协助,抓捕身在吉隆坡的毒贩 Kent 呢?"公诉人耸耸肩:"这个我们就不太清楚了。"

我问:"这么大的毒品案子,侦查机关为什么不顺着线索往下查?"公诉人说:"这在机场海关查获的毒品案件中不算大的了,比这数量大的有很多啊。"我笑笑说:"嗯,我知道,他们去年因为查毒数量多,还被授予二等功。"公诉人说:"是啊。"只管查毒品,抓一些被毒贩利用的小鱼小虾,不去想办法抓背后的大毒枭,这样的禁毒工作能起到作用吗?

我转移话题,问道:"海关抓捕小华的时候,她随身携带了手机吗?"公诉人说:"有一部手机。"我说:"手机里面有短信吗?"公诉人说:"我们有几张短信截图作为证据出示。"我一惊。这个证据公诉人没有提交给法院啊。我要求庭前先看看短信内容,公诉人爽快地答应了。

短信有两条,一条是中文的,发信人是 Sister,内容是:"行李中有洗发水,记得要托运啊。"还有一条是英文的,发信人是 Kenny,内容是:"亲爱的,你为什么不接我的电话?"

我问公诉人:"Kenny 这条短信是什么时候发的?"公诉人说:"海关扣留小华的时候,Kenny 曾经给小华打电话,但是海关人员禁止小华接听。一会,Kenny 又发来了这条短信。"

我很想质问公诉人:为什么当时没有让小华在海关人员的监督下接听,趁 Kenny 与小华见面时将其抓获?为什么让毒贩从海关人员的眼皮底下溜掉?

我默默地看了公诉人一眼,把这句话生生地嚼碎,吞进自己肚子里。什么世道啊?!

法官宣布开庭,小华被法警押了进来。这是我第一次看到小华。虽然昨晚在QQ空间里面已经看过她的照片,但是身着囚服的感觉还是很不一样的。小华看到了旁听席上坐的姐姐和姐夫,紧紧地咬着嘴唇,控制自己的情绪。

小华是一个长相很普通的女孩,走在大街上你完全可以对她忽略不计。在沿海一带的工厂女工里面,这样普通的女孩子随处可见。说不上好看,也说不上不好看。更何况,一旦穿上囚服,再漂亮的女人都会变得丑陋不堪。

公诉人宣读完《起诉书》,法官询问小华对《起诉书》指控事实的意见。小华说:"过海关时在我的行李箱里面发现了毒品,但是我根本不知道那是毒品,如果知道的话,我肯定不会把它带到中国的。我不会让毒品毒害中国人。"说到这里,小华开始哭了起来。在三个小时的庭审过程中,小华一直在哭,胸口的囚服都被眼泪淋湿了一大块。显然这是装不出来的。就算是演技派的巨星,你让她一口气哭上三个小时试试?

公诉人的发问持续了将近一个小时。看得出来,这位女公诉人虽然年轻,功力却深厚,每个问题都暗藏杀机,让我步步惊心,生怕小华会说错什么。好在小华没有强词夺理,也没有吞吞吐吐,每一个问题都回答得很自然。事实就是这样,小华根本不知道箱子里有毒品。我坚定了自己的信心。

通过提问，我已经看出来公诉人的论证逻辑。她无非是要证明：在小华与 Kenny 及 Kent 等人的接触中，有很多的可疑之处，小华应当察觉，应当知道 Kenny 和 Kent 要自己带回国内的是毒品。公诉人是在将心比心，高估了小华的智商和情商。我的任务就是证明，以小华的人生阅历，她是根本不可能知道的。

轮到我发问了。为了舒缓小华的情绪，发问之前我特意先告诉她，我是她的老乡，希望她相信法庭一定会给她一个公正的处理结果。

我问小华："你是在农村还是城市长大？"小华说："农村。"我接着又问："你读书读到什么时候，成绩如何？"小华回答："高中毕业就没有读书了，成绩一般。"我问小华："除了这两次出国，以前出过国吗？坐过飞机吗？"小华回答："没有出过国，只坐过一次飞机，还很短，只有一个小时。"

我又换了一个话题，问小华："被海关抓获之后，侦查人员有没有让你联系 Kenny？"小华回答："没有，我很想帮助他们去抓 Kenny，但是他们没有要我去抓他。"我问小华："广州的住处和吉隆坡 Kent 的住处，是否还记得？"小华回答："记得，但是警察没让我带着去找他们。"

我又问小华："你和 Kenny 的联系，是否通过短信和 QQ？"小华说："是的，但是我手机的存储空间很小，以前的短信都删除了，手机里面只剩下最近的短信。"

我的提问结束了。公诉人开始举证。举证之前，法官询问我，对于公诉人指控的在小华行李箱里面发现海洛因这一情节,是否有疑问?我说,对此没有疑问。于是法官建议公诉人对此情节举证可以稍微简单一些。

没想到公诉人居然把所有的证据一口气全部举了出来,我无法一一发表质证意见,由于一些证据是案卷中所没有的,搞得我们手忙脚乱,不停地记录一些新证据的内容,同时还要分析其中存在的问题。

在发表质证意见的时候,我要求公诉人详细说明小华被扣押的银行卡里面的账目情况。公诉人补充说明:"小华的银行卡在2011年5月份有几笔几百元的进出项目,后来一直没有款项进出,账户余额为1000多元。"我提出:"从银行账户的情况来看,小华的财产符合她的经济状况,可以说明她没有在走私毒品的行为中获取利益。"

我又要求公诉人当庭播放小华在机场海关过安检时的视频。从视频资料中可以看出,其他旅客都是在海关人员要求下,将行李过安检机,有些旅客直接走出海关,没有过安检。当小华在镜头中出现的时候,海关人员并没有要求她安检,她是主动地、很自然地走向安检机,将行李箱放上安检机的传送带。

"如果小华知道行李中有毒品,她会主动在海关过安检机吗?"当我提出这一疑问的时候,公诉人回答说:"从后面的录像资料来看,小华不但在过安检的时候很自然,而且在海关人员对奶粉开罐检验时,她的神态也很自然、镇定,这说明小华的心理素质很好。"

我真心地佩服公诉人了,她把一个无知的打工妹当成了经过专门训练的女特务了。既然小华有这么好的心理素质,为什么不要求Kenny多给自己一些酬金?这可是拎着脑袋为他卖命呢。我正要驳斥公诉人的谬论,法官及时制止,说"一会发表辩护意见再说"。我只有硬生生又吞回去一句话。

开始法庭辩论。公诉人先发表公诉意见。

果然,公诉人归纳了小华与Kenny交往中的大量不合情理之处,包括:Kenny说自己在开服装厂,小华到了广州知道他是撒谎,却仍然留了下来;小华说Kenny强行和自己发生性关系,却没有报警;Kenny说自己是有钱的老板,却时常问小华要钱用;Kenny说让她去马来西亚相亲,自己却不过去;说是去马来西亚旅游,却在Kent家待了几天,哪都没去;第二次去马来西亚,不从广州出发,偏要绕道H市,回国也是先到H市;等等。尤其是,那罐奶粉上标注的生产地在东莞,却要从吉隆坡带回广州,这么不合常理的事情,应当引起小华的警觉。这么多不合情理的事情,小华都说自己不知道,显然是不可能的。由此推断,小华没有对其携带毒品入境的行为作出合理解释,应当认定其主观是知情的。本案涉案毒品数量特别巨大,应处十五年有期徒刑、无期徒刑或者死刑,并处没收财产。被告人被抓获后拒不认罪,但是对携带毒品入境这一客观事实还是配合侦查人员的。请法庭依法判处。

我注意到,在说到最后几句话的时候,公诉人还是流露出了一丝不忍。如果小华真的构成本罪,而且又是拒不认罪,依照法律规定,判处死刑几乎没有悬念。但是公诉人那一句"虽不认罪,对于客观事实还是配合侦查人员调查的",委婉地表达出"希望从轻量刑"的意思。但是,公诉人没有明说。因为她一旦这么说了,又与她的指控自相矛盾了。

法官让小华自己发表辩护意见。小华的情绪有些激动,胸脯剧烈的起伏,脸涨得通红,她边擦眼泪,边说:"听了刚才检察官所说的话,我很气愤。"法官立即打断小华:"你有什么气愤的啊。"小华说:"她冤枉我了。"法官不耐烦地说:"你就说你知道不知道吧。"

小华说:"我不知道。我从来没有谈过恋爱,这是第一次,我什么都不懂。我不可能帮他们走私毒品,我知道毒品是害人的东西,我为什么要帮他们?"

我示意小华控制情绪,由我来辩护。小华这才停止了发言。

开庭之前我和樊律师商量的是,她做第一轮辩护,我来做第二轮补充辩护。在公诉人发言的时候,我告诉樊律师,我先发言。有些话,我憋了半天,不吐不快。

我说:"今天辩论的焦点,在于被告人对携带物品中有毒品是否知情。我刚才认真听取了公诉人的意见,公诉人的分析很透彻,说得非常有道理。"

我说到这里的时候,两名公诉人都停止记录,抬起头看着我,三名法官也一脸疑惑地看着我。连书记员也停止记录,侧过头看我。

我话锋一转:"一个人的认知水平,是和他的成长经历、教育背景等密切相关的。公诉人刚才所说的那么多疑点,当事人如果是我,那确实有很多的不合常理之处,我肯定应当知道行李中有毒品,我应当在被告席上接受审判,应当处以刑罚。"

我指着被告席上的小华，对法官说："但是今天的被告人是一个怎样的身份呢？她是一位90后的女孩，她从小在农村长大，只读了高中，她是家里的第四个女儿，和Kenny的交往，是她的初恋。正是基于这样的一些身份标签，她无知、贪玩、叛逆、轻信、不懂得自我保护。也正是因为她的这些性格缺陷，她才会被Kenny这样的犯罪分子利用，作为走私毒品的工具。"

我接着说："作为一个来自农村的90后女孩，她怎么可能懂得人世间的复杂？一个涉世未深的小女孩，怎么知道人心的险恶，怎么知道男友会利用自己走私毒品？被告人不吸毒，也没有从携带毒品入境中获取任何利益，在出关的时候，她主动将行李安检。刚才公诉人说：被告人一直都很镇定，即使是在海关人员打开奶粉罐的时候也没有表现出异常。请问公诉人，知道自己带的是毒品，这些毒品足以让自己判处几十次死刑，谁能够做到那么镇定？谁有那么强大的心理素质？"

我渐渐地激动了起来："被告人性格有一些缺点，但是，难道就因为她的无知和贪玩，她就应当面临最高可能是死刑的处罚？我们明明知道本案的罪魁祸首是那个黑人Kenny和Kent。在小华出海关的时候，Kenny给她打过电话，小华也知道他们的住处，我们的侦查人员为什么不去抓他们，将他们绳之以法，不去查明本案真相？为什么只是盯着这位可怜的女孩子不放，非要将她置于死地？难道我们的法律，就是用来惩罚这些上当受骗的小女孩，任由坑害我们同胞的外国毒贩逍遥法外，继续去欺骗别的女孩子，然后我们再把自己的姐妹同胞抓起来审判吗？"

说到这里，我声音颤抖，情难自禁。原以为法官会制止我这些情绪化的出格言论，但是法官全神贯注地倾听，丝毫没有打断我的意思。

我接着说："刚才，被告人说她很气愤，她一直都在哭。我能够理解她的心情。我也很气愤，我做律师这么多年，已经有不错的心理素质了。但是，在今天的法庭上，我也想哭！法律是用来打击犯罪的，不是用来冤枉自己的同胞的！"

说到这里，我已经眼含泪花，言语哽咽了。我知道自己再说下去情绪就要失控，于是转身对樊律师说，你接着讲吧。

法庭有几秒钟的安静。樊律师接过我的话说："刚才易律师从感性的方面发表了自己的辩护意见，接下来我从证据的角度对本案发表意见。"

樊律师从五个方面有理有据地逐一对公诉人的观点进行驳斥。她的辩护意见有些长，已经过了十二点了，一般情况下，这个时候法官都会提醒辩护人简短一些，庭后提交书面辩护意见。但是，樊律师的辩护持续了将近二十分钟，法官一直在仔细倾听。

在第二轮辩论中，公诉人简单地重申了自己的观点。我觉得意犹未尽，决定补充几句。

我说："今天法庭上控辩审三方都是法律人。我们的最终目标是一致的，那就是：不放过一个坏人，也绝不冤枉一个好人。如果我们今天作出了一个错误的判决，今后还会有更多的人受害，站在被告席上的，可能是我们的亲人，我们的姐妹，我们的女儿！"

法官终于出手了，他制止我的发言，说道："辩护人请注意你的言论导向。"我看着法官,一脸的不解。法官解释说:"你刚才的辩护意见,建立在一个错误判决的基础上,现在还没有作出判决,所以就不要再说了。"法庭辩论到此结束。

在做最后陈述的时候,小华再一次泣不成声。

她说:"我从小在农村长大,没有见过什么世面,Kenny 说要跟我结婚,我相信了他,我知道我很虚荣,希望嫁给外国人,想到外国去过好日子。但是我从来没有想过走私毒品,去害自己的同胞。我愿意配合警察去把那些坏人都抓起来,免得他们还去骗别的女孩子!"

旁听席上,小华的姐姐和姐夫相拥痛哭。

庭审结束,小华被法警带出法庭。我再一次走向公诉席。

两位女公诉人还是彬彬有礼,一同起立与我交谈。我问她们:"案子能不能再退回补充侦查呢?"公诉人立即表示:"那不可能,我们已经退回过一次了。"我说:"现在这样的证据,你们认为能判小华有罪吗?"公诉人说:"我们都是法律人,你知道的,不管怎样,被告人需要对自己的行为负责。"

我强压怒火,问她们:"难道小华要用生命来为自己的无知负责吗?"我指着空荡荡的被告席,问面前的两位公诉人:

"请告诉我,你们真的内心确信,小华知道行李里面有毒品吗?"

两位公诉人默默地看着我,一言不发。

我说:"她最少要坐十五年的牢啊!你们于心何忍!"

说完,我再也不看她们,转身离开法庭。

我的辩护工作告一段落。我不知道最后会是怎样的判决结果,可以肯定的是小华的命应该保住了。我相信,经过今天的庭审,法官和公诉人都内心确信小华是被冤屈的,她确实不知道行李中是毒品。但是,法官会作出怎样的判决呢?我们在法庭上的发言,会让法官下定决心,作出正确的判决吗?

回到北京,我再次登录小华的QQ。在好友名单上,Kenny的头像一直是黑着的。我点开了他的资料发现,就在近一两个月,Kenny还收到了六位中国女孩子送给他的空间礼物。我忧心如焚,试图进入那些女孩子的空间,给她们留言,提醒她们千万不要再上当受骗了。令人揪心的是,这些女孩子的空间对陌生人都加密了,我无法进去留言。天哪,到底还会有多少女孩子将为此站在被告席上,甚至付出生命的代价?我不敢去想。

这个真实的案例,献给所有的女孩子,希望你们看到,希望你们在恋爱中擦亮眼睛,不要被人蒙骗,你的恋人可能会将你送上断头台;这个案例,也送给热衷于嫁给老外的女孩子们,你们千万要小心,对于行李物品一定要保持高度警惕,不要轻易替人带东西。这个案例,献给所有恋爱中的人们,愿你们遇到的是对的人……

血　疑

这是我从事律师职业以来最纠结的一个案子。做律师时间不短了,辩护过的刑事案件,大大小小也有数百起,见过的当事人形形色色,我已经能够做到举重若轻,游刃有余。但是,这起故意伤害致死的案件,却让我心绪不宁,思维混乱。

案情并不复杂:一位男子报警称,在某居民楼内有人被杀。警察到现场后,看到这名报警男子浑身是血,手里拿着一把水果刀。里屋的床上,一名女子躺在血泊中,已经死亡。经检验,死者全身有多处刀伤,其中,右颈总动脉全层破裂,右肝叶被捅刺,致急性失血性休克死亡。警方立即控制这名男子,以涉嫌故意伤害致死将其刑拘。

这起案件有一些比较特殊的地方:该名男子的身份是一位法律

工作者，而且，在他的左胸部和脸部有多处刀伤。案发的时间为 2 月 15 日，是情人节的第二天早上。

犯罪嫌疑人王晓军的弟弟经人介绍找到我，希望我能够接受代理。基于王晓军的特殊身份和案件的挑战性，我接受了委托，并立即前往看守所会见王晓军。

根据王晓军的讲述：死者小英与他相识多年，是他回老家出差时在按摩店认识的。按摩结束之后，他给小英留了一张名片，从此两人便开始交往，多次发生性关系。后来小英一直缠着他，要和他结婚，他不同意，因为他已经有了女朋友。案发前两天，小英特意从老家来北京找他，住在他租住的房间里。他已经为小英买好了回家的火车票，并清理了小英在他住处的物品。案发当天早上，他被胸口的一阵刺痛惊醒，发现小英拿着刀在扎他。他立即跳下床逃出卧室，到厨房拿了一把水果刀，再次进入卧室的时候他发现小英已经趴在床上。他走过去用水果刀扎了一下小英的左后腰一下，小英没有任何反应。于是他报警，直到警察出现。

王晓军反复强调，在前一天晚上，小英煮了牛奶强迫他一定要喝下。他怀疑小英在牛奶里面下了安眠药，所以他才会睡得那么沉。小英就是要杀死他的，他是被害人。

看守所的会见时间有限制，我们来不及深入交流就已经到了会见结束的时间。陪同我一起会见的，是一位德高望重的资深女律师。会见结束后，老律师笑着对我说："易律师，你回家可以去找一部美国电影看,名叫《致命诱惑》,也许会有所启发。"

在听王晓军讲述案情的时候,我想起曾经看过的韩国电影《快乐到死》。讲的是:一位被戴了绿帽子的老公杀死出轨的妻子,又成功地嫁祸于妻子的情人。回家之后,我特意找到《致命诱惑》。这部电影讲述的是:一位律师有了外遇,情人要求和他结婚,他又不想破坏自己的家庭。情人不断地骚扰他,威胁他的家庭,还冲进他家里意图杀害他。最终,这位律师把情人给杀死了。

虚构的电影故事在现实生活中上演。剧情有些相似,但结果却是天壤之别。《快乐到死》中,那位老公因为手段巧妙,逃脱了法律的制裁;《致命诱惑》中,那位律师因为属于自卫性质,所以没有受到指控。而我的这位当事人,却因涉嫌故意伤害致死,被关在看守所里,等候法律的审判。

虽然我对王晓军的陈述有很多的疑问,但是我又觉得不能轻易作出判断。毕竟他是一位有着较为丰富的专业知识和实践经验的法律工作者,他应该不会作出如此愚蠢的行为。即使真的是他做的,他应该有充足的理由,留下足够的证据空间。对此,我觉得不必担心。一切还是要看证据。

程序进入到检察院阶段,我们已经可以看到案件的全部证据材料。但是,看完卷宗后,我的心一下跌到了谷底。

关于王晓军与小英的关系,根据王晓军的供述,他们通过按摩认识后,小英就来到北京工作,和他在一起同居。小英为他怀孕两次,有一次还是双胞胎。但是由于小英有较为严重的肾病,医生说不能生产，否则性命难保。所以，两次都是在怀孕六七个月的时候流产。王晓军想和小英分手，但是小英一直不肯答应，总是缠着他，包括到他工作的单位去闹。一年前，两人发生激烈争吵，王晓军将小英打伤，小英报警后，王晓军被派出所治安拘留十五天。

案发前两天，小英来到王晓军的住处，两人发生多次争吵。王晓军给小英买好了回家的车票，将小英遗留在他住处的物品通过邮局邮寄回家，还给小英银行卡上打了5000元。情人节那天晚上，应小英的要求，王晓军还为她买了一支玫瑰花。回家之后，王晓军为小英烧水洗澡、搓背，然后两人回房间休息。临睡前，小英为王晓军煮了牛奶。

关于第二天早上发生的事情，王晓军在公安局的讲述却有两个不同的版本。

版本一：迷迷糊糊睡觉中，王晓军感觉胸部刺痛。睁眼一看，小英正拿着刀扎王晓军的胸部。他立即将刀夺过来，扎了小英左肋一刀。然后报警。这个版本是王晓军早期的几次口供。

版本二：痛醒后他跳下床，进入厨房拿了一把水果刀，重新回到卧室，小英已经趴在床上，他扎了小英左后腰一刀，然后报警。这是第一次会见时王晓军向我们讲述的版本，而且此后他对案发过程都是这样讲述。

从始至终，王晓军都强调只扎了小英一刀。但是，小英身上至少有五六处刀伤，其中两处致命伤，另外几处的伤口也很深。警方从现场提取了两把刀，一把是刃长为十多公分的水果刀，一把是刃长五六公分的折叠刀（削铅笔的小刀）。根据法医的说法：王晓军脸上的刀伤，可以由折叠刀形成；小英身上的伤口和王晓军胸口的刀伤，可以由水果刀形成。

然而，如果王晓军第二个版本的陈述是真实的，小英并没有接触王晓军从厨房拿出来的水果刀，那么，王晓军胸口和小英身上的水果刀刀伤，绝对不可能由小英造成。

这就意味着：无论如何，王晓军说了假话！而且经不起推敲！

一次次地翻阅案卷，我对小英的遭遇充满了同情。

小英刚出生就被亲生父母遗弃，被人收养后很早就出来做按摩女郎。结识王晓军后，以为人生从此有了依靠。王晓军比她大十多岁，她仍然来到北京与王晓军同居，并为他怀孕两次。虽然王晓军并不愿意，她还是执意想把孩子生下来。由于肾病的原因，她不能生育，被迫流产。当她得知王晓军另有新欢，与王晓军发生争吵，被王晓军打伤。她回到老家治病，为了和王晓军一起过情人节，特意来北京，没想到失去了生命。

看着案卷中血腥的现场照片和小英身体上的多处刀口，我百感交集。这是一个身世悲惨的女人，命运对她如此刻薄！被遗弃，做按摩女，患肾病，流产，不能生育，被抛弃，惨死。一个女人的种种不幸，她全部都经历了。我该如何为王晓军辩解，才能让自己的良心不受谴责？

阅卷之后，有一段时间我没有亲自去会见王晓军，而是让我的助手去会见。我不想面对他。做律师这么多年，我从来没有这么反感过自己的当事人。

作为专门的刑事辩护律师，虽然我的当事人大多是贪官污吏、江洋大盗、流氓地痞，但是我总能找到他们身上的一些闪光之处，从而在感情上接纳他们，理直气壮地为他们辩解。比如贪官，他们对自己的家人一般都有着很深的感情，对社会的弊端往往一针见血，工作中往往也有一些建树；至于流氓地痞和江洋大盗，他们虽然无恶不作，胆大包天，但是很讲义气，敢做敢当。有些人贪生怕死，却也是真情流露。有些人自作聪明，一味狡辩，虽然荒唐可笑，倒也不能苛求。在会见他们的时候，每当我说起自己的辩护思路，他们都是认真倾听，和我坦诚交流；当我说起亲人对他们的关心和期待，他们大多是泪如雨下，泣不成声，或者虽然面无表情，却看得出内心的波澜。

而这个案件中的王晓军，令我无语和愤怒。在我们多次的会见中，他一次都没有问起过自己的亲人，包括他六十多岁的母亲和为他的事情而奔走的弟弟妹妹。他和家里人的关系并非不好，案发前他的母亲还来北京住过一段时间。当事人从不向律师打听家里的情况，这种情况我还是第一次遇到。

王晓军是一名法律工作者，有一定的法律知识和经验。他很固执地要求我按照他的思路辩护。他执意认为他是无罪的，认为自己的行为是正当防卫，认为自己才是被害人。

我问他："什么是正当防卫？你已经离开了房间，脱离了危险的环境，你又重新回到房间，小英趴在床上一动不动，你还走过去拿刀扎她左后腰，这难道也是正当防卫？"

他说："是的，你可以回去认真研究一下刑法理论，好像陈兴良教授有这样的观点。当时危险仍然存在,我为了避免自己遭到进一步的伤害,所以先下手扎她,也属于正当防卫。"

我说:"如果你坚持自己最开始的供述,你是夺过小英手里的刀扎过去的,我们还可以考虑从正当防卫角度为你做无罪辩护。但是,你现在的说法却是你离开房间后去拿刀再进入房间,而且对方已经一动不动,你还去扎人家。正当防卫,你让我怎么说得出口啊?"

他说:"你回去再认真研究一下,好好研究。这个构成正当防卫。"

我哭笑不得,只有委婉地回绝:"关于正当防卫,可能我研究得还不够深入。为了确保辩护的效果,关于正当防卫这一方面,在法庭上还是你来讲吧。"

我又问他:"你离开卧室到你重新进入卧室,时间大概有多长?"

他不耐烦地说:"这个我不记得了。不过检察官曾经问过我这个问题,我说不记得。检察官说,那就是十秒八秒?我说差不多吧。"

我问:"这个时间记在笔录里面了吗?"

他说:"可能吧,我没看笔录就签字了。"

我顿时愤怒了:"你是一名法律工作者,你居然不看笔录就签字?你难道不知道这个时间长度对你很重要?你说你没有杀人,说小英是自杀。可你中间只离开了十秒八秒,你再回来的时候她已经一动不动了,她身上有好几处刀口,你觉得这么短的时间,小英来得及捅自己几刀然后一动不动吗?"

王晓军仍然是一脸的不屑:"这个并不重要,我也不知道她身上的伤是怎么形成的,反正不是我做的。检察院、法院爱怎么认为就怎么认为吧。"

我噎得说不出话来。如果是个法盲,我不至于生气。我对面的这个人,是一名法律工作者,而且是从业十多年!虽然我知道,一个人被关进高墙之内,无论本身多么精明能干,都变成婴儿一样无助和无知,但是,他是一名法律人,对于法律实务,理应比一般当事人更清楚。可是他的表现,连法盲都不如啊。

我问他:"小英家属提起了附带民事诉讼,关于赔偿这一块,有什么考虑?"

他气愤地说:"他们还好意思要我赔钱?我才是被害人,是他女儿要杀我!我不要他们赔钱,已经是我很大度了!他们要我赔钱,我在法庭上要骂他们臭不要脸!"

我目瞪口呆,强忍怒火,一脸严肃地对他说:"你是一个法律人,无论他们提出赔偿在你看来是否合理,这也是他们的权利。我希望你在法庭上保持冷静,注意你的形象,不要影响到法庭对你的印象!"

王晓军扭过脸,不置可否。

我很纠结。根据已有的证据,我内心确信,小英身上的刀伤是王晓军造成,他虽矢口否认但又漏洞百出,而且还要求我必须做无罪辩护。我想过退出辩护,但是基于种种原因,我必须坚持到底,把辩护工作完成。我想过独立辩护,不管王晓军如何做无罪辩解,我做我的罪轻辩护。但我又担心,在法庭之上王晓军会对我提出抗议,拒绝我继续辩护,影响庭审的顺利进行。

从我的个人情感来说,在这起案件中,我更愿意作为公诉人或者被害人代理人，出庭控诉王晓军的罪行。但是没得选择，现在我是辩护人的角色，必须想尽一切办法，为他开脱。我的良知和我的职责在打架，对于一个执业多年、办理过数百起案件的刑事辩护律师，这是一件奇怪的事情。一般而言，只有新入行的律师才会出现这种矛盾心态。难道，我还不够成熟老练？

我决定暂时抛开个人情感，重新阅卷，看看能否有所收获。

回归理性之后，我还是从案卷里面发现了不少问题。我一直认为，只要律师认真、细心，任何一个刑事案件都能找到突破口。因为我们的警察同志也是普通人，也会有失误。而这些失误，正是律师辩护的角度。

我的助手连蕊律师协助我辩护。阅卷的时候，我们发现了一些不合常理的地方。比如，王晓军住的是群租房，命案发生的时候，隔壁房间还有两位合租者。他们在证言中说，听到王晓军和小英争吵，女子的声音很高，但是没有听到其他的异常响动。

一般说来，群租房的隔音效果都很差。按正常情况，如果是王晓军对小英行凶，小英应当会发出呼救声或者惨叫，还会有打斗的声音。小英并非一刀毙命，是失血性休克死亡，完全有时间求救。但是，隔壁房间的人没有听到呼救声，这一点是比较奇怪的。

仅仅是邻居没有听到呼救声，当然不足以否定王晓军有故意伤害行为。我们将《物证检验报告》制作了一张表格，从中发现一个非常奇怪的现象。警方从小英身上、王晓军身上和现场提取了多处血迹化验，化验结果却显示：小英身上没有王晓军的血，王晓军身上也没有小英的血。

这怎么可能呢？小英身上有五六处较深的刀伤，分布在胸部、颈部、左后腰、右后腰、背部，水果刀的刀刃并不长，如果王晓军近距离刺扎小英，必然会沾上小英的血。尤其是颈部的那一刀，切断了颈部总动脉，鲜血必然喷溅而出，但是王晓军手上和身上居然没有小英的血！

而且，小英的身上也没有王晓军的血。警察见到王晓军的时候，他浑身是血，居然没有沾到小英身上？

当事双方身上都没有对方的血迹，说明什么问题？只有一种可能性：在伤害过程中，双方没有发生身体接触。如果没有身体接触，可不可以意味着，小英的伤害不是由王晓军造成的呢？

不仅如此。从现场提取的五处血迹来看，有一处血迹（北墙墙面）未检出，床周边其他方位的三处（西侧地面、南侧简易衣柜上、西南侧地面）血迹都是王晓军的，只有床单上的枕头附近血迹是小英的。

这说明什么？小英的血迹非常集中，只出现在她趴着的部位周边。如果小英受到伤害时有挣扎、反抗、撕扯，身体会有大幅度的动作，血迹也会分布在现场各处，而不仅仅是身边的床单上。必须注意：小英右颈部的总动脉是割断的，只要她稍作挣扎，鲜血必然喷溅在墙壁和地面上。但是，没有！

我百思不得其解。难道，小英真的是自杀吗？

我一直认为，人不可能采取自虐的方式自杀。本案中小英多处刀伤，怎么可能是自己造成的呢？但是在这个案子办理过程中，新闻里出现了"十一刀自杀"的案例,引起社会舆论强烈关注。专家说,"十一刀自杀"不奇怪,国外还有一百多刀自杀的案例。

之前我不相信小英是自杀的,"专家"的说法我也只是一笑置之。但是,现场的血迹让我对这个问题产生了浓厚的兴趣。

现场血迹当然是可以作为一个重要的观点提出,但我觉得还是有些单薄。我还需要找一些疑点,来证明我的猜想。

我久久地凝视着凶案现场的照片。小英趴在床上,周围一摊血迹。

我注意到,案卷里面有几处矛盾的地方,比如:根据报警后到场施救的120医生的说法,她看到小英"趴在床上,双手叠交于胸前",但是现场照片中,小英的手却是伸出来的。根据《现场勘验笔录》,折叠刀是在小英头部右侧的床单上提取,但是根据《破案报告》的描述,折叠刀是在小英身体下面找到的。

问题出来了。如果小英是趴着的,那么行凶过程是怎样的?根据尸检结果,小英的伤口大多在正面。如果伤口是王晓军造成的,王晓军必然与小英面对面实施伤害行为。正常情况下,小英遇到刺扎后,应当是顺着作用力的方向,仰面倒下。当然,也不排除迎着作用力方向倒下的可能性。但是这样一来,小英必然倒在王晓军身上,而王晓军身上却没有小英的血!

小英的姿势和血迹的分布互相印证,再次说明,小英与王晓军没有身体接触!对于这个发现,我既兴奋,又觉得不可思议。

怎么解释小英"双手叠交于胸前"呢?我对着镜子,反复演示这个动作,突然觉得这很像是宗教的某种仪式。基督教?我立即给一位信基督教的香港朋友打电话,向她请教。但是她回答说,基督教里面并没有这种祷告方式,倒是有点像什么神秘宗教的行为。是佛教的双手合十?

我突然想起跟我合作办理本案的连蕊律师是回族,于是问她:"伊斯兰教是不是有这种动作?"连律师说:"伊斯兰教里确实有这种祷告的方式,而且小英是山东人,山东有不少回族。但是,小英前一天晚上的晚餐是炖排骨,回族不可能会吃这个的。"

我不甘心,会见的时候问王晓军:"你跟小英相处这么多年,她是否信什么宗教?"王晓军说:"应该没有什么宗教信仰。"

似乎无法解释小英这个动作的含义。"祈祷"缺乏说服力。是不是小英因为感觉到很痛,这个动作是为了减轻痛楚呢?

我突然注意到在小英身体下面找到的折叠刀,顿时豁然开朗。在我的内心深处,一直排斥小英是自杀,所以我没有往这个方面去想。如果当时小英双手握着折叠刀,正在扎自己的身体,在她倒下去的时候,双手失去力量,因此"叠交于胸前"。折叠刀被压在身体下面,就可以解释得通了。

我们还发现,案卷材料对作案工具的描述存在很大的差异。

在《现场勘验笔录》中,对现场提取的水果刀的描述是"刃长23公分,柄长11.5公分",精确到了小数点以后,可见当场用尺子做了测量。王晓军在第一次供述中也说"刀刃长20公分左右",两者能够互相印证。但是,后来数据发生了重大变化,无论是王晓军的供述还是《辨认笔录》,刀刃的长度都变成了"10多公分"。从图片上看,刀刃长度为11公分左右。如何解释这个问题?

王晓军讲述刀把是"木质"的,但是110警员却说刀把是"塑料"的。王晓军和110警员一致的说法:王晓军在开门后,在警察的喝令下,将手中的刀扔在门厅的过道上,但是《现场勘验笔录》记载,是在防盗门外提取的作案工具。

尤其是,警方在水果刀和折叠刀上都没有提取到指纹!我最初认为是王晓军将指纹擦拭掉了,但是出警的110警员说,王晓军开门的时候手里还拿着刀,喝令其扔下刀后,王晓军随即被控制,不可能有时间去销毁作案工具上的指纹。

作案工具出现这么多疑点,只存在两种可能性:侦查人员工作不严谨,或者是现场还有另外一把刀存在。前者的可能性最大,但是,从对王晓军有利的角度来说,我当然主张是后者。

够了,足够了。呼救声、血迹、姿势、作案工具,这四个方面的疑点能够说明很多问题。如果是在英美国家的法庭上,如果律师抛出这些疑问,陪审团很可能会作出无罪的认定。但是,这是在中国,我的观点当然会起到很大的作用,但是我对"无罪"并不抱任何希望。

为了慎重起见,我特意在所里召集几名资深律师,就这个案子召开讨论会。有律师建议向法庭申请对王晓军做精神病司法鉴定。开庭前最后一次会见王晓军,我把这层意思告诉王晓军,询问他的意见。他气愤地问我:"谁说我有精神病啊?告诉我他的名字,我出去后扇他两耳光!"这个回答在我的意料之中。

我提示王晓军,在法庭上不要说太多话,主要让我们来辩护。

王晓军说:"我要说,该我说的,不能让你来说。"我只好随他去了。

我问他:"你离开卧室的时候是光着脚的,为什么又回到卧室去啊?你是怎么想的啊?"

我期待他的回答是:为了穿鞋子,但是小英手里有刀,所以到厨房去拿刀,目的是为了自卫。

然而他的回答却是:"当时什么都没想。出了卧室直接去厨房拿刀,拿了刀进卧室,看见她躺在床上,我就过去扎了她一刀。"

我说:"那你这么做是什么目的呢?"

他的回答是:"没有什么目的,这就是我客观行为的自然流露。"

好吧,那就这样吧。

会见结束的时候,我毫不客气地对王晓军说:"如果你杀了人,你进监狱一点也不冤。如果你没杀人,却被判刑进监狱,你也只能怪你自己!是你的言行把自己送进监狱的!"

开庭前几天,公诉人和法官询问我们的辩护意见,我让助手实事求是地转告他们:"王晓军要求我们做无罪辩护。"

开庭的前一天晚上,我萌发了一个想法。为了更好地说明案发现场的情况,阐明我的辩护观点,是不是可以带一个布娃娃出庭,演示小英死亡时的姿势和刺扎经过呢?我翻遍了家里,也没有找到合适的布娃娃。给各路朋友打电话,他们家也没有。临时去买是来不及了,只有放弃。我让助理去超市买了一把折叠小刀。本来还想买一把水果刀的,但是考虑到可能无法通过法院安检,只有作罢。

我一直有一个想法,在我们的刑事辩护中,能不能将三维动画、现场演示等带进法庭,更形象、直观地展示我们的辩护观点?这个案子如果能在法庭上进行动画和现场演示,效果会更好,我的观点也更容易被接受。看过美剧《金牌律师》的朋友,应该可以理解我的想法。在"游泳池谋杀案"、"戒毒中心坠楼案"中,辩护律师就是通过现场演示的方式向陪审团展示指控的疑点,获得了陪审团的支持。可惜,时间太仓促,我来不及实施我的想法,而且我不确定法官会不会同意我做现场演示。

庭审的那天,我们早早地来到法庭等候,旁听的还有我的几位同事。公诉人是位女检察官,合议庭由两位女法官、一位女陪审员组成,加上一位女书记员,一位女辩护人连律师,控辩审三方,除我之外是清一色的女性。如果在美国,这可是对被告人非常不利的性别结构。因为本案的被害人是女性,庭审参与人的性别可能会影响到他们对案件的感情倾向,这对被告人不公平。但是,在中国的刑事辩护中,这并不能作为回避的事由。

被告人到庭之前,我特意来到公诉人的面前,就案件情况做了一个简单的沟通。这是我渐渐养成的办案习惯。尤其是在刑事案件中,只要有可能,我会尽量在开庭之前与公诉人进行良好的沟通,争取就部分事项达成共识。随着执业经历的增长,我已经不刻意追求庭审时的夸张效果,极力避免对公诉人发起突然袭击。刑事辩护的目的在于维护当事人的权益。这不是影视剧,律师在法庭上过于张扬,抢了法官、检察官的风头,会引起他们的不满。如果发动突然袭击,可能会招致公诉人的怨恨甚至是愤怒,最终受害的还是当事人。

在刑事辩护中公诉人与律师虽然观点对立，律师也没必要对公诉人抱有敌意，而是要积极地沟通，充分地理解公诉人的职责，争取公诉人的好感和尊重。在中国现行的司法体制下，律师不一定非要通过勾兑的方式，来获得案件的最好结果。法庭上辩护律师与公诉人之间不依不饶、针锋相对，未必是最佳的辩护方案。理解和尊重他人，是赢得他人理解和尊重的前提。

庭前的短暂沟通，使得美女公诉人打消了对我的戒备心理。我告诉她，在庭审过程中我会对证据存在的问题发表一些看法。公诉人很友善地表示能够理解。在后来的庭审中，我和公诉人的交手一直都是在友好的气氛下进行。我发言的时候，她认真倾听，不时做一些记录，然后语气温和地作出回应。她发言的时候，我面带微笑，不时点头给予鼓励。庭审结束后，旁听的同事们笑话我说："你跟公诉人在法庭上眉来眼去的，我们坐在下面可看得一清二楚啊！"

王晓军的表现果然不出我所料。公诉人宣读完《起诉书》后，法官询问他对指控的意见，他说："我收到《起诉书》之后当场就撕了，现在我手里没有《起诉书》，我要求你们再给我提供一份。"

法官和公诉人面面相觑，可能是第一次遇到这种情况。我只有苦笑，把自己手中的《起诉书》递给他。又不是小孩子，再大的冤屈，撕掉《起诉书》就能否定指控吗？既然敢撕掉《起诉书》，那就强硬到底，别要求法庭给你重新提供一份啊。

王晓军拿过《起诉书》，似乎是在大学课堂里讲课一般，开始了他漫长的无罪辩解。总而言之，《起诉书》颠倒黑白，他才是被害人,小英是杀人未遂后畏罪自杀。王晓军说:"我今天成为被告,是我的悲哀,也是某些人的悲哀。"还好,他没有说是法律的悲哀。

法官充满耐心地听王晓军陈述完,然后开始法庭调查。在公诉人询问的过程中,王晓军几次打断她的提问,坚持要按照他的意愿把问题讲述清楚。有很多次,王晓军伸出手指,对着打断其发言的公诉人和法官指指点点,说:"你们到底让不让我把话说完?"

看得出来,今天的法官和公诉人都有着很好的涵养。也许是王晓军的法律工作者身份,使得法官和公诉人手下留情。如果是一般的被告人,也许他们早就粗暴地喝令他闭嘴了。

在会见王晓军的时候,我已经一再提醒他,在法庭上的发言要注意自己的法律人身份,注意法官能不能接受,但是他今天在法庭上的表现,令人万分失望,甚至觉得无耻。

公诉人问王晓军:"你和小英是什么关系?"他的回答是:"没有什么关系。"公诉人问:"你们在一起多次发生性关系,小英为你怀孕和流产两次,你们难道不是同居关系或男女朋友关系?"

王晓军的回答令人震惊:"我是被她强迫发生性关系的!"

人,不能无耻到这个地步。我第一次听到有男人说,自己是"被迫"和某个女人发生关系的。这种辩解,令人无语。

在自行辩护的阶段,王晓军甚至说:"她该死,她死有余辜,她不死,我没有好日子过。只有她死,我才能过上好日子。我之所以没挣到钱,都是被她害的。她死了,我的生活才能重新开始。"

这是人说的话吗?这是一个法律人说的话吗?这不是在向法庭表明他的杀人动机吗?这样的话,不但恶毒,而且愚蠢。

我几次想顺手抄起桌上的东西砸向他，还是强忍住了。公诉人和法官面无表情，我却如坐针毡，芒刺在背。为这样的人辩护，我有苦难言，羞愧万分。我绞尽脑汁地寻找这个案子的证据缺陷，是不是在为虎作伥？

　　我只有气沉丹田，努力屏蔽来自王晓军的一切声音。视他为透明，我才可以在法庭上坚持下去。

　　原打算让连律师做第一轮辩护，我决定还是自己先发表辩护意见。我的辩护词经过反复推敲，既要指出证据存在的不足之处，又要避免"无罪"和"小英系自杀"的文字表述，分寸的拿捏花了我不少心血。

　　我说：就本案证据与《起诉书》的指控存在的冲突，与公诉人商榷，供法庭参考。然后从四个方面发表我的意见：

　　（1）当事人双方身上都没有对方的血迹，小英的血迹集中在床头部位，说明双方没有发生肢体接触，还说明小英没有明显的挣扎和反抗。这一点与《起诉书》"故意伤害致死"的指控是冲突的。

　　（2）小英死亡时趴在床上，而其受伤部位大多在身体正面，这一点与他杀矛盾。一般情况下，如果是他人从正面实施侵害，小英应当仰面倒下。如果是面对侵害者倒下，侵害者身上必然沾上小英血迹。同时，小英双手在胸前叠交，说明其死亡时没有进行挣扎和反抗，身体下找到的折叠刀可以说明，小英很可能双手握着折叠刀在自己胸前。（我回避了"自杀"二字）

　　（3）房间隔音效果不好，但是隔壁房间的室友只听到吵架声，没有听到呼救和搏斗的声音，这一点，与指控也是矛盾的。

(4) 可能存在重要物证丢失的情形。因为作案工具的长度、提取位置和刀柄材质的描述存在重大差异，而且没能提取到任何指纹。我们要求出示原物。

为了说明我的辩护观点，我拿起面前的矿泉水瓶做示范，用折叠刀刺向水瓶，水瓶顺势倒下。然后我又让水瓶迎着折叠刀的方向倒下，水瓶里面的水流在我的手上。虽然还不是很形象，但是也可以印证我的观点。

公诉人的回应不是很有力。她提出：辩护人的观点大多是推断，而没有证据支持，根据"谁主张谁举证"的原则，应当提供相应的证据；作案工具的误差不大，可以忽略不计。

我只有微笑。"谁主张谁举证"是民事诉讼的举证原则，在刑事诉讼中，"疑点利益归于被告人"是基本原则。公诉人出现的这一处硬伤，即使我不指出来，在座的法官也心知肚明。刀具的长度经过了精确测量，怎么可能存在十多公分的误差呢？

我知道，这四处疑点是可以解释的。无非是基于两个原因：

第一，是巧合。世界上就是存在很多无法解释的巧合。现场的血迹可能就是一种巧合。室友没有听到呼救和打斗声，也许是他们恰好没有听到，也许是声音太小而没有听到。

第二，是侦查人员的工作失误。侦查的时候应当在现场和王晓军身上提取更多的血迹进行化验，而且还要考虑血迹被覆盖的问题。刀具长度问题，很可能是侦查人员现场勘验的笔误。

但是，无论是巧合，还是工作失误，"疑点利益归于被告人"这一点是不能动摇的。在"程序正义至上"的国家，本案的结果必然是无罪。但是在中国的刑事审判中,更注重的是所谓的"实体正义"。

我在辩护词的最后说:"辩护人对本案的辩护意见,并不代表辩护人对被告人人品的认可。谢谢!"

我的这句结束语,事后引起了很大争议。庭审结束后,旁听的两位同事认为,我这句话太感性,太不成熟,不像是一位经验丰富的律师说出来的。他们认为我这句话违背了律师的职责。但是,也有一些律师认为,王晓军在法庭上展示出的人格极其卑劣,辩护人对王晓军的法律评价与道德评价不是一回事,我的发言没有任何问题。

我的想法是:我已经忍无可忍了,如果不说出这句话,我会很难受。作为辩护人,我已经尽了自己最大的努力,将证据上的疑点展示给法庭。我的工作任务已经完成。律师需要理性和冷静,但"理性"不是灭绝人性、"冷静"不是冷酷无情。当自己的当事人在法庭上说出那样无耻的话(被迫发生性关系、被害人死有余辜),作为他的辩护律师,我必须表明我的立场,和他划清界限,对他的言论表示唾弃。如果我的做法违背了律师职业道德,那么,这个职业道德是有问题的。

如果王晓军不是一名法律人,我还不至于那么愤怒。他在法庭上的言论,不仅仅羞辱了自己,也羞辱了全体法律人。我必须要有所表示。

原以为根据案件情况,根据王晓军拒不认罪、拒不赔偿的态度和法庭上的种种表现,公诉人会建议法庭从重量刑。没想到,公诉人的建议是:有期徒刑十到十五年。我们原本以为是死缓,起码也是无期徒刑呢。公诉人给出的建议居然是起点刑!在中国当前的司法体制下,这已经是我们能够得到的最好结果了。

所以,当法官征求我对公诉人量刑建议的意见时,我发自内心地说:"我代表自己,对公诉人的量刑建议表示感谢。"

我这句话同样引起了争议。我的同事说:"你应当要求对王晓军作出无罪判决。"也有同事说:"你应当要求法官在十年以下量刑。"

我不明白,律师在法庭上说真话,有那么难吗?我明知道无罪判决不可能实现,而且我做的并不是无罪辩护(也不是有罪辩护),我一直在尽量回避"无罪"二字,当然不会在量刑阶段提出无罪判决的要求。至于"十年以下量刑",更没有法律依据。王晓军没有任何减轻处罚的情节,我要求法庭在十年以下量刑,反而会让人质疑我的专业水准。

庭审结束,我和公诉人互相微笑示意。然后收拾桌上的材料,离开法庭,再也没有看王晓军一眼。

无情的情人

清早刚一上班,助理便领着一位面带焦虑的中年男子走进我的办公室。

这位男子四十岁上下的年纪,虽然愁眉苦脸,但是仍然看得出来,这是个对女性很有吸引力的帅哥。一坐下来,他就开始一根接一根地抽烟,讲述他的故事。

这位帅哥姓张,是土生土长的北京人。最早在北京一家国营百货商店的办公用品专柜工作,有妻子和孩子。工作中,他和一位女同事小青搭档,负责给客户送货。小青也有家庭。但老张和她日久生情,各自离婚,又先后辞去了工作同居在一起。

老张辞职后开始做点生意,还是老本行,做些办公文具、劳保用具什么的。为了开发票方便,老张用他母亲的名字注册了一个时装店，店名叫"丽青"。小青辞职出来后，两人就一块干了起来。随着生意越来越红火，两人另外租了个门面，重新办理了工商登记，店名仍然是"丽青"，但是负责人的名字换成了小青。

时间一晃就过去了十五年。两人一起吃住，一起开店。老张负责进货和送货，小青负责看店和管钱。其间，小青提出两人办一下结婚登记手续，但是老张的母亲却还盼着老张能够跟前妻复婚，而老张也觉得结婚证无非是个形式，无所谓办不办了。就这样，老张和小青虽然以夫妻的名义生活在一起长达十五年的时间，却一直没有办理结婚登记。

女人的青春总是短暂的，而男人步入中年后却越来越散发出成熟的魅力。小青开始对老张不放心，总是对老张疑神疑鬼，担心他有外遇。小青不但从经济上控制老张，而且对老张的行动开始从严管束。在家庭生活中，小青也动不动就发脾气，摔东西，呵斥、羞辱老张。有一次老张不小心把牛奶洒在地上，小青甚至逼着老张跪在地板上，把牛奶舔干净……

老张越来越无法忍受小青的暴戾性格，决定离开小青。但是，十五年来，店里所有的收入都是由小青掌管，他就算理个发也得从小青那里要钱，没有一点积蓄。离开之前，他决定从店里拿出自己应得的部分。

老张仔细计算了一下，十五年来，小店的纯收入至少在200万元以上。店里现在的存货价值大概是50万，小青名下有一张100万元的定额存单，店里的银行卡上还有50多万元的存款。老张便利用自己掌管店里的银行卡和U盾的条件，将其中27万元转入自己的账户,然后离开小青,关掉手机。

小青联系不上老张,立即查询银行账户,发现存款短少。思前想后,终于选择了报警。警方最开始也是不予立案,但是小青三番五次大闹派出所,警方被迫无奈还是立案了。老张在地铁口被警察抓获,送往看守所关押。在例行的入监体检中,查出老张有高血压,所以对老张取保候审。目前,老张的银行账户已经被警方冻结,而且小青另外还提起了一个民事诉讼,要求老张归还之前的借款20万元(其实是老张的姐姐向两人的借款)。

听完了老张的陈述,我再次打量起面前的这个男人。确实很帅,虽然面临牢狱之灾,仍然掩饰不住眉宇间的英气。如果我是女人,也会为他心动。如果我是小青,也会觉得不安。

这其实是个低俗的故事。对于小青的行为,我能够理解。老张的始乱终弃,确实伤害了这个女人的心。女人是可爱、可怜又可怕的。在受到了极大的伤害之后,女人的报复足以令所有的男人不寒而栗……

但是,我认为在这个事情上,老张确实没有构成犯罪。无论道德上对老张的行为如何评价,法律上必须承认老张是无罪的。我决定代理这个案件,我想通过我的努力说服那个受伤的女人,让这个案子有一个完美的结局。

接受委托后,征得老张的同意,我先给小青打了个电话。

一般说来,刑事案件辩护人与被害人接触,有很大的风险。根据有关规定，如果辩护人对被害人取证，需要经过办案单位的许可。但是，我这不是取证，而是沟通。我希望小青能够克制情绪，和老张坐下来好好谈谈，化解矛盾。当前司法机关提倡"刑事和解"，为辩护律师提供了很大的工作空间。尤其是这种涉及婚恋纠纷的案件，如果当事人之间能够达成谅解，对案件的最后处理会有很大的帮助。辩护律师在与被害人的接触中只要注意自己的言行，不贻人口实，风险还是可以控制的。作为辩护人，如果畏首畏尾，必然会无所作为。

但是，小青接听电话后，知道了我的身份，马上表示："让老张亲自跟我谈，我不跟他的律师谈。"说完，就挂断了电话。

和谈这条路看来暂时行不通了。我并不意外。小青对老张的律师有戒备心理，这可以理解。我对老张说："你还是要和小青保持沟通，不要用言语刺激小青，要低声下气，求饶认错。毕竟，你的做法是伤害到了她，从情理上说，你的行为是不对的。"我同时叮嘱老张，每一次谈话，都要录音，也许今后用得上。

我认真梳理自己的辩护思路。

对于盗窃案而言，关键点在"秘密窃取"（手段）和"公私财物"（财物权属）两个方面。两者必须兼备，否则就不成立盗窃罪。

从"秘密窃取"的角度来看，银行卡（户主是小青）和U盾一直都是由老张保管，密码也是他早就知道的。他在商店的电脑上，通过网银直接将钱转入自己的账户，显然不符合"秘密窃取"的特征。

至于财物权属，更是争议的焦点。老张与小青同居十五年，毫无疑问会形成共同财产。虽然与夫妻共同财产有所不同，但是不能否认老张对该部分财产享有的权利。更为重要的是，两人共同经营"丽青"商店，已经形成了一种实质上的合伙关系。商店的财物，本身就有老张应得的份额。老张在没有告知小青的情形下，擅自拿走其中一部分款项，行为虽然有欠妥当，但是这属于合伙财产纠纷。小青应当通过民事诉讼的途径来解决两人的争议。

辩护思路出来了，还需要相应的证据来印证我们的观点。

老张是个心思缜密的人，可能他也是蓄谋已久，留下了大量能够证明双方关系的证据。最关键的一份证据，是小青在他消失后写给他的一封亲笔信。

在信中，小青深情地回忆了他们感情生活和创业的点点滴滴，谈到："这些年风雨同舟、共同打拼的事业"，"虽然没有正式（成为）夫妻，但我们是事实夫妻"，"咱们这些年苦苦经营的丽青商店，不能因为咱俩这事倒了"，等等。

我问老张："这份证据你给公安了吗？"

老张说："我给公安看了呀，他们说这东西没用，说明不了什么啊。"

我苦笑着摇头。我一直主张，刑事警察也应当通过司法考试才能上岗。因为这些警察在警校学习的时候，并不重视法律知识。他们在侦查工作中，更多的是靠经验和感觉办案，所以会造成很多的错案。小青的这封信足以说明她和老张的特殊关系，包括财产共有的性质，办案民警为什么还会立案呢？

老张还提供了一些票据和照片。照片上，小青靠在老张身上，一脸的幸福。他们一块遛狗、游泳、爬山、烧烤，有些照片还比较暴露，小青穿的是泳衣，老张光着上身，只穿了一条裤衩。看起来他们的生活过得还是不错的。不知道小青重新翻起这些照片，心里会是怎样的滋味？

我把老张提供给我的照片、信件、票据、录音等材料进行了整理，撰写了一份将近4000字的《律师意见书》提交给办案的公安机关，指出这起案件属于婚姻家庭纠纷的性质，公安机关不应立案。同时，我附上了十七份证据材料，用来证明我的观点。

材料提交给公安机关后，很长一段时间里案件一直没有动静。原以为公安机关会就此撤销案件，但是，半年后老张被检察院叫去，让他继续办理取保候审。案子已经被移送到检察院审查起诉了。

我查阅了公安机关移送到检察院的证据材料。小青的口供几次发生变化，在最初的报案材料中，她承认自己与老张在同居，"钱是我们共同的"。但是在最后的几次笔录中，她又说，老张只是她的一个雇员，她按月给老张发工资。

所以，我调查的重心在于确定老张和小青的身份关系，以此来证明"被盗"财产的性质。

我首先从老张身边的亲人开始调查。

老张的姐姐证明："丽青"时装店是以母亲的名义注册的，之所以叫"丽青"，是因为借给弟弟2万元本钱，自己的名字中有个

"丽"，"青"字是取自小青的名字，小青也投了2万；她还把自己的一套旧房子拿出来，免费给弟弟做仓库用。

亲属的证言证明力显然还比较弱，我决定继续从知情人入手，开展调查。

出租商铺给"丽青"商店经营的房东证明：《租赁合同》是老张和小青一块来签订的，合同上的承租人名字是小青。

"丽青"的老客户们能够证明：老张在店里负责进货和送货，有时候货款直接给老张就行；他们到店里买东西的时候，看见老张跟小青在店里，样子挺亲热，他们喊老张"老板"，喊小青"老板娘"，两人都答应得挺欢。

我觉得这些证人的证言还是不够力度，比较破碎，不能直接反映老张和小青的特殊关系，于是问老张："有没有什么跟你们走得比较近的朋友，比如邻居什么的。"老张说："有一位姓金的大姐，在隔壁开店，跟我们关系特别好，我们还一起出去旅游过。我和小青闹别扭的时候，她还替我们说合呢。"我需要的就是这样的证人。

老张带着我上金大姐家。由于进门之前老张已经跟她通过几个电话，金大姐特意在家里等着我们，为我们端茶倒水，非常客气。

金大姐说，她和老张、小青都在一块开店，她家开的是饭馆。没事的时候，她总是到"丽青"串门，跟老张、小青在一块聊天，老张经常开车出去拉货，小青在店里的时候居多。一开始她还以为老张是老板，小青只是店里的会计，她老公告诉她，这两人是一块开店的，是两口子。这次老张和小青闹矛盾，她还组织两人见面调和，因为两人分歧太大导致调解失败。

做完笔录后，我们需要金大姐的一张身份证复印件，她还陪着我们一起下楼，去大街上的打字室里把身份证复印好交给我们，和我们挥手道别。

考虑到证人证言毕竟具有主观性、不稳定的特点，我让老张再回家去翻翻，看看能不能再找出一些书面的东西，来印证我们的观点。于是，每隔几天老张便拎过来一大包资料到我办公室，摊在桌上我们一件一件清理。

十五年的生活点点滴滴，留下了太多的印记。老张找出来大量有价值的东西，足以说明他和小青是怎样的身份关系。

老张告诉我，他手里还有几份空白信笺，上面盖好了"丽青"经营部的公章。当时是为了讨账方便，所以一直放在身边。

老张问我："易律师，您看这几张纸能不能派上用场？"

我明白他的意思，立即阻止他："你和小青的关系已经很清楚了，现有的证据也很扎实了。如果你还要弄虚作假，只会适得其反，把事情搞砸。"

在我这些年办理案件的过程中，偶尔会遇到一些当事人就伪造证据征求我的意见，每次我都是断然拒绝，极力阻止。假的永远是假的，迟早会露馅。这种行为一旦被查出，如果形势本来对我方有利，会因此而葬送；如果形势本来就不利，那更是雪上加霜。如果律师参与造假过程，更是面临着巨大的刑事风险。有些律师同行出于利益驱动，或者是求胜心切，会冒险做一些这样的事情，最后给自己带来无尽的烦恼，甚至是一辈子的心病。我当然不能玩火。

老张说："我听您的。"

我再次梳理证据，将新补充的材料提交给检察院，希望公诉人在看了这些证据之后，能够作出不起诉的决定。

令我失望的是，案子最终还是移送法院起诉了。我不知道公诉人有没有认真看我们提交的材料，难道他们真的不清楚老张和小青是什么关系吗？

案子移送法院后，老张特别烦躁，他想不通，为什么我们提供了这么多的无罪证据，检察院还要说他是"盗窃"呢？

那段时间，老张三天两头上我办公室，唉声叹气，甚至说了很多过激的话。我只能想尽一切办法抚慰他。毕竟是否构成犯罪，还有法院最后一道关卡。老张的过激言论使我明白，司法机关工作人员责任重大。他们的草率会造成错案、冤案，这些被错误追究责任的人，会成为一个个火药桶，随时都可能引爆。司法公正是社会稳定的基石，司法不公，必然导致社会动荡不安。

法院确定了开庭时间，我们在积极做应诉准备，把所有的材料再一次清理一遍，我注意到，我们的无罪证据，在数量上已经是控方证据的两三倍。对这个案件，我的信心还是很足的。主要在于两点：第一，我们证据非常扎实，只要认真审查这些证据，可以得出明显的结论，老张和小青之间是同居、合伙经营关系；第二，这是非常关键的一点，老张从未被关押，一直是取保候审，如果案件的结果对老张是公正的，不会涉及国家赔偿。

国家赔偿制度原本是为了对遭受公权力侵害的人进行赔偿，但是在中国，一项好的制度往往最终会演变成"恶法"，就像司法机关的"错案追究制"一样。为了不被追究错案的责任，不承担国家赔偿的责任，某些执法者宁可将错就错，错上加错，一错到底，绝不认错。

在中国，纠错成本极其高昂。尤其是在刑事案件中，上一个环节的办案人员出现了错误，下一个环节的办案人员往往会继续为他背书，就像击鼓传花一样，只要把案件移送出去，前面环节就没有了责任。最后，整个司法机关都卷入进来，共同维护一个错误的判决结果。我希望老张的案子不会是这个结局。

开庭的时候，我终于见到了小青。她面容憔悴，虽然在极力装作满不在乎，仍能看出她内心的忧伤。小青聘请了两位律师和她一起出庭，加上两名公诉人，阵容庞大。

公诉人宣读完《起诉书》，法官询问老张的意见，老张当即对《起诉书》的指控表示不认可。公诉人草草问了几个问题，就不再提问了。她也知道老张不可能给出她需要的回答。

我对公诉人出示的证据逐项提出质疑，认为不能作为有罪证据，并提出，某些证据恰恰可以说明被告人是无罪的。

例如，小青在报案时所做的笔录，已经说得非常明白："我俩是男女朋友关系，1994年认识的……刚开始我每个月给他开1000元工资，很快就同居在一起，两年后就不给他开工资了……他用钱的时候就自己从店里拿，有时拿钱和我说一声，有时候不说……这27万是我和老张店里所有的钱……我的银行卡在他手里，密码他知道，平时卡就在他身上……"

虽然在后来的陈述中，小青改称老张是她的雇员，两人没有特殊关系，但是，如果没有其他证据印证，她怎能改变得了报案时的说法呢？

公诉人提供了几位证人的证言，用来证明老张和小青没有"特殊关系"。从时间上来看，这几份证言都是在补充侦查的时候取得的。这些证言不但都是猜测的内容，而且取证地点都是在"丽青"综合经营部。

我提出：侦查人员在"丽青"综合经营部内对以上证人进行取证，询问时又是营业时间，可以推定小青当时在场。由于取证地点违法，且小青有可能在场影响证人证言的客观性，因此，以上证人证言不具有合法性，应予排除。

最令我震惊的是，公诉人出示了金大姐最新的两份证言。在该份证言中，金大姐完全推翻了我们取证时所做的陈述，说老张是给小青打工的，根本不是什么同居关系，她从没有组织过两人和解，同时还提到：律师在向她取证的时候，是"闯"进她家里，拿出写好的笔录，"强迫"她签字的！

我不由得目瞪口呆！如果我真是那么做的，我的行为已经构成了犯罪，至少也会被吊销律师证！看上去挺和善的金大姐，为什么要这样陷害我？

好在我们手里的证据充分，我当即向法庭提交我们取证过程的录音,还有金大姐组织老张和小青和解过程的录音。这两份录音资料,足以说明我们取证的过程合法,同时还说明金大姐后来所做的证言都是虚假的。

轮到我们举证,我们的证据分为三大组,二十一小组,多达数百页。

第一组是证明两人长期同居关系的证据。包括:小青写给老张的亲笔信,录音光盘,两人的生活照,等等。

其实这一组证据我们本没有必要出示,因为小青在报案笔录上已经承认了他们是同居关系。但是她事后又矢口否认,所以我们拿出证据来揭穿她的谎言。

第二组是证明两人合伙经营"丽青"的证据。包括:营业执照复印件、银行的《进账单》和《空白凭证收费单》,等等。

在这一组证据中,我们还向法庭提交了两组照片。分别是老张姐姐免费提供的库房和"丽青"经营部的店牌。如果老张是雇员,老张的姐姐怎么可能"免费"提供库房给小青使用?如果老张是雇员,他的电话号码怎么可能出现在店牌上面?

我们还向法庭提交了"丽青"综合经营部的《现金日记账》。其中不仅记录了综合经营部的各项进出,还记录老张与小青的生活支出,包括:小青接保姆,两人买拖鞋、菜,买化妆品,等等。由此可见,老张与小青在经营中和生活中,已经是"你中有我,我中有你",密不可分。

值得注意的是,小青将该账册提交侦查机关的时候,对该账册做了一些改动，添加了新的内容。该账册未体现老张领取报酬的内容，所以，"老张是雇员"的说法显然站不住脚。

在这一组证据中，还有一份小青 100 万元银行存单的复印件。我指出，与小青持有的 100 万元相比，老张拿走的 27 万元并没有超出他应获得的份额。

第三组证据是证明老张没有"秘密窃取"。这一组证据比较让我头疼，因为涉及比较多的"网银"知识，我对此一窍不通，只有临时恶补，以便举证的时候能向法官解释清楚。

这一组证据包括：网银账户示意图，证明老张取款的流程；小青网银登录界面截图，小青的网银用户名为：tao6453，这是老张的名字和生日的组合；网银出账记录，说明老张此前多次从该账户中转款；小青在报案时的陈述，说明老张早就持有银行卡、U 盾，并掌握密码，不是秘密窃取。

在我举证的时候，小青始终面带微笑。整个庭审过程中她与老张都没有看一眼对方。当爱已成为往事，将曾经深深爱过的男人送上被告席，甚至要送进监狱，该是多大的仇恨在支撑着这个弱小的女人？

法官听得非常认真，不时提出一些问题。法官更关心老张取款的过程，看来他对两人之间的关系并无疑问。我们对网银使用中"公户"、"私户"的款项流转都不太熟悉，老张和小青虽然清楚怎么操作，却不善于表达，以至于我们在这个问题上纠缠了很长的时间。

辩论阶段，公诉人仍然坚持认为老张的行为已经构成盗窃罪，应当在 10 年以上量刑。而我则态度鲜明地提出无罪辩护的观点。

我知道，无罪辩护在中国得到支持的可能性很低，一般情况下，我会尽力寻求控辩审三方都能接受的折中方案。但是在本案中，我们别无选择。要么是无罪，要么就是 10 年以上的牢狱之灾，连缓刑都没有可能。

针对公诉人提出的"老张是雇员"的说法，我反问公诉人，到底是怎样的雇员，能够做到十多年不领一分钱工资、先后买三辆面包车为老板拉货、免费提供库房给老板使用、能够掌握老板的银行卡和密码？

公诉人对我的反驳没有作出回应。休庭的时候，公诉人起身离座，我发现她已经身怀六甲。有意思的是，配合我出庭的一位女律师也是挺着大肚子。控辩双方都是孕妇出庭，我还是第一次遇到。这起案件被轻易起诉到法院，是不是因为公诉人怀孕，没有时间认真阅卷？但这也不能是工作不认真的理由啊。

休庭以后，法官要求我补充"合伙经营"的证据，尤其是到库房那边再搜集一些证据。我们又向法院提交了库房边上几位住户的证言。

再次开庭的时候，已经换了一位公诉人，上次的公诉人可能回家生孩子去了。法官提出民事调解，要求老张退回取走的款项，如有争议，可以通过民事诉讼方式解决。鉴于前期公安已经冻结了老张银行账户里的 25 万元，老张只需要再退 2 万元就行了。

我知道案件正朝着对我们有利的方向发展，老张还在犹豫不决，我劝说他听从法官的安排，先免牢狱之灾，然后再去追讨自己的财产。老张同意了法院的调解方案。

十几天后，法院通知我们去领取《裁定书》，检察院撤回起诉。虽然不是无罪判决，但不管怎样，我们还是赢了。

后来，小青又向法院提起民事诉讼，要求老张归还此前以姐姐名义借的20万元，老张又是一脸愁苦地找到我说：

"这女人，疯了，她这辈子真要对我纠缠到底啊……"

梦想在开花

冬去春来，花落花开。转眼间，我在北京已经工作了三年多。从陌生到熟悉，从疏远到依恋，我已经完全融入了这个城市。

当清晨的阳光透过玻璃窗照进房间，我匆忙洗漱下楼，在路边买份早点，然后汇入浩浩荡荡的上班人流。当霓虹灯次第点亮北京的夜空，我和大多数人一样被堵在路上，饥肠辘辘，满脸疲惫。周末，我要忙着参加各种讲座、会议，如果没事，我会和朋友开着车去郊外的公园晒太阳，去电影院里看一部卖座的大片。老家的亲戚朋友来北京旅游，我还要一次次地陪着他们逛故宫、爬长城、看鸟巢，充当导游的角色……

每年春节，我和大多数在外地工作的人一样，肩背手提，大包小包，出现在火车站或机场。千里之外的故乡，就像一块磁石，吸引着我的脚步。短暂的假期，浓得化不开的亲情，让我在每一次离别的时候都黯然神伤。回到老家，才知道自己已经永远地离开了她，我只是远道而来的熟客，歇脚的候鸟，很快就要再次远行……

出来了，就回不去了。庐山脚下那个美丽的小县城，只是我的"老家"，过去的家。当我年老体衰时，当我受伤时，她会敞开怀抱，接纳我，安慰我。而现在，我没有长久停留的理由。我是一只怀着梦想的鸟，北京是我的天空。在亲人们注视的眼光中，我只能不断努力，振翅高飞，直到飞不起来的时候。

2012年夏天，七十多岁的父亲病危。我在父亲临终前赶回家，守护在病床前，看着父亲骨瘦如柴的身体和呆滞的眼神，悲莫能禁，痛不欲生。我是家中唯一的儿子，父亲因脑梗阻卧床四五年，都是母亲和姐姐们在悉心照料。这段时间，正是我事业发生转折的关键时刻，我除了偶尔回家探望，很少在父亲身边尽孝。古语说："父母在，不远游。"我却扔下年迈的父母，去远方追寻自己的梦想。当初的选择是对还是错，这些年，我到底是得到的多，还是失去的多呢……

开弓没有回头箭。这条路走到现在，我已经没得选择，只能硬下心来，埋头向前。每次离开家回北京的时候，母亲总要将我送到路边，每次说的都是同样的话："家里的事情你放心，我们都很好。你在外面自己要多注意身体，工作不要太辛苦了。"我只能强装笑颜，挥手告别。

通过这些年的努力，在北京，我已经有了自己的一席之地。

拿到新律师证时，我已经不满足于单打独斗，也不想再给别的律师打工了。第二年一开春，我向所里提出设立"职务犯罪部"的申请。律所的领导通过大半年和我的接触，对我的业务能力有了比较充分的了解。经过多次商讨，所里决定批准我的申请，成立"职务犯罪部"，任命我作为部门主任。

这大概是国内的律师事务所第一次成立"职务犯罪部"。在刑事业务领域，律师事务所很少做专业化的细分。原因在于，专门做刑事业务的律师并不多，律师内部也普遍认为刑事辩护属于低端业务，分得太细没有必要。但是，在北京这样的城市，越专业越有前途。刑事业务中的金融犯罪、毒品犯罪、知识产权犯罪以及一些经济犯罪，都需要专业知识做基础，如果能强化法律服务的专业色彩，在竞争中的优势就非常明显了。

我带领自己的团队全力出击，尽量让每一起案件都令委托人满意。我担任部门主任的第一年，职务犯罪部的创收在本所北京总部的各专业部门中名列前茅，直追刑事部，令人刮目相看。

蓦然回首，我不知不觉已经在律师这条道路上走过了十年的时光。我出道的时候，中国律师总人数才十余万，如今已经翻了一倍。可想而知，未来将有越来越多的年轻人加入，律师队伍还将进一步壮大。

在中国，律师并非土生土长的职业，而是舶来品，所以难免会出现水土不服的情况。外界对律师的认识，存在两个极端。一是影视作品中塑造的律师形象,意气风发,机敏睿智,谈笑从容。这是无数年轻人渴望的生活,所以他们义无反顾地投入其中,最后却发现,那样的律师真的有,却是极少数。大多数律师都在为生计奔波,为社会的不公而愤怒、无奈,也有不少律师因为生活和工作的压力焦头烂额,坐立不安。

在某些媒体和政府公职人员看来,律师没有一个好人,他们唯利是图,为了挣钱不择手段,不惜以身试法,为虎作伥。谁给钱,律师就替谁说话,信口雌黄,颠倒黑白。实事求是地说,这样的律师也是存在的。但是,也只是一部分。

我的老乡、前《中国律师》杂志总编刘桂明先生对律师职业有一个非常到位的描述:"律师是一个看起来很美、听起来很阔、说起来很烦、做起来很难的职业。"对于这番话,我深有感悟。

我曾经去拜访一位著名的大律师。当时已经是下午三四点钟,他正在接待客户。好容易等到他送走客户,我正要进去跟他谈事,他很抱歉地对我说:"给我两分钟时间。"然后从办公室的柜子里拿出一盒牛奶恶狠狠地吸。我开玩笑地问:"您还好这一口呢?"大律师苦笑着说:"我从早上到现在都没顾上吃饭呢。喝点奶缓缓。"我这才知道,原来外人眼里风光无限、锦衣玉食的大牌律师,和我们一样,也是经常忙得连饭都吃不上啊。

大多数律师的收入确实不坏。但是,圈外人"只见贼吃肉,不见贼挨打"。身为律师,不忙的时候,吃不下饭;忙起来的时候,却吃不上饭。在北京这样浩大的城市,去一个地方办点事,得花大量时间在路上,很多时候,吃饭问题只能在车上解决,甚至得饿着肚子工作。我知道肯德基里面卖的大多是垃圾食品，但是别无选择，在工作时间这些垃圾食品是我的主食。即使是和客户一块吃饭，也不能把注意力放在美食上。吃饭的时候，客户有一大堆的问题提出来，我的脑子得用来想问题，嘴巴要用来解答问题。面对一桌子菜，味同嚼蜡。

律师没有属于个人的时间。除了坐飞机和出庭，我的手机基本上是24小时开机。一旦手机没电，那就像丢了魂一样，生怕耽误重要的事情。每当休息或者和朋友相聚的时候，电话铃声不合时宜地响起来，朋友提出抗议，我只能抱歉地对他们说："我的时间已经卖给了当事人。"无论是深夜还是周末，我随时都有可能拿起公文包赶往机场或者火车站。朋友送我高尔夫会员卡，我一直想和他们去打打球，但是两年过去了，还没有实现这个奢侈的愿望。

我认识一位做涉外法律业务的女律师，工作起来简直是拼命。由于时差的关系，她经常需要半夜工作，白天还要正常上班，真不知道她是怎么熬的。每次见到她都是睡眼惺忪，满脸憔悴，靠一杯接一杯的浓咖啡提神。她的收入应该相当不错，但她不能和同龄的女性一样，逛商场、做美容、做饭带孩子，她的老公真伟大啊。

刚出道的小律师当然要努力，为自己争取一片生存的空间。即便是成名已久的大律师，他们的生活也不是外人想象中的丰富多彩。长江后浪推前浪，新人不断涌现，稍有懈怠就会被超越，风光不再。新的法律制度不断出台，应接不暇，如果不抓紧时间学习，就会落伍于时代，甚至闹出大笑话，有损自己的一世英名。只要进入律师这个圈子，就没有办法让自己停下来，除非选择退出，否则只能不停地前进、前进、前进、进……

做律师需要较强的综合素质，不仅仅是口齿敏捷，还需要一定的文字功力、细致的观察力、处变不惊的心理素质和豁达的心胸。不止一个朋友问我："你们律师一天到晚面对这些烦心事和阴暗面，受得了吗？"确实受不了。没有很强的心理调节能力，做律师是非常痛苦的。我终于明白，当年那位教我宪法的老师，说起自己办过的一些案件，为什么会在课堂上泪流满面了。

律师这个职业，漂洋过海来到中国，就像我们这些在异乡奋力打拼的人一样，承载着太多现实中的悲欢离合，背负着太多的责任与期待。律师职业已经在中国落地生根，无论还会经历多少曲折与磨难，迟早都会绽放出绚烂的花朵，结出丰硕的果实。

就像我们，既然来到这个陌生的城市，追寻自己的梦想，那么，无论有多么艰难，我们都不会轻易地落泪。我们，一定会坚守到那一天，梦想如鲜花一样怒放……